Castelo no Ar

DIANA WYNNE JONES

Tradução
Raquel Zampil

10ª edição

— Galera —

RIO DE JANEIRO
2023

CIP-BRASIL. CATALOGAÇÃO NA PUBLICAÇÃO
SINDICATO NACIONAL DOS EDITORES DE LIVROS, RJ

J67c
10ª ed.

Jones, Diana Wynne
  O castelo no ar / Diana Wynne Jones ; tradução Raquel Zampil. -- 10. ed. -- Rio de Janeiro: Galera Record, 2023.
  (O castelo animado ; 2)

  Tradução de: Castle in the air
  ISBN: 978-65-5587-209-5

  1. Ficção. 2. Literatura infantojuvenil inglesa. I. Zampil, Raquel. II. Título. III. Série.

21-68526
                CDD: 808.899282
                CDU: 82-93(410.1)

Meri Gleice Rodrigues de Souza - Bibliotecária - CRB-7/6439

Título original:

Castle In The Air

Copyright © Diana Wynne Jones, 1990
Publicado primeiramente por Methuen Children's Books Ltd, 1990.

Leitura sensível: Wlange Keindé
Projeto gráfico: Renan Salgado e João Carneiro
Ilustrações: Isadora Zeferino

Todos os direitos reservados.
Proibida a reprodução, no todo ou em parte, através de quaisquer meios.
Os direitos morais da autora foram assegurados.

Texto revisado segundo o novo Acordo Ortográfico da Língua Portuguesa.

Direitos exclusivos de publicação em língua portuguesa
somente para o Brasil adquiridos pela
EDITORA RECORD LTDA.
Rua Argentina, 171 - Rio de Janeiro, RJ - 20921-380 - Tel.: (21) 2585-2000,
que se reserva a propriedade literária desta tradução.

Impresso no Brasil

ISBN 978-65-5587-209-5

Seja um leitor preferencial Record.
Cadastre-se no site www.record.com.br
e receba infornções sobre nossos lançamentos e nossas promoções.

Atendimento e venda direta ao leitor: sac@record.com.br

EDITORA AFILIADA

Para Francesca

CAPÍTULO UM
No qual Abdullah compra um tapete

No extremo sul da terra de Ingary, nos sultanatos de Rashput, um jovem mercador de tapetes chamado Abdullah vivia na cidade de Zanzib. Comparado a outros mercadores, ele não era rico. Seu pai o havia considerado uma decepção e, ao morrer, deixou a Abudllah dinheiro suficiente apenas para comprar e abastecer uma modesta tenda no canto noroeste do Bazar. O restante do dinheiro do pai, inclusive o grande empório de tapetes no centro do Bazar, tinha ido todo para os parentes da primeira esposa do pai.

Abdullah nunca soube por que o pai havia se desapontado com ele. Tinha algo a ver com uma profecia feita no nascimento do menino. Mas este nunca se dera ao trabalho de tentar descobrir mais. Em vez disso, desde muito cedo, simplesmente criara fantasias a esse respeito. Nessas fantasias, ele era na realidade o filho de um grande príncipe, desaparecido havia muito, o que significava, naturalmente, que seu pai não era seu pai de verdade. Tratava-se de uma ilusão e Abdullah sabia disso. Todos lhe diziam que ele havia herdado a aparência do pai. Quando olhava no espelho, via um jovem sem dúvida bonito, com um rosto magro semelhante ao de um falcão, e sabia que parecia bastante com o retrato do pai quando jovem — sempre levando em consideração o fato de que o pai usava um viçoso bigode, ao passo que Abdullah ainda tentava juntar os seis fios que cresciam acima do lábio superior com esperanças de que se multiplicassem logo.

Infelizmente, como era também opinião de todos, Abdullah havia herdado o caráter da mãe — a segunda esposa do pai. Ela fora uma mulher sonhadora e medrosa, e uma grande decepção para todos. Isso não perturbava Abdullah.

A vida de um mercador de tapetes apresenta poucas oportunidades para a bravura, e ele estava, no geral, satisfeito com sua vida. A tenda que comprara, embora pequena, tinha uma localização bastante boa. Não era distante da Zona Oeste, onde os ricos viviam em suas mansões rodeadas por lindos jardins. Melhor ainda, era a primeira área do Bazar por onde passavam os tapeceiros quando chegavam a Zanzib, vindos do deserto em direção ao norte. Tanto os ricos quanto os tapeceiros costumavam procurar as lojas maiores no centro do Bazar, mas um número surpreendentemente grande deles se dispunha a fazer uma parada na tenda de um jovem mercador de tapetes quando esse jovem mercador se interpunha em seu caminho para lhes oferecer barganhas e descontos com a mais profusa cortesia.

Dessa forma, Abdullah quase sempre conseguia comprar tapetes de qualidade antes que qualquer outra pessoa os visse, e os vendia com lucro. Nos intervalos entre as compras e as vendas, ele podia sentar na tenda e dar continuidade a suas fantasias, o que lhe convinha bastante. Na verdade, praticamente o único problema em sua vida eram os parentes da primeira esposa do pai, que continuavam a visitá-lo uma vez por mês a fim de apontar-lhe as falhas.

— Mas você não está guardando nenhuma parte dos lucros! — gritou Hakim, filho do irmão da primeira esposa do pai de Abdullah, a quem este detestava, num dia fatídico.

Abdullah explicou que, quando tinha algum lucro, costumava usar aquele dinheiro para comprar um tapete melhor. Assim, embora todo o seu dinheiro estivesse investido em mercadorias, estas iam ficando cada dia melhores. Ele tinha o suficiente para viver. E, como dizia aos parentes do pai, não precisava de mais, pois não era casado.

— Bem, você *deveria* estar casado! — berrou Fátima, irmã da primeira esposa do pai de Abdullah, a quem ele detestava ainda mais. — Eu já disse isso uma vez e vou dizer de novo: um rapaz como você deveria ter pelo menos duas esposas a essa altura! — E, não satisfeita em simplesmente dizer isso, Fátima declarou que dessa vez ia procurar algumas esposas para ele, uma oferta que fez com que Abdullah tremesse da cabeça aos pés.

— E quanto mais valiosas suas mercadorias se tornam, maior a probabilidade de você ser roubado, ou mais você perderá se sua tenda pegar fogo... Já pensou nisso? — resmungou Assif, filho do tio da primeira esposa do pai de Abdullah, um homem que Abdullah detestava mais do que os dois primeiros juntos.

Abdullah assegurou a Assif que sempre dormia na tenda e que tinha sempre muito cuidado com as lamparinas. Com isso, os três parentes da primeira esposa do pai sacudiram a cabeça, fizeram um muxoxo e se foram. Em geral isso significava que iam deixá-lo em paz por mais um mês. Abdullah suspirou de alívio e imediatamente mergulhou de volta em sua fantasia.

A essa altura, a fantasia já apresentava uma enorme quantidade de detalhes. Nela, Abdullah era o filho de um poderoso príncipe que vivia tão ao leste que seu país era desconhecido em Zanzib. Mas Abdullah fora raptado aos dois anos por um bandido perverso chamado Kabul Aqba, que tinha um nariz adunco como o bico de um abutre e usava uma argola de ouro presa numa das narinas. Ele carregava uma pistola com coronha de prata com a qual ameaçava Abdullah, e havia um jaspe-de-sangue em seu turbante que parecia conferir-lhe um poder sobre-humano. Abdullah ficou tão assustado que fugiu para o deserto, onde foi encontrado pelo homem a quem passara a chamar de pai. O devaneio não levava em conta o fato de que o pai de Abdullah jamais havia se aventurado no deserto: na realidade, ele sempre dizia que qualquer um que ousasse ir além de Zanzib devia ser louco. Ainda assim, Abdullah conseguia visualizar cada centímetro horripilante da jornada árida que fizera, com sede e os pés feridos, antes que o bom mercador de tapetes o encontrasse. Da mesma forma, conseguia visualizar com riqueza de detalhes o palácio do qual fora sequestrado, com o imenso salão de colunas onde ficava o trono e cujo piso era de pedra verde, os aposentos das mulheres e as cozinhas, tudo com a máxima suntuosidade. Havia sete domos em seu telhado, todos cobertos por ouro batido.

Ultimamente, porém, a fantasia vinha se concentrando na princesa à qual Abdullah havia sido prometido no nascimento. Ela era de linhagem tão alta quanto a de Abdullah e, enquanto ele estava longe, ela havia se tornado uma beldade com os traços perfeitos e imensos olhos escuros e suaves. Ela vivia num palácio tão rico quanto o de Abdullah, ao qual se chegava seguindo uma avenida margeada por estátuas angelicais e ao qual se podia entrar por sete pátios de mármore, cada um tendo no meio uma fonte mais preciosa do que a anterior, começando por uma de crisólita e terminando com uma de platina incrustada de esmeraldas.

Mas nesse dia Abdullah descobriu que não estava muito satisfeito com essa disposição das coisas. Esse era um sentimento que ele experimentava com frequência depois de uma visita dos parentes da primeira esposa do pai. Ocorreu-lhe que um bom palácio tinha de ter jardins magníficos. Abdullah adorava jardins, embora soubesse muito pouco sobre eles. A maior parte do que sabia vinha dos parques públicos de Zanzib — onde o gramado estava um tanto pisoteado e as flores eram escassas —, nos quais às vezes ele passava sua hora de almoço quando podia pagar Jamal, que tinha um olho só, para tomar conta da sua tenda. Jamal era o dono da banca de frituras vizinha e, por uma ou duas moedas, amarrava seu cachorro diante da tenda de Abdullah. Ciente de que isso não o qualificava a inventar um jardim apropriado, mas, sabendo que qualquer coisa era melhor do que pensar em duas esposas escolhidas para ele por Fátima, Abdullah se perdeu em frondes ondulantes e caminhos perfumados nos jardins da sua princesa.

Ou quase. Antes que Abdullah começasse propriamente, foi interrompido por um homem alto e sujo, com um tapete encardido nos braços.

— O senhor compra tapetes para revender, filho de uma grande casta? — perguntou o estranho, fazendo uma breve reverência.

Para alguém que tentava vender um tapete em Zanzib, onde compradores e vendedores sempre se dirigiam uns aos outros da maneira mais formal e floreada, os modos desse homem eram escandalosamente bruscos. Abdullah ficou aborrecido de qualquer forma porque o jardim do seu sonho

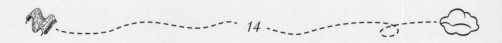

estava ruindo com essa interrupção da vida real. E respondeu brevemente:

— Isso mesmo, ó rei do deserto. Deseja fazer uma permuta com este miserável mercador?

— Permuta, não... venda, ó senhor de uma pilha de capachos — corrigiu-o o estranho.

Capachos!, pensou Abdullah. Isso era um insulto. Um dos tapetes em exposição na frente da tenda de Abdullah era um raro exemplar com motivo floral e borlas, de Ingary — ou Oquinstão, como chamavam aquela terra em Zanzib —, e havia pelo menos dois no interior da tenda, de Inhico e Farqtan, que o próprio sultão não teria desdenhado para um dos salões menores do palácio. Mas naturalmente Abdullah não podia dizer isso. Os costumes de Zanzib não lhe permitiam gabar-se. Em vez disso, fez uma reverência fria e superficial.

— É possível que meu estabelecimento humilde e esquálido possa oferecer o que procura, ó pérola dos peregrinos — disse ao mesmo tempo em que corria os olhos críticos pela suja túnica do deserto, o pino de metal corroído na lateral do nariz do homem e o turbante esfarrapado que o estranho usava.

— É pior do que esquálido, poderoso vendedor de coberturas de piso — concordou o estranho, agitando uma extremidade do seu tapete encardido na direção de Jamal, que fritava lula naquele momento, em meio a nuvens azuis de fumaça com cheiro de peixe. — A honrosa atividade do seu vizinho não penetra em suas mercadorias — perguntou ele — sob a forma de um persistente aroma de polvo?

Abdulah fervilhou por dentro com tamanha raiva que foi forçado a esfregar as mãos servilmente para ocultá-la.

Não se esperava que as pessoas mencionassem esse tipo de coisa. E um leve cheiro de lula podia até melhorar aquela coisa que o estranho queria vender, pensou ele, olhando o tapete marrom e surrado nos braços do homem.

— Seu humilde servo toma o cuidado de defumar o interior da tenda com perfumes, ó príncipe da sabedoria — disse ele. — Quem sabe a nobre sensibilidade do nariz do príncipe ainda assim lhe permita mostrar a este insignificante negociante sua mercadoria?

— Certamente que sim, ó lírio entre peixes — retorquiu o estranho. — Por que outro motivo eu estaria aqui?

Relutante, Abdullah abriu as cortinas e guiou o homem para o interior da tenda. Ali ele acendeu a lamparina que pendia da viga central mas, depois de fungar, decidiu que não ia desperdiçar incenso com essa pessoa. O interior da tenda ainda guardava os perfumes de ontem.

— Que magnificência o senhor tem para desenrolar diante de meus indignos olhos? — perguntou dubiamente.

— Isto, comprador de pechinchas! — disse o homem, e, com um destro movimento do braço, fez o tapete desenrolar-se no chão.

Abdullah também sabia fazer isso. Um negociante de tapetes aprendia essas coisas. Isso não o impressionava. Ele enfiou as mãos no interior das mangas, numa atitude afetadamente servil, e examinou a mercadoria. O tapete não era grande. Aberto, estava ainda mais surrado do que ele havia pensado — embora o padrão fosse incomum, ou deveria ter sido, se a maior parte dele não estivesse gasta. O que restava estava sujo e as bordas, desgastadas.

— Ai deste pobre vendedor que só pode chegar a três moedas de cobre por este que é o mais ornamental dos tapetes — observou Abdullah. — É o limite das minhas magras economias. Os tempos estão difíceis, ó capitão de muitos camelos. O preço é de algum modo aceitável?

— Eu aceito QUINHENTAS — disse o homem.

— *O quê?* — perguntou Abdullah.

— Moedas de OURO — acrescentou o estranho.

— O rei de todos os bandidos do deserto certamente gosta de fazer pilhéria — disse Abdullah. — Ou talvez, tendo visto que em minha pequena tenda tudo falta, a não ser o cheiro de lula frita, queira sair e tentar um negociante mais rico.

— Não particularmente — disse o estranho. — Embora eu vá mesmo embora, caso não esteja interessado, ó vizinho de peixes defumados. Este é, naturalmente, um tapete mágico.

Abdullah já ouvira essa antes. Fez uma mesura com as mãos ainda sob as mangas.

— Muitas e várias são as virtudes que se atribuem aos tapetes — concordou ele. — Qual delas o poeta das areias reivindica para este? Ele dá as boas-vindas a um homem em sua tenda? Traz paz ao lar? Ou quem sabe — disse ele, cutucando a borda puída sugestivamente com um dedo do pé — ele nunca se desgaste?

— Ele voa — disse o estranho. — Voa sempre que o dono dá o comando, ó menor entre as mentes pequenas.

Abdullah ergueu os olhos para o rosto sombrio do homem, onde o deserto havia cavado linhas profundas que desciam pelos dois lados do rosto. Um ar zombeteiro tornava essas linhas ainda mais profundas. Abdullah percebeu que não gostava do homem quase tanto quanto detestava o filho do tio da primeira esposa do seu pai.

— Você precisa convencer este descrente — disse ele. — Se o tapete puder ser posto à prova, ó monarca da mentira, então o negócio pode ser feito.

— De acordo — disse o homem alto, e então pisou no tapete.

Nesse momento, um dos costumeiros tumultos aconteceu na banca de frituras ao lado. Deviam ser alguns garotos de rua tentando roubar um pouco de lula. De qualquer forma, o cachorro de Jamal começou a latir: várias pessoas, inclusive o próprio Jamal, passaram a gritar, e ambos os sons foram quase abafados pelo estrépito de panelas e o chiado da gordura quente.

Trapacear era um modo de vida em Zanzib. Abdullah não permitiu que sua atenção fosse desviada um só instante do estranho e do seu tapete. Era bem possível que o homem houvesse subornado Jamal para que este criasse um tumulto. Ele havia mencionado Jamal algumas vezes, como se este estivesse em sua mente. Abdullah manteve os olhos fixos na figura alta do homem, sobretudo nos pés sujos plantados no tapete. Mas reservou um canto do olho para o rosto do homem e viu os lábios dele se moverem. Seus ouvidos alertas chegaram a captar as palavras "meio metro para cima", apesar do alarido vindo da porta ao lado. E observou com mais atenção ainda quando o tapete se ergueu suavemente do chão e pairou à altura dos joelhos de Abdullah, de forma que o turbante esfarrapado do estranho estava quase tocando o teto. Abdullah procurou suportes debaixo do tapete. Olhou em busca de arames que pudessem ter sido habilmente presos ao teto. Pegou a lamparina e a inclinou, de modo que sua luz brincasse tanto em cima quanto embaixo do tapete.

O estranho ficou parado com os braços cruzados e a expressão de desprezo cristalizada no rosto, enquanto Abdullah executava esses testes.

— Vê? — perguntou ele. — O mais desesperado dos duvidosos agora está convencido? Eu estou parado no ar ou não? — Ele teve de gritar. O barulho vindo da porta ao lado ainda era ensurdecedor.

Abdullah foi forçado a admitir que o tapete de fato parecia estar pairando no ar sem nenhum meio de suporte que ele pudesse ver.

— Parece que sim — gritou de volta. — A próxima parte da demonstração é você descer do tapete e eu dar uma volta nele.

O homem franziu a testa.

— Para quê? O que seus outros sentidos têm para acrescentar à certeza dos seus olhos, ó dragão da dubiedade?

— Pode ser um tapete que obedece a um só homem — gritou Abdullah. — Como alguns cães.

O cachorro de Jamal ainda estava latindo sem parar lá fora, então era natural que a ideia lhe tivesse ocorrido. Aquele cão mordia qualquer um que o tocasse, exceto Jamal.

O estranho suspirou.

— Desça — ordenou ele e o tapete baixou suavemente até o chão. O estranho saiu de cima dele e fez um gesto para que Abdullah subisse. — Pode testá-lo, ó xeque da astúcia.

Com um entusiasmo considerável, Abdullah subiu no tapete.

— Suba meio metro — disse, ou melhor, gritou ao tapete. Parecia que os homens da Guarda da Cidade haviam chegado à tenda de Jamal nesse momento. Eles batiam as armas e berravam para que alguém lhes contasse o que havia acontecido.

E o tapete obedeceu a Abdullah, erguendo-se meio metro numa sutil ondulação, fazendo contrair-se o estômago de Abdullah. O rapaz apressou-se a sentar. O tapete era confortável. Parecia uma rede bem firme.

— Este intelecto lamentavelmente indolente está se convencendo — confessou Abdullah ao estranho. — Qual é mesmo o seu preço, ó modelo de generosidade? Duzentas de prata?

— Quinhentas de *ouro* — respondeu o estranho. — Diga ao tapete que desça e discutiremos o assunto.

— Desça e pouse no chão — ordenou Abdullah ao tapete, que assim fez, removendo uma leve dúvida que persistia na mente de Abdullah de que o estranho tivesse dado uma ordem extra quando Abdullah subira nele, a qual teria sido abafada no alarido da tenda vizinha. Ele saltou para o chão e teve início a barganha.

— O máximo que tenho na bolsa são 150 de ouro — explicou Abdullah —, e isso quando eu a sacudo e procuro ao longo de toda a costura.

— Então você deve ir buscar sua outra bolsa ou procurar debaixo do colchão — replicou o estranho. — Pois o limite da minha generosidade é 495 de ouro, e eu não o venderia em absoluto, não fosse a mais urgente necessidade.

— Talvez eu consiga extrair outras 45 de ouro da sola do meu sapato esquerdo — disse Abdullah. — Essas eu guardo para emergências, e é meu desprezível total.

— Examine o sapato direito — respondeu o estranho. — Quatrocentos e cinquenta.

E assim prosseguiu. Uma hora depois o estranho saía da tenda com 210 moedas de ouro, deixando Abdullah como o feliz proprietário do que parecia ser um genuíno — mesmo que surrado — tapete mágico. Mas ele ainda estava desconfiado. Não acreditava que alguém, mesmo um andarilho do deserto com poucas necessidades, abriria mão de um autêntico tapete voador — apesar de quase destruído — por menos de quatrocentas peças de ouro. Era útil demais — melhor do que um camelo, pois não precisava comer —, e um bom camelo custava pelo menos 450 em ouro.

Tinha de haver uma artimanha. E havia um truque do qual Abdullah já ouvira falar. Em geral era aplicado com cavalos ou cães. Um homem vinha e vendia a um fazendeiro ou caçador crédulo um animal verdadeiramente soberbo por um preço baixíssimo, dizendo que era tudo que se interpunha entre ele e a morte pela fome. O fazendeiro (ou caçador), encantado, punha o cavalo numa baia (ou o cachorro num canil) para passar a noite. Na manhã seguinte, o animal havia desaparecido, tendo sido treinado para escapulir do seu cabresto (ou coleira) e retornar ao dono durante a noite. Abdullah achava que um tapete voador obediente podia ser treinado para fazer o mesmo. Assim, antes de deixar a tenda, enrolou o tapete mágico com todo cuidado em torno de uma das hastes que sustentavam o teto, e o amarrou ali, dando voltas e mais voltas, com um rolo inteiro de barbante, que ele então prendeu a uma das estacas de ferro na base da parede.

— Acho que você vai ter dificuldade em escapar daí —

disse ele ao tapete, e saiu para ver o que tinha acontecido na tenda de comida.

Estava tudo quieto e arrumado agora. Jamal encontrava-se sentado ao balcão, pesarosamente abraçado ao seu cão.

— O que aconteceu? — perguntou Abdullah.

— Uns garotos ladrões entornaram toda a minha lula — contou Jamal. — O meu estoque do dia lá no meio da terra, perdido, arruinado!

Abdullah estava tão satisfeito com sua barganha que deu a Jamal duas moedas de prata para comprar mais lula. Jamal chorou de gratidão e abraçou Abdullah. Seu cachorro não só se absteve de morder Abdullah, como também lhe lambeu a mão. Abdullah sorriu. A vida era boa. E saiu assoviando em busca de uma boa refeição, enquanto o cão tomava conta da sua tenda.

Quando a noite começava a tingir o céu de vermelho por trás dos domos e minaretes de Zanzib, Abdullah voltou, ainda assoviando, cheio de planos de vender o tapete para o próprio sultão por uma quantia bem alta. Ele encontrou o tapete exatamente onde o havia deixado. Ou seria melhor abordar o grão-vizir, perguntou-se enquanto tomava banho, e sugerir que o vizir o desse de presente ao sultão? Dessa forma, ele podia pedir um valor ainda mais alto. Pensando em quanto isso valorizava o tapete, a história do cavalo treinado para fugir do cabresto começou a incomodá-lo novamente. Enquanto vestia a camisola de dormir, Abdullah visualizou o tapete retorcendo-se até se soltar. Era velho e flexível. E provavelmente muito bem treinado. Certamente podia soltar-se do barbante. Mesmo que não pudesse, Abdullah sabia que essa ideia o manteria acordado a noite toda.

No fim, ele cortou o barbante com todo o cuidado e estendeu o tapete no topo da pilha dos seus tapetes mais valiosos, que sempre usava como cama. Então pôs a touca de dormir — que era necessária, porque os ventos frios sopravam do deserto e enchiam a tenda de correntes de ar —, tapou-se com o cobertor, apagou a lamparina e dormiu.

CAPÍTULO DOIS
No qual Abdullah é confundido com uma jovem

Ele acordou e se viu deitado numa encosta, o tapete ainda debaixo dele, num jardim mais lindo do que qualquer outro que já houvesse imaginado.

Abdullah estava convencido de que se encontrava em um sonho. Esse era o jardim que ele estava tentando imaginar quando o estranho tão descortesmente o interrompera. Ali estava a lua quase cheia, pairando bem alto no céu, lançando uma luz branca como tinta numa centena de florezinhas cheirosas no gramado à sua volta. Pequenas lâmpadas amarelas pendiam das árvores, dispersando as sombras escuras e densas da lua. Abdullah pensou que essa era uma ideia muito agradável. Sob as duas luzes, branca e amarela, ele podia ver uma arcada de trepadeiras sustentada por elegantes pilares, além do gramado onde se encontrava; e, em algum lugar, atrás disso tudo, um curso d'água corria quase silenciosamente.

O local era tão fresco e tão celestial que Abdullah se levantou e saiu à procura da água oculta, passando pela arcada, onde florações em forma de estrelas, brancas e silenciosas ao luar, e flores semelhantes a sinos exalavam os aromas mais estonteantes e delicados. Como se faz nos sonhos, Abdullah dedilhou um grande antúrio aqui, e tomou um delicioso atalho ali, entrando num vale de rosas pálidas. Nunca antes ele havia tido um sonho nem de perto tão lindo.

A água, quando ele a encontrou além de alguns arbustos semelhantes a samambaias que gotejavam orvalho, era uma simples fonte de mármore em outro gramado, iluminada por fios de luzes nos arbustos, que transformavam a água sussurrante numa maravilha de meias-luas de ouro e de prata. Extasiado, Abdullah caminhou em sua direção.

Faltava apenas uma coisa para completar esse êxtase e, como em todos os melhores sonhos, ela surgiu. Uma jovem muito linda atravessou o gramado, vindo a seu encontro, pisando na grama úmida com pés descalços. Os trajes diáfanos que flutuavam à sua volta mostravam que ela era esguia, mas não magricela, exatamente como a princesa das fantasias de Abdullah. Quando ela se aproximou, ele viu que o rosto dela não era o oval perfeito que o rosto da princesa do seu sonho deveria ter, tampouco seus imensos olhos negros eram suaves. Na verdade, eles examinavam o seu rosto de forma intensa, com evidente interesse. Abdullah rapidamente ajustou seu sonho, pois ela decerto era muito bonita. E, quando falou, sua voz era tudo que ele podia ter desejado — límpida e alegre como a água da fonte e, ao mesmo tempo, a voz de uma pessoa bem decidida.

— Você é algum tipo de criada? — perguntou ela.

As pessoas sempre faziam perguntas estranhas nos sonhos, pensou Abdullah.

— Não, obra-prima da minha imaginação — disse ele. — Saiba que sou na verdade o filho há muito perdido de um príncipe distante.

— Ah — disse ela. — Então isso deve fazer alguma diferença. Significa que você é um tipo de mulher diferente de mim?

Abdullah fitou a garota dos seus sonhos com alguma perplexidade.

— Eu *não* sou uma mulher! — exclamou ele.

— Tem certeza? — perguntou ela. — Você *está* usando um vestido.

Abdullah olhou para baixo e viu que, à maneira dos sonhos, ele estava vestido com sua camisola.

— Este é apenas meu estranho traje de estrangeiro — apressou-se a dizer. — Meu verdadeiro país fica longe daqui. Asseguro-lhe que sou homem.

— Ah, não — disse ela, decidida. — Você não pode ser um homem. Tem a forma errada. Os homens são duas vezes mais largos do que você no corpo todo, e a barriga imensa deles cai para a frente. E eles têm pelos grisalhos no rosto todo e nada, a não ser a pele lustrosa, na cabeça. Você tem tanto cabelo na cabeça quanto eu e quase nenhum no rosto. — Então, quando Abdullah, indignado, levava a mão à meia dúzia de pelos sobre o lábio superior, ela perguntou: — Ou será que você tem pele nua debaixo do chapéu?

— Certamente que não — disse Abdullah, que tinha orgulho da sua cabeleira espessa e ondulada. Ele levou as mãos à cabeça e tirou o que vinha a ser sua touca de dormir. — Olhe — disse ele.

— Ah — exclamou ela com uma expressão intrigada no rosto adorável. — Você tem cabelos quase tão bonitos quanto os meus. Eu não entendo.

— Eu também não sei direito se entendo — disse Abdullah. — Será possível que você não tenha visto muitos homens?

— É óbvio que não — disse ela. — Não seja tola. Eu só vi meu pai! Mas vi bastante dele, então eu *sei*.

— Mas... você nunca sai? — perguntou Abdullah, sem conseguir se controlar.

Ela riu.

— Saio. Estou fora de casa agora. Este é o meu jardim noturno. Que meu pai mandou fazer para que eu não estragasse minha pele saindo ao sol.

— Eu me refiro a sair na cidade, para ver as pessoas — explicou Abdullah.

— Bem, não, ainda não — admitiu ela. Como se isso a incomodasse um pouco, ela girou, afastando-se dele, e foi sentar-se na borda da fonte. Virando-se a fim de olhar para ele, ela disse: — Meu pai me diz que eu *talvez* possa sair e ver a cidade de vez em quando depois que me casar... se meu marido permitir. Mas não vai ser *esta* cidade. Meu pai está combinando para que eu me case com um príncipe do Oquinstão. Até lá tenho de ficar entre estes muros, naturalmente.

Abdullah ouvira dizer que algumas das pessoas muito ricas de Zanzib mantinham as filhas — e até mesmo as esposas — quase como prisioneiras em suas casas grandiosas. Muitas vezes ele desejara que alguém mantivesse Fátima, a irmã da primeira esposa do seu pai, dessa forma. Mas agora, em seu sonho, esse costume pareceu-lhe inteiramente irracional e injusto com essa linda garota. Imagine não saber como é um rapaz normal!

— Perdoe-me por perguntar, mas por acaso o príncipe do Oquinstão é velho e um tanto feio? — indagou ele.

— Bem — começou ela, evidentemente sem nenhuma certeza —, meu pai diz que ele está na flor da idade, assim como também ele, meu pai. Mas eu acredito que o problema esteja na natureza brutal dos homens. Se outro homem me visse antes do príncipe, meu pai diz que ele se apaixonaria imediatamente por mim e me levaria embora, o que arruinaria os planos do meu pai, é evidente. Ele diz que os homens, em sua maioria, são uns grandes brutos. Você é bruto?

— De modo algum — disse Abdullah.

— Foi o que pensei — disse ela, e o olhou com grande preocupação. — Você não me parece bruto. Isso me dá uma relativa certeza de que então não pode mesmo ser homem. — Era evidente que ela era uma daquelas pessoas que gostavam de se agarrar a uma teoria depois que a formulavam. Após pensar por um momento, ela perguntou: — Será que sua família, por razões particulares, não criou você acreditando numa mentira?

Abdullah teve vontade de dizer que a situação era justamente o oposto, mas, como isso lhe pareceu indelicado, ele simplesmente sacudiu a cabeça e pensou em como era generoso da parte dela preocupar-se com ele. E como a preocupação estampada em seu rosto o tornava ainda mais belo — sem falar na maneira como seus olhos brilhavam bondosamente à luz dourada e prateada que a fonte refletia.

— Talvez tenha alguma coisa a ver com o fato de você ser de um país distante — disse ela e bateu na borda da fonte, ao seu lado. — Sente-se e me conte tudo a esse respeito.

— Diga-me primeiro o seu nome — pediu Abdullah.

— É um nome bastante tolo — disse ela, nervosa. — Eu me chamo Flor da Noite.

Era o nome perfeito para a garota dos seus sonhos, pensou Abdullah. Ele a olhou com admiração.

— Meu nome é Abdullah — apresentou-se.

— Até lhe deram um nome de homem! — exclamou Flor da Noite, indignada. — Sente-se e me conte.

Abdullah sentou-se na borda de mármore ao lado dela e pensou no quanto esse sonho parecia real. A pedra estava fria. Respingos da fonte molhavam sua camisola, enquanto o doce perfume de água-de-rosas de Flor da Noite se misturava de forma bastante realista aos aromas das flores no jardim. Mas, como era um sonho, então suas fantasias também eram verdadeiras aqui. Assim Abdullah lhe contou tudo sobre o palácio em que vivera como príncipe, e como fora sequestrado por Kabul Aqba e fugira para o deserto, onde o mercador de tapetes o havia encontrado.

Flor da Noite ouviu com total empatia.

— Que terrível! Que exaustivo! — observou ela. — Será possível que seu pai de criação estava aliado aos bandidos para enganar você?

Abdullah experimentava a sensação crescente, apesar do fato de estar apenas sonhando, de que estava conquistando a simpatia dela com base em mentiras. Ele concordou que o pai poderia ter tido um acordo com Kabul Aqba, e então mudou de assunto.

— Voltemos ao *seu* pai e aos planos dele — disse Abdullah. — Parece-me um pouco estranho que você deva se casar com esse príncipe do Oquinstão sem que tenha visto nenhum outro homem com os quais compará-lo. Como vai saber se o ama ou não?

— Você tem aí um bom argumento — disse ela. — Isso às vezes também me preocupa.

— Então vou lhe dizer uma coisa — disse Abdullah. — Suponha que eu volte amanhã à noite e lhe traga retratos de tantos homens quantos puder encontrar? Isso deve lhe dar algum parâmetro de comparação com o príncipe. — Sonho ou não, Abudllah não tinha nenhuma dúvida de que voltaria no dia seguinte. Isso lhe daria uma desculpa apropriada.

Flor da Noite refletiu sobre a sua oferta, oscilando, hesitante, para a frente e para trás com as mãos abraçando os joelhos. Abdullah quase podia ver fileiras de homens gordos, carecas e de barba grisalha desfilando diante dos olhos da mente dela.

— Eu lhe asseguro — disse ele — que existem homens de todos os tamanhos e formatos.

— Então isso seria muito educativo — concordou ela. — Pelo menos me daria uma desculpa para vê-lo novamente. Você é uma das pessoas mais agradáveis que já conheci.

Isso deixou Abdullah ainda mais determinado a retornar no dia seguinte. Disse a si mesmo que seria injusto deixá-la em tal estado de ignorância.

— E eu penso da mesma forma em relação a você — disse ele, com timidez.

Com isso, para seu desapontamento, Flor da Noite ergueu-se para ir embora.

— Preciso entrar agora — disse ela. — Uma primeira visita não deve durar mais do que meia hora, e tenho quase certeza de que você está aqui o dobro desse tempo. Mas, agora que já nos conhecemos, você pode ficar pelo menos duas horas da próxima vez.

— Obrigado. Eu voltarei — afirmou Abdullah.

Ela sorriu e se foi como num sonho, desaparecendo além da fonte e de dois frondosos arbustos em flor.

Depois disso, o jardim, o luar e os aromas pareceram

um tanto insípidos a Abdullah. E não lhe ocorreu nada melhor a fazer senão voltar pelo caminho por onde viera. E ali, na encosta iluminada pela lua, encontrou o tapete. Ele o havia esquecido completamente. Mas, como ele estava ali no sonho também, deitou-se nele e adormeceu.

Acordou algumas horas depois com a ofuscante luz do dia escoando pelas frestas em sua tenda. O cheiro do incenso de anteontem pairando no ar lhe pareceu de má qualidade e sufocante. Na verdade, toda a tenda estava abafada, bolorenta e vulgar. E ele estava com dor de ouvido porque sua touca de dormir parecia ter caído enquanto ele dormia. Mas pelo menos descobriu, enquanto a procurava, que o tapete não se fora durante a noite. Ainda estava debaixo dele. Essa era a única coisa boa que ele conseguia ver no que de repente lhe parecia uma vida completamente monótona e deprimente.

Aqui Jamal, que ainda estava agradecido pelas moedas de prata, gritou lá fora que tinha o café da manhã pronto para os dois. De bom grado Abdullah abriu as cortinas da tenda. Galos cantavam a distância. O céu era de um azul brilhante e feixes nítidos de raios de sol cortavam a poeira azul e o velho incenso dentro da tenda. Mesmo àquela luz forte, Abdullah não conseguiu encontrar a touca. E estava mais deprimido do que nunca.

— Diga-me: às vezes, em certos dias, você se sente inexplicavelmente triste? — perguntou a Jamal quando os dois se encontravam sentados de pernas cruzadas ao sol, do lado de fora, comendo.

Jamal ternamente ofereceu um pedaço de pão doce a seu cachorro.

— Eu estaria triste hoje — disse ele — se não fosse por você. Acho que alguém pagou aqueles garotos desgraçados para me roubar. Eles foram tão meticulosos e, para completar, a Guarda me multou. Eu lhe contei? Acho que tenho inimigos, meu amigo.

Embora isso confirmasse as suspeitas de Abdullah em relação ao estranho que lhe vendera o tapete, não era de grande ajuda.

— Talvez — disse ele — você devesse ter mais cuidado com quem deixa seu cachorro morder.

— Eu não! — replicou Jamal. — Sou um defensor do livre-arbítrio. Se meu cachorro opta por odiar toda a raça humana, com minha exceção, ele deve ter liberdade para isso.

Depois do café da manhã, Abdullah procurou de novo a touca de dormir. Ela simplesmente não estava lá. Tentou se lembrar da última vez em que a havia usado. Foi ao se deitar para dormir na noite anterior, quando estava pensando em levar o tapete para o grão-vizir. Depois disso vinha o sonho. Ele havia descoberto que estava usando a touca então. E lembrava-se de tê-la tirado para mostrar a Flor da Noite (que nome lindo!) que ele não era careca. A partir daí, até onde podia recordar, tinha carregado a touca nas mãos até o momento em que se sentara ao lado de Flor da Noite na borda da fonte. Depois, quando recontava a história do seu sequestro por Kabul Aqba, tinha a nítida lembrança de agitar ambas as mãos livremente enquanto falava, e sabia que a touca não estava em nenhuma das duas. As coisas desaparecem mesmo nos sonhos, ele sabia, mas os indícios apontavam, ainda assim, para a hipótese de ele a ter deixado cair ao sentar-se. Seria possível que a tivesse deixado na grama ao lado da fonte? Nesse caso...

Abdullah ficou totalmente imóvel no centro da tenda, fitando os raios de sol que, por mais estranho que fosse, já não pareciam cheios de esquálidas partículas de poeira e incenso velho. Em vez disso, eram fatias de puro ouro do próprio céu.

— Então *não foi um sonho*! — exclamou Abdullah.

De alguma forma, sua melancolia havia desaparecido. Até mesmo respirar era mais fácil.

— Era *real*! — disse ele.

E parou sobre o tapete mágico, olhando-o, pensativo. Ele também estivera no sonho. E nesse caso...

— Você então me transportou para o jardim de algum homem rico enquanto eu dormia — disse ele. — Talvez eu tenha falado e lhe ordenado que assim fizesse durante o meu sono. É muito provável. Eu estava pensando em jardins. Você é ainda mais valioso do que pensei!

CAPÍTULO TRÊS
No qual Flor da Noite descobre vários fatos importantes

Com cuidado, Abdullah amarrou o tapete novamente em torno da haste do teto e saiu para o Bazar, onde procurou a tenda do mais habilidoso dos vários artistas que tinham negócios por lá.

Após as habituais cortesias, nas quais Abdullah chamou o artista de príncipe do lápis e encantador de giz, e o artista retrucou chamando Abdullah de a fina flor dos clientes e duque do discernimento, o vendedor de tapetes disse:

— Quero desenhos de todos os tamanhos, formatos e tipos de homem que você já viu. Desenhe reis e pobres, mercadores e operários, gordos e magros, jovens e velhos, bonitos e feios, e também os que forem medianos. Se algum desses for um tipo que você nunca viu, peço que os invente, ó exemplo do pincel. E, se sua criatividade falhar, o que acho muito pouco provável, ó aristocrata dos artistas, então tudo que precisa fazer é voltar os olhos para o mundo lá fora, observar e copiar!

Abdullah estendeu um braço para apontar a turba fervilhante que se acotovelava fazendo compras no Bazar. Ele se comoveu quase às lágrimas ao pensar que essa cena diária era algo que Flor da Noite jamais tinha visto.

O artista correu a mão, hesitante, pela barba desalinhada.

— Certamente, nobre admirador da humanidade — disse ele. — Posso fazer isso com facilidade. Mas quem sabe se a joia do discernimento pudesse informar a este humilde desenhista para que precisa desses muitos retratos de homens...

— Por que iria a coroa e o diadema da prancha de desenho querer saber disso? — indagou Abdullah, um tanto consternado.

— Com certeza o líder dos clientes compreenderá que este verme deformado precisa saber que técnica usar — replicou o artista. Na verdade, ele estava apenas curioso com o pedido muitíssimo incomum. — Pintura em óleo sobre madeira ou tela, com caneta em papel ou velino, ou mesmo afresco numa parede, dependendo do que esta pérola entre os mecenas deseja fazer com os retratos.

— Ah, papel, por favor — apressou-se em dizer Abdullah. Ele não tinha a menor intenção de tornar seu encontro com Flor da Noite público. Estava evidente para ele que o pai dela devia ser um homem muito rico e que certamente se oporia a que um jovem mercador de tapetes mostrasse à filha outros homens além do príncipe do Oquinstão. — Os retratos são para um inválido que nunca pôde viajar por terras estranhas como outros homens fazem.

— Então o senhor é um campeão da caridade — disse o artista, e concordou em fazer os retratos por uma quantia surpreendentemente pequena. — Não, não, filho da fortuna, não me agradeça — disse quando Abdullah tentou expressar sua gratidão. — Minhas razões são três. Primeiro, tenho já prontos muitos retratos que faço para o meu próprio prazer, e cobrar-lhe por esses não é honesto, pois eu os teria desenhado de qualquer forma. Segundo, a tarefa de que me incumbiste é dez vezes mais interessante do que meu trabalho costumeiro, que consiste em fazer retratos de noivas ou noivos no dia do casamento, ou de cavalos e camelos, os quais tenho de fazer parecerem bonitos, a despeito da realidade. Ou ainda pintar fileiras de crianças melequentas cujos pais querem que pareçam anjos, também sem me ater à realidade.

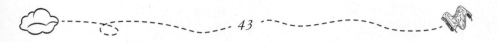

E minha terceira razão é que acho que você é louco, meu mais nobre dos clientes, e explorá-lo daria azar.

Espalhou-se quase imediatamente, por todo o Bazar, que Abdullah, o jovem mercador de tapetes, havia perdido o juízo e que compraria quaisquer retratos que as pessoas tivessem para vender.

Isso foi um grande inconveniente para Abdullah. Pelo resto do dia ele foi constantemente interrompido por pessoas que chegavam com discursos longos e floreados sobre esse retrato da sua avó do qual só a pobreza as levava a abrir mão; ou esse retrato do camelo de corrida do sultão que caiu da traseira de uma carroça; ou o medalhão contendo uma foto da sua irmã. Abdullah precisou de muito tempo para se livrar dessas pessoas — e em várias ocasiões acabou comprando um retrato ou desenho, se o retratado fosse homem. O que naturalmente fazia com que as pessoas continuassem vindo.

— Só hoje. Minha oferta se estende apenas até o pôr do sol de hoje — disse ele, por fim, à crescente multidão. — Todos aqueles com um retrato de *homem* venham até mim uma hora antes do pôr do sol, e eu o comprarei. Mas só nesse momento.

Isso lhe deixou algumas horas de paz durante as quais pôde fazer experiências com o tapete. A essa altura ele se perguntava se estava certo ao pensar que a visita ao jardim fora mais do que um sonho. Pois o tapete não se movia. Naturalmente Abdullah o havia testado depois do café da manhã, pedindo-lhe que subisse outra vez até a altura de meio metro, só para provar que ele obedeceria. E ele simplesmente continuou imóvel no chão. Abdullah tornou a testá-lo quando voltou da tenda do desenhista, e mais uma vez o tapete ficou lá parado.

— Talvez eu não o tenha tratado bem — disse ao tapete. — Você permaneceu comigo fielmente, apesar de minhas suspeitas, e eu o recompensei amarrando-o a uma haste. Você se sentiria melhor se eu o deixasse esticado no chão, meu amigo? É isso?

Ele estendeu o tapete no chão, mas ainda assim nada aconteceu. Não faria diferença se fosse um mero capacho velho.

Abdullah tornou a pensar no assunto, nos intervalos em que as pessoas não o estavam importunando para que comprasse retratos. Relembrou as suspeitas em relação ao estranho que lhe vendera o tapete e à barulhada que ocorreu na tenda de Jamal no exato momento em que o estranho ordenava ao tapete que se erguesse. Lembrava-se de ter visto os lábios do homem se moverem de ambas as vezes, mas não tinha ouvido tudo que ele dissera.

— É isso! — gritou, batendo com a mão fechada na palma da outra mão. — É preciso dizer uma palavra-código antes de ele se mover, a qual por motivos próprios, sem dúvida altamente sinistros, aquele homem omitiu a mim. O vilão! E eu devo ter dito essa palavra enquanto dormia.

Ele correu até os fundos da tenda e esquadrinhou o gasto dicionário que havia usado na escola. Então, de pé sobre o tapete, gritou:

— *Aabora*! Voe, por favor!

Nada aconteceu, nem nesse momento nem com qualquer outra palavra começada com A. Obstinadamente, Abdullah seguiu para o B, e quando isso também não resolveu, ele continuou, percorrendo todo o dicionário. Com as constantes interrupções dos vendedores de retratos, isso lhe tomou algum tempo. Não obstante, chegou a *zurzir* no começo da noite sem que o tapete tivesse se movido um milímetro sequer.

— Então tem de ser uma palavra inventada ou estrangeira! — gritou ele, febrilmente. Era isso ou acreditar que Flor da Noite era apenas um sonho, afinal. Mesmo que ela fosse real, suas chances de fazer o tapete levá-lo até ela pareciam mais escassas a cada minuto. Ele ficou ali de pé pronunciando cada som estranho e cada palavra estrangeira que lhe ocorriam, e ainda assim o tapete não fazia nenhum movimento.

Abdullah foi novamente interrompido uma hora antes de o sol se pôr por uma enorme multidão que se reunia lá fora, carregando maços e pacotes planos. O artista precisou abrir caminho em meio à turba com sua pasta de desenhos. A hora que se seguiu foi totalmente frenética. Abdullah inspecionou pinturas, rejeitou retratos de tias e mães, e derrubou preços pedidos por retratos ruins de sobrinhos. No curso dessa hora ele adquiriu, além da centena de excelentes desenhos do artista, 89 outros quadros, medalhões, desenhos e até mesmo um pedaço de parede com um rosto pintado nele. Nisso, ele também se defez de quase todo o dinheiro que lhe restara depois de comprar o tapete mágico — se é que *era* mágico. No momento em que finalmente convenceu um homem, que afirmava que o quadro a óleo da mãe da sua quarta esposa era semelhante o bastante a um homem para qualificar-se, de que não era esse o caso, e o conduziu para fora da tenda, já estava escuro. Abdullah estava então exausto e agitado demais para comer. E teria ido direto para a cama, não tivesse Jamal — que vinha fazendo um excelente negócio vendendo lanches para a multidão à espera — chegado com espetinhos de carne macia. — Não sei o que deu em você — disse Jamal. — Eu achava que era um rapaz normal. Mas, louco ou não, precisa comer.

— Não tem nada de loucura — replicou Abdullah. — Eu simplesmente decidi entrar num novo ramo de negócio. — Mas comeu a carne.

Finalmente conseguiu empilhar seus 189 retratos em cima do tapete e deitar-se entre eles.

— Agora ouça isto — disse ao tapete. — Se, por um golpe de sorte, eu lhe disser a palavra-código durante o sono, você deve voar instantaneamente comigo para o jardim noturno de Flor da Noite.

Isso parecia ser o melhor que Abdullah podia fazer. No entanto, ele levou bastante tempo para conseguir dormir.

Acordou com a etérea fragrância de flores noturnas e uma mão cutucando-o delicadamente. Flor da Noite debruçava-se sobre ele. Abdullah viu que ela era muito mais linda do que ele vinha se lembrando.

— Você trouxe mesmo os retratos! — exclamou ela. — Você é muito gentil.

Consegui!, pensou Abdullah, triunfante.

— É — disse ele. — Tenho 189 tipos de homem aqui. Acho que isso vai lhe dar pelo menos uma ideia geral.

Ele a ajudou a desenganchar algumas lâmpadas douradas e colocá-las num círculo ao lado da elevação. Então Abdullah lhe mostrou os retratos, segurando-os primeiro debaixo de uma lâmpada e então apoiando-os na encosta. Ele começou a se sentir como um artista de calçada.

Flor da Noite inspecionava cada homem à medida que Abdullah mostrava os retratos, com absoluta imparcialidade e grande concentração. Então ela pegou uma lâmpada e inspecionou os desenhos do artista novamente. Isso agradou Abdullah. O artista era um verdadeiro profissional. Ele havia desenhado homens exatamente como Abdullah pedira, de um tipo heroico e majestoso, evidentemente copiado de uma estátua, ao corcunda que limpava sapatos no Bazar, e incluíra até mesmo um autorretrato entre eles.

— Sim — disse Flor da Noite, por fim. — Os homens variam muito mesmo, como você disse. Meu pai não representa um padrão, em absoluto. Tampouco você, certamente.

— Então reconhece que não sou uma mulher? — perguntou Abdullah.

— Sou forçada a isso — disse ela. — Peço-lhe desculpas por meu erro. — Então apanhou a lâmpada e a carregou ao longo da encosta, inspecionando alguns dos quadros uma terceira vez.

Abdullah percebeu, bastante nervoso, que os que ela havia separado eram os mais bonitos. Ele a observou inclinar-se na direção deles com o cenho franzido e um cacho do cabelo escuro caindo na testa, com expressão de grande concentração. E começou a se perguntar o que havia provocado.

Flor da Noite recolheu os retratos e arrumou-os numa pilha ao lado da encosta.

— É exatamente como pensei — disse ela. — Prefiro você a qualquer um destes. Alguns parecem orgulhosos demais de si mesmos e outros parecem egoístas e cruéis. Você é modesto e gentil. Pretendo pedir a meu pai que me case com você em vez do príncipe do Oquinstão. Você se importa?

O jardim pareceu girar em torno de Abdullah num borrão de ouro e prata e verde-escuro.

— Eu... eu acho que isso pode não funcionar — conseguiu dizer, por fim.

— Por que não? — perguntou ela. — Você já é casado?

— Não, não — disse ele. — Não é isso. A lei permite que um homem tenha quantas esposas ele puder sustentar, mas...

A testa de Flor da Noite voltou a se franzir.

— Quantos maridos as mulheres têm permissão para ter? — indagou ela.

— Apenas um! — respondeu Abdullah, um tanto chocado.

— Isso é extremamente injusto — observou Flor da Noite, pensativa. Ela se sentou na elevação e refletiu. — Você diria que é possível que o príncipe do Oquinstão já tenha algumas esposas?

Abdullah viu a testa de Flor da Noite se franzir ainda mais e os dedos esguios da mão direita dela tamborilarem quase com irritação na grama. Ele sabia que havia de fato provocado alguma coisa. Flor da Noite estava descobrindo que o pai a mantivera na ignorância de vários fatos importantes.

— Se ele é um príncipe — disse Abdullah, bastante nervoso —, acho que é totalmente possível que tenha um bom número de esposas. Sim.

— Então ele está sendo cobiçoso — afirmou Flor da Noite. — O que tira um peso dos meus ombros. Por que você disse que minha ideia de casar com você pode não funcionar? Você ontem mencionou que também é um príncipe.

Abdullah sentiu o rosto pegar fogo, e se amaldiçoou por tagarelar sobre suas fantasias. Embora ele dissesse a si mesmo que tivera todas as razões para acreditar que estava sonhando quando falou a ela sobre o assunto, isso não o fazia sentir-se melhor.

— Verdade. Mas também lhe disse que estava perdido e distante do meu reino — lembrou ele. — Como você pode supor, agora sou forçado a ganhar a vida por meios humildes. Eu vendo tapetes no Bazar de Zanzib. Seu pai sem dúvida é um homem muito rico. Essa não lhe parecerá uma união adequada.

Os dedos de Flor da Noite martelavam agora com certa fúria.

— Você fala como se fosse meu *pai* que pretendesse casar com você! — disse ela. — Qual é o problema? Eu amo você. Você não me ama?

Ela fitou o rosto de Abdullah ao dizer essas palavras. Ele a fitou de volta, no que pareceu uma eternidade de grandes olhos escuros. E se viu dizendo:

— *Sim*.

Flor da Noite sorriu. Abdullah sorriu. Várias outras eternidades enluaradas se passaram.

— Vou junto quando você for embora — disse Flor da Noite. — Como o que diz sobre a atitude do meu pai em relação a você pode muito bem ser verdade, devemos nos casar primeiro e só depois contar ao meu pai. Então ele não poderá fazer nada.

Abdullah, que tinha alguma experiência com homens ricos, desejou poder ter certeza disso.

— Pode não ser tão simples assim — afirmou ele. — Na verdade, pensando agora, estou certo de que nossa única saída prudente é ir embora de Zanzib. Isso deve ser fácil, porque eu por acaso tenho um tapete mágico... Lá está ele, no alto da encosta. Foi ele que me trouxe aqui. Infelizmente, precisa ser ativado por uma palavra mágica que, ao que parece, eu só consigo dizer durante o sono.

Flor da Noite apanhou uma lâmpada e a segurou bem alto, de forma a poder inspecionar o tapete. Abdullah observava, admirando a graça com que ela se inclinava para a frente.

— Parece muito velho — disse ela. — Já li sobre esses tapetes. O comando provavelmente é uma palavra bastante comum pronunciada de maneira antiga. Minha leitura sugere que esses tapetes se destinavam a ser usados rapidamente numa emergência, e assim a palavra não pode ser nada de extraordinário. Por que não me conta detalhadamente tudo que sabe sobre ele? Juntos, poderemos descobrir.

Com isso, Abdullah percebeu que Flor da Noite — descontados os lapsos em seu conhecimento prático — era tão inteligente quanto instruída. Ele a admirou ainda mais. E contou-lhe, até onde sabia, todos os fatos sobre o tapete, inclusive o tumulto na tenda de Jamal que impedira que ele ouvisse a palavra-comando.

Flor da Noite ouvia e assentia a cada novo fato.

— Então — disse ela —, vamos deixar de lado a razão por que alguém lhe venderia um tapete comprovadamente mágico e, não obstante, cuidaria para que você não pudesse usá-lo. É uma coisa tão estranha que tenho certeza de que devemos refletir sobre isso mais tarde. Mas primeiro vamos pensar no que o tapete faz. Você diz que ele desceu quando mandou que o fizesse. O estranho falou nesse momento?

A mente dela era sagaz e lógica. Ele havia de fato encontrado uma pérola entre as mulheres, pensou Abdullah.

— Tenho quase certeza de que ele não falou nada.

— Então — continuou Flor da Noite —, a palavra-comando só é necessária para fazer o tapete começar a voar. Depois disso, eu só vejo duas possibilidades. Primeiro, que o tapete fará o que você disser até tocar o solo, em algum lugar. Ou, segundo, que ele de fato obedecerá seu comando até que esteja de volta ao local de onde partiu...

— Podemos testar isso facilmente — disse Abdullah. Ele estava tonto de admiração pela lógica dela. — Acho que a segunda possibilidade é a correta. — Ele saltou sobre o tapete e gritou, experimentando: — Para cima e de volta à minha tenda!

— Não, não! Não faça isso! Espere! — gritou Flor da Noite no mesmo instante.

Mas era tarde demais. O tapete açoitou o ar e então deslizou de lado com tamanha velocidade e de modo tão súbito que Abdullah primeiro foi jogado de costas, perdendo o fôlego, e depois se viu pendurado, com a metade do corpo pendendo da borda desgastada, no que parecia uma altura aterrorizante. O deslocamento de ar provocado pelo movimento tornou a tirar-lhe o ar assim que ele conseguiu respirar. Tudo que podia fazer era tentar freneticamente segurar-se melhor na franja numa das extremidades. E, antes que conseguisse voltar à posição anterior sobre o tapete, muito menos falar, o tapete mergulhou — deixando o fôlego recém-adquirido de Abdullah lá no alto —, abriu caminho entre as cortinas da tenda — semiasfixiando Abdullah no processo —, e aterrissou suavemente no chão, no interior da tenda.

Abdullah ficou caído de cara no chão, ofegante, com lembranças vertiginosas de torreões passando velozmente por ele contra um céu estrelado. Tudo havia acontecido tão rápido que, a princípio, ele só conseguia pensar que a distância entre sua tenda e o jardim noturno devia ser surpreendentemente curta. Então, enquanto sua respiração enfim retornava ao normal, ele queria se socar. Que coisa *estúpida* para se fazer! Ele podia pelo menos ter esperado até Flor da Noite ter tempo de subir no tapete também. Agora a lógica da própria Flor da Noite lhe dizia que não havia forma de voltar para ela, a não ser dormir novamente e, mais uma vez, esperar ter a sorte de dizer a palavra-comando em seu sono. Mas, como já fizera isso duas vezes, ele estava razoavelmente certo de que conseguiria. Estava ainda mais certo de que Flor da Noite deduziria isso por conta própria e esperaria por ele no jardim. Ela era a inteligência em pessoa — uma pérola entre as mulheres. Ela o esperaria de volta em uma hora mais ou menos.

Depois de uma hora alternando entre culpar-se e enaltecer Flor da Noite, Abdullah de fato conseguiu dormir. Mas, infelizmente, quando acordou ainda estava de cara no tapete no meio da tenda. O cachorro de Jamal latia lá fora, e fora isso que o havia acordado.

— Abdullah! — gritou a voz do filho do irmão da primeira esposa do seu pai. — Você está acordado aí?

Abdullah gemeu. Isso era tudo de que precisava.

CAPÍTULO QUATRO
O qual tem a ver com casamento e profecia

Abdullah não conseguia atinar no que Hakim estaria fazendo lá. Os parentes da primeira esposa do seu pai em geral só apareciam uma vez por mês, e já lhe haviam feito uma visita dois dias antes.

— O que você quer, Hakim? — gritou ele, abatido.

— Falar com você, é óbvio! — gritou Hakim de volta. — Com urgência!

— Então abra as cortinas e entre — disse Abdullah.

Hakim introduziu o corpo largo entre as tapeçarias.

— Eu devo dizer que, se essa é a segurança de que se vangloria, filho do marido de minha tia — disse ele —, eu não a tenho em boa conta. Qualquer um pode entrar aqui e surpreendê-lo enquanto dorme.

— O cachorro lá fora me avisou que você estava aqui — disse Abdullah.

— E de que serve isso? — perguntou Hakim. — O que você faria se eu fosse um ladrão? Ia estrangular-me com um tapete? Não, eu não posso aprovar a segurança dos seus arranjos.

— O que você queria me dizer? — perguntou Abdullah. — Ou você só veio aqui encontrar defeitos, como sempre?

Hakim sentou-se solenemente numa pilha de tapetes.

— Falta-lhe sua escrupulosa cortesia natural, primo por casamento — disse ele. — Se o filho do tio do meu pai o ouvisse, não ficaria satisfeito.

— Eu não devo satisfação a Assif por meu comportamento ou por nenhuma outra coisa! — devolveu Abdullah. Ele estava totalmente arrasado. Sua alma gritava por Flor da Noite, e ele não podia ir até ela. Não tinha paciência com mais nada.

— Então não vou perturbá-lo com minha mensagem — disse Hakim, levantando-se com altivez.

— Ótimo! — disse Abdullah. E seguiu para os fundos da tenda para lavar-se.

Mas estava evidente que Hakim não iria embora sem entregar sua mensagem. Quando Abdullah retornou depois de se lavar, Hakim ainda estava lá de pé.

— Você faria bem em trocar de roupa e visitar um barbeiro, primo por casamento — disse ele a Abdullah. — No momento você não parece a pessoa apropriada para visitar nosso empório.

— E por que eu deveria ir até lá? — perguntou Abdullah, um tanto surpreso. — Vocês todos deixaram óbvio há muito tempo que não sou bem-vindo.

— Porque — disse Hakim — a profecia feita em seu nascimento veio à luz numa caixa que há muito se pensava continha apenas incenso. Se você se der ao trabalho de comparecer ao empório vestido de modo adequado, essa caixa lhe será entregue.

Abdullah não tinha o menor interesse nessa tal profecia. Tampouco imaginava por que teria de ir pessoalmente buscá-la quando Hakim poderia muito bem tê-la trazido com ele. Estava prestes a recusar quando lhe ocorreu que, se tivesse sucesso ao pronunciar a palavra certa em seu sonho desta noite (o que ele estava confiante que aconteceria, o mesmo já tendo ocorrido duas vezes), então ele e Flor da Noite com toda a probabilidade fugiriam juntos para se casar. Um homem deveria ir ao seu casamento corretamente trajado, limpo e barbeado. Então, como ele iria mesmo a uma sala de banho e a uma barbearia, poderia também ir buscar a tola profecia na volta.

— Muito bem — disse ele. — Podem me esperar duas horas antes do pôr do sol.

Hakim franziu a testa.

— Por que tão tarde?

— Porque tenho coisas para fazer, primo por casamento — explicou Abdullah. A ideia da fuga iminente deixava-o tão feliz que ele sorriu para Hakim e fez-lhe uma mesura com extrema cortesia. — Embora eu leve uma vida atarefada, com pouco tempo de sobra para obedecer a suas ordens, estarei lá, não tenha medo.

Hakim continuou de testa franzida e, ao sair, virou-se para olhar, sobre os ombros, as costas de Abdullah. Era óbvio que ele estava tão aborrecido quanto desconfiado. Abdullah não poderia ter dado menos importância ao assunto. Assim que Hakim sumiu de vista, ele alegremente deu a Jamal metade do dinheiro que lhe restava para tomar conta da sua tenda durante o dia. Em troca, foi obrigado a aceitar do cada vez mais agradecido Jamal um café da manhã constituído de todas as iguarias da tenda. A excitação tirara o apetite de Abdullah. Havia ali comida demais e, para não ferir os sentimentos de Jamal, ele deu secretamente a maior parte dela para o cachorro de Jamal — o que fez com cautela, pois o cão era tão rápido em abocanhar quanto em morder. Ele, porém, parecia partilhar a gratidão do dono. Abanou o rabo educadamente, comeu tudo que Abdullah lhe ofereceu e então tentou lamber o rosto de Abdullah.

O mercador esquivou-se desse gesto de cortesia. O

bafo do cachorro era de lula velha. Abdullah o acariciou com delicadeza na cabeça nodosa, agradeceu a Jamal e saiu correndo para o Bazar. Ali investiu o restante do dinheiro no aluguel de um carrinho de mão, o qual carregou cuidadosamente com seus melhores e mais raros tapetes — o oquinstano floral, o capacho brilhante de Inhico, os *farqtans* dourados, os de gloriosa padronagem vindos do deserto e o par idêntico da distante Thayack — e os levou para as grandes tendas no centro do Bazar, onde os mercadores ricos negociavam. Apesar de toda a sua agitação, Abdullah estava sendo prático. O pai de Flor da Noite era certamente muito rico. Ninguém, a não ser os homens mais ricos, podiam pagar o dote para a filha se casar com um príncipe. Assim, estava evidente para Abdullah que ele e Flor da Noite teriam de ir para muito longe, ou o pai dela poderia tornar as coisas muito desagradáveis para eles. Mas também estava evidente para Abdullah que Flor da Noite estava acostumada a ter o melhor de tudo. Ela não ficaria feliz levando uma vida sem conforto. Portanto Abdullah precisava de dinheiro. Fez uma mesura diante do mercador na mais rica das tendas ricas e, tendo-lhe chamado de tesouro entre os negociantes e mais majestoso dos mercadores, ofereceu-lhe o oquinstano floral por uma quantia verdadeiramente formidável.

O mercador tinha sido amigo do pai de Abdullah.

— E por quê, filho do mais ilustre do Bazar — perguntou ele —, você iria querer se desfazer do que é certamente, a julgar pelo preço, a joia da sua coleção?

— Estou diversificando meus negócios — respondeu Abdullah. — Como já deve ter ouvido, andei comprando quadros e outras formas de arte. Para criar espaço para estes, sou forçado a me desfazer dos meus tapetes menos valiosos. E ocorreu-me que um vendedor de tapeçaria celestial como o senhor talvez quisesse ajudar o filho do seu velho amigo tirando de minhas mãos esta miserável coisa florida, por um preço de pechincha.

— O conteúdo da sua tenda deve, no futuro, ser a nata, de fato — disse o mercador. — Deixe-me oferecer-lhe metade do que você pediu.

— Ah, o mais astuto entre os astutos — disse Abdullah. — Mesmo uma barganha custa dinheiro. Mas, para o senhor, vou reduzir meu preço em duas moedas.

Foi um dia longo e quente. No começo da noite, Abdullah havia vendido todos os seus melhores tapetes por quase o dobro do que pagara por eles. E avaliou que agora tinha dinheiro disponível suficiente para manter Flor da Noite em um luxo razoável por uns três meses. Depois disso, ele esperava que alguma coisa acontecesse ou que a doce natureza dela a resignasse à pobreza. Ele dirigiu-se à casa de banhos. Depois foi ao barbeiro. Passou pelo perfumista e fez-se perfumar-se com óleos. Então voltou à sua tenda e vestiu-se com suas melhores roupas. Estas, como os trajes da maioria dos mercadores, tinham vários bolsos dissimulados, partes de bordados e cordões ornamentais que não eram de modo algum ornamentos, e sim bolsas engenhosamente ocultas para guardar dinheiro. Abdullah distribuiu seu ouro recém-adquirido por esses esconderijos e, por fim, viu-se pronto. Então seguiu, sem muito entusiasmo, para o velho empório do pai. Disse a si mesmo que assim passaria o tempo até sua fuga para casar.

Era uma sensação curiosa subir os degraus baixos de cedro e entrar no lugar onde passara grande parte da sua infância. O cheiro do local — a madeira, as especiarias e o odor felpudo e untuoso de tapetes — era tão familiar que, se fechasse os olhos, podia imaginar que tinha dez anos de novo, brincando atrás de um rolo de tapete enquanto o pai negociava com um cliente. Mas, com os olhos abertos, Abdullah não tinha essa ilusão. A irmã da primeira esposa do seu pai tinha um lamentável gosto pelo roxo vivo. As paredes, os biombos de treliça, as cadeiras para os clientes, a mesa do caixa e até mesmo o cofre haviam sido todos pintados com a cor preferida de Fátima, que veio encontrá-lo com um vestido da mesma cor.

— Ora, Abdullah! Como você é pontual e como está elegante! — exclamou ela, e seus modos diziam que havia esperado que ele chegasse atrasado e em farrapos.

— Até parece que ele se vestiu para o próprio casamento! — disse Assif, adiantando-se também, com um sorriso no rosto magro e rabugento.

Era tão raro ver Assif sorrir que Abdullah pensou por um momento que ele houvesse torcido o pescoço e estivesse fazendo uma careta de dor. Então Hakim reprimiu o riso, o que fez Abdullah se dar conta do que Assif acabara de dizer. Para sua contrariedade, viu que enrubescia violentamente. Foi obrigado a fazer uma mesura educada, para esconder o rosto.

— Não precisa fazer o garoto enrubescer! — gritou Fátima, o que naturalmente fez Abdullah ficar ainda mais vermelho. — Abdullah, que boato é esse que ouvimos de que de repente você está planejando negociar quadros?

— E que está vendendo o melhor do seu estoque para dar espaço aos quadros? — acrescentou Hakim.

O rubor de Abdullah desapareceu. Ele viu que tinha sido chamado ali para ser criticado. Teve certeza disso quando Assif acrescentou, em tom de desaprovação:

— Estamos um tanto magoados, filho do marido da sobrinha do meu pai, por você não ter pensado que *nós* poderíamos obsequiá-lo ficando com alguns dos seus tapetes.

— Queridos parentes — disse Abdullah —, eu não poderia, naturalmente, vender meus tapetes a vocês. Meu objetivo era ter lucro e eu não poderia tirar dinheiro de vocês, a quem meu pai amava. — Estava tão aborrecido que se virou para ir embora, só para ver que Hakim havia silenciosamente fechado e bloqueado as portas com barras.

— Não há necessidade de deixar a loja aberta — disse Hakim. — Vamos ficar só a família aqui.

— O pobrezinho! — exclamou Fátima. — Nunca teve tanta necessidade de uma família para manter a cabeça no lugar!

— De fato — disse Assif. — Abdullah, correm alguns rumores no Bazar de que você enlouqueceu. Isso não nos agradando de forma estranha — concordou Hakim. — Não gostamos desse tipo de conversa ligado a uma família respeitável como a nossa.

Dessa vez eles estavam piores do que de hábito.

— Não tem nada *errado* com a minha mente — disse Abdullah. — Eu sei exatamente o que estou fazendo. E meu objetivo é parar de dar a vocês chance de me criticar, provavelmente amanhã. Bem, Hakim me disse para vir aqui porque vocês encontraram a profecia feita em meu nascimento.

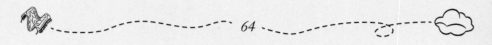

Isso é verdade ou foi uma simples desculpa? — Nunca antes ele fora tão rude com os parentes da primeira esposa do pai, mas estava com muita raiva e achava que eles mereciam.

Por mais estranho que fosse, em vez de ficarem zangados com Abdullah, os três parentes da primeira esposa do seu pai começaram a correr alvoroçadamente pelo empório.

— Ora, onde *está* aquela caixa? — perguntou Fátima.

— Encontre-a, encontre-a! — disse Assif. — São as palavras do adivinho que o pobre pai trouxe ao leito da sua segunda esposa uma hora depois do nascimento de Abdullah. Ele precisa vê-las!

— Escrito pela mão do seu próprio pai — disse Hakim a Abdullah. — O maior dos tesouros para você.

— *Aqui* está! — exclamou Fátima, puxando triunfalmente uma caixa de madeira entalhada de uma prateleira alta. Ela entregou a caixa a Assif, que a empurrou para as mãos de Abdullah.

— Abra, abra! — gritaram os três, animados.

Abdullah pousou a caixa no balcão púrpura onde ficava o caixa do empório e levantou o trinco. A tampa caiu para trás, levantando um cheiro bolorento do interior, que estava perfeitamente vazio, a não ser por um papel amarelado dobrado.

— Pegue! Leia! — ordenou Fátima, ainda mais animada.

Abdullah não entendia por que toda aquela comoção, mas desdobrou o papel. Havia ali algumas linhas escritas, marrons e desbotadas, e sem dúvida era a caligrafia do seu pai. Ele se voltou na direção da lâmpada pendente com o papel. Agora que Hakim havia fechado as portas principais, a roxidão generalizada do empório dificultava a visão ali dentro.

— Ele mal pode ver! — disse Fátima.

— Não é de admirar — replicou Assif. — Não tem luz aqui. Leve-o para a sala nos fundos. As persianas do alto estão abertas lá.

Ele e Hakim seguraram os ombros de Abdullah e o conduziram apressadamente em direção aos fundos da loja. Abdullah estava tão ocupado tentando ler a garatuja pálida do pai que os deixou empurrá-lo até que estivesse parado debaixo das grandes venezianas na sala de estar que ficava atrás do empório. Ali estava melhor. Agora ele sabia por que o pai ficara tão decepcionado com ele. O papel dizia:

> *Estas são as palavras do sábio adivinho: "Este seu filho não o seguirá nos negócios. Dois anos após sua morte, sendo ele um rapaz ainda bem jovem, será elevado acima de todos os outros nesta terra. O que o Destino decreta eu digo."*
>
> *O destino do meu filho é uma grande decepção para mim. Que o Destino me envie outros filhos que me sigam nos negócios ou terei perdido quarenta moedas de ouro nesta profecia."*

— Como você vê, um grande futuro o espera, caro rapaz — disse Assif.

Alguém deu uma risadinha afetada.

Abdullah ergueu os olhos do papel, um tanto confuso. Parecia haver muito perfume no ar.

A risadinha se fez ouvir novamente, duas vezes, vindo da sua frente.

Os olhos de Abdullah dispararam naquela direção. Ele os sentiu arregalar-se. Duas jovens bem gordas encontravam-se de pé diante dele.* Elas fitaram seus olhos arregalados e tornaram a rir, tímidas. Ambas estavam vestidas suntuosamente em cetim brilhante e tule armado — rosa na da direita, amarelo na da esquerda — e enfeitadas com mais colares e braceletes do que parecia possível. Além disso, a de rosa, que era a mais gorda, trazia uma pérola pendente na testa, logo abaixo do cabelo cuidadosamente frisado. A de amarelo, quase tão gorda quanto a outra, usava uma espécie de tiara cor de âmbar e tinha os cabelos ainda mais frisados. Ambas usavam uma quantidade muito grande de maquiagem, o que era, em ambos os casos, um grave erro.

Assim que tiveram certeza de que a atenção de Abdullah estava concentrada nelas — e estava concentrada mesmo: ele estava paralisado pelo horror —, cada garota puxou um véu de trás dos amplos ombros — um véu cor-de-rosa à esquerda e um amarelo à direita — e o prendeu castamente, encobrindo o rosto.

*Diana Wynne Jones escreveu *O castelo no ar* em 1990. De lá para cá, muito mudou na nossa sociedade – no mercado editorial, inclusive. Ganhamos mais consciência social e a preocupação – muito justificada – de não propagar preconceitos e discriminação também nos livros. Trata-se de uma atitude altamente positiva, afinal, em um mundo tão diverso, precisamos é celebrar as diferenças, e não diminuí-las.

No entanto, em livros escritos em um período anterior a essa conscientização, às vezes encontramos situações que incomodam e nos causam desconforto, mas que, de modo algum, invalidam a qualidade do livro. É o caso desta cena, em que um aspecto físico das personagens é apresentado de forma negativa. Como não é mais possível debater o caso com a autora, lembro que a leitura deve ser contextualizada: anos 1990, quando não havia essa preocupação social na caracterização dos personagens. Os pontos de vista expressados no texto não refletem de forma alguma a opinião e os sentimentos da Galera Record. *(N. da E.)*

— Saudações, querido marido! — disseram as duas em coro, por trás dos véus.

— *O quê?* — exclamou Abdullah.

— Estamos usando o véu — disse a de rosa.

— Porque você não deve olhar nosso rosto — disse a de amarelo.

— Até nos casarmos — finalizou a de rosa.

— Deve haver algum erro! — exclamou Abdullah.

— De modo algum — afirmou Fátima. — Estas são as duas sobrinhas da minha sobrinha que estão aqui para se casar com você. Não me ouviu dizer que ia procurar duas esposas para você?

As duas sobrinhas deram outra risadinha afetada.

— Ele é tão bonito — disse a de amarelo.

Após uma pausa bem longa, durante a qual ele engoliu em seco e fez o máximo que pôde para controlar suas emoções, Abdullah disse com cortesia:

— Digam-me, ó parentes da primeira esposa do meu pai, faz muito tempo que vocês sabem da profecia feita ao meu nascimento?

— Há séculos — respondeu Hakim. — Você acha que somos tolos?

— Seu querido pai nos mostrou este papel — disse Fátima — na ocasião em que fez o testamento.

— E naturalmente não estamos preparados para deixar sua grande e boa sorte afastá-lo da família — explicou Assif. — Esperamos apenas o momento em que você deixaria de seguir os passos do seu bom pai nos negócios, o que certamente é o sinal para que o sultão o torne um vizir ou o convide para comandar seus exércitos, ou quem sabe o faça ascender de alguma outra forma. Então tomamos medidas para nos assegurar de que partilhássemos da sua boa sorte. Estas suas duas noivas são parentes próximas de nós três. Você, naturalmente, não nos abandonará quando subir de posição. Assim, caro rapaz, só me resta apresentá-lo ao juiz que, como você vê, se encontra pronto para casá-lo.

Até esse momento, Abdullah não conseguira desviar o olhar das imensas figuras das duas sobrinhas. Agora ele levantou os olhos e encontrou o olhar cético do juiz do Bazar, que nesse momento saía de trás de uma tela com seu Registro de Casamentos nas mãos. Abdullah perguntou-se quanto ele estaria ganhando.

Abdullah curvou-se educadamente para o juiz.

— Infelizmente isso não será possível — disse ele.

— Ah, eu *sabia* que ele seria indelicado e desagradável! — disse Fátima. — Abdullah, pense na desgraça e decepção para estas pobres moças se você as recusar agora! Depois de elas virem até aqui, na expectativa de se casarem, e se arrumarem todas! Como você pode, sobrinho?

— Além do mais, eu tranquei todas as portas — disse Hakim. — Não pense que pode escapar.

— Eu sinto muito por magoar duas jovens tão espetaculares... — começou Abdullah.

As duas noivas já estavam magoadas, de qualquer forma. As duas emitiram um gemido. As duas puseram o rosto coberto pelo véu nas mãos e começaram a soluçar copiosamente.

— Isso é horrível! — lamentou a de rosa.

— Eu *sabia* que eles deviam ter perguntado a ele antes! — chorou a de amarelo.

Abdullah descobriu que a visão de mulheres chorando — particularmente as grandes assim, que sacudiam todo o corpo — fazia com que se sentisse péssimo. Ele sabia que era um idiota e uma besta. Sentia-se envergonhado. As moças não eram culpadas pela situação. Elas tinham sido usadas por Assif, Fátima e Hakim, exatamente como Abdullah. Mas a principal razão de ele se sentir tão abominável, e que o deixava envergonhado de verdade, era que ele só queria que elas parassem, que calassem a boca e parassem de se sacudir. Não fosse por isso, não ligaria a mínima para os sentimentos delas. Em comparação a Flor da Noite, elas o repugnavam. A ideia de se casar com elas ficou atravessada em sua garganta. Sentia-se enjoado. Mas, só porque elas estavam choramingando e fungando na frente dele, ele se viu pensando que três esposas talvez não fossem tantas, afinal. As duas fariam companhia a Flor da Noite quando estivessem longe de Zanzib e de casa. Ele teria de lhes explicar a situação e fazer com que subissem no tapete mágico...

Isso trouxe Abdullah de volta à razão. Com um solavanco. O tipo de solavanco que um tapete mágico pode provocar se carregado com duas mulheres tão pesadas — isto é, supondo-se que conseguisse sair do chão com elas em cima. As duas eram muito gordas. Quanto a pensar que fariam companhia a Flor da Noite... puf! Ela era inteligente, culta e gentil, além de linda. Essas duas ainda precisavam mostrar a ele que, juntas, tinham ao menos um neurônio. Elas queriam casar e seu choro era uma forma de forçá-lo a isso. E tinham um riso afetado. Ele nunca vira Flor da Noite rir assim.

Nesse ponto Abdullah ficou um tanto perplexo ao descobrir que ele, de fato, amava Flor da Noite com tanto ardor quanto vinha dizendo a si mesmo — ou ainda mais, porque agora via que a respeitava. Sabia que morreria sem ela. E, se concordasse em se casar com essas duas sobrinhas gordas, ele *ficaria* sem ela. Flor da Noite o chamaria de cobiçoso, como o príncipe do Oquinstão.

— Lamento muito — disse ele, acima dos sonoros soluços. — Vocês deviam mesmo ter me consultado antes sobre o assunto, ó parentes da primeira esposa do meu pai, ó muito honrado e o mais honesto dos juízes. Teriam evitado esse equívoco. Eu ainda não posso me casar. Eu fiz um voto.

— *Que* voto? — perguntaram todos, inclusive as noivas gordas, e o juiz acrescentou: — Você registrou esse voto? Para ser legal, todo voto deve ser registrado com um juiz.

Isso era estranho. Abdullah pensou rapidamente.

— De fato, está registrado, ó legítima balança de discernimento — disse ele. — Meu pai me levou a um juiz a fim de registrar o voto quando me mandou fazê-lo. Eu nada mais era do que uma criancinha naquela ocasião. Embora não entendesse então, vejo agora que foi por causa da profecia. Meu pai, sendo um homem prudente, não queria ver suas quarenta moedas de ouro desperdiçadas. Ele me fez jurar que não me casaria antes de o Destino me elevar acima de todos nesta terra. Assim... — Abdullah pôs as mãos nas mangas do seu melhor terno e fez uma mesura com pesar na direção das duas noivas gordas — ... eu ainda não posso me casar com vocês, balas gêmeas de caramelo, mas esse dia chegará.

— Bem, nesse caso...! — disseram todos em vários tons de descontentamento e, para profundo alívio de Abdullah, a maioria se afastou dele.

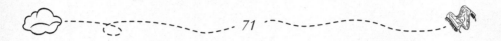

— Sempre achei que seu pai era mesmo um homem ganancioso — acrescentou Fátima.

— Mesmo do além-túmulo — concordou Assif. — Teremos de esperar pela ascensão do rapaz então.

O juiz, porém, insistiu.

— E que juiz foi esse diante do qual você fez o voto? — perguntou ele.

— Eu não sei o nome dele — inventou Abdullah, falando com intenso pesar. Estava suando bastante. — Eu era um menininho e ele me pareceu um velho com uma longa barba branca. — Isso, pensou ele, serviria como descrição a todos os juízes que já existiram, inclusive o que se encontrava diante dele.

— Vou ter de verificar todos os registros — disse o juiz com irritação. Então se voltou para Assif, Hakim e Fátima e, com frieza, despediu-se formalmente.

Abdullah foi embora com ele, quase agarrando-se à faixa oficial do juiz em sua pressa de fugir do empório e das duas noivas gordas.

CAPÍTULO CINCO
O qual conta como o pai de Flor da Noite quis elevar Abdullah acima de todos os outros na Terra

—Que dia! — disse Abdullah para si mesmo, quando finalmente voltou ao interior da sua tenda. — Se minha sorte continuar nesse caminho, não ficarei surpreso se nunca mais conseguir que o tapete saia do chão! — Ou, pensou ele deitado no tapete, ainda vestido em sua melhor roupa, talvez consiga chegar ao jardim noturno apenas para ver que Flor da Noite ficou aborrecida demais com sua estupidez na noite anterior para continuar a amá-lo. Ou ela podia ainda amá-lo, mas ter decidido não fugir com ele. Ou...

Abdullah levou algum tempo para conseguir dormir.

Mas, quando acordou, tudo estava perfeito. O tapete aterrissava suavemente, deslizando na encosta banhada pelo luar. Então Abdullah soube que tinha dito a palavra-comando afinal, e tão pouco tempo tinha se passado desde que a dissera que ele quase se lembrava de qual era. No entanto, ela desapareceu da sua mente quando Flor da Noite veio correndo, ansiosa, em sua direção, em meio às flores brancas e perfumadas e às lâmpadas redondas amarelas.

— Você veio! — gritou ela enquanto corria. — Eu estava bastante preocupada!

Ela não estava zangada. O coração de Abdullah se alegrou.

— Está pronta para partir? — gritou ele de volta. — Pule aqui ao meu lado.

Flor da Noite riu com prazer — sem dúvida aquela não era uma risadinha afetada — e veio correndo pelo gramado. Nesse momento a lua pareceu esconder-se atrás de uma nuvem, porque Abdullah a viu inteiramente iluminada pelas lâmpadas por um momento, dourada e ávida, enquanto corria. Ele se levantou e estendeu as mãos para ela.

Ao fazê-lo, a nuvem desceu até a luz das lâmpadas. E não era uma nuvem, mas sim imensas asas negras e coriáceas, batendo em silêncio. Um par de braços parecendo igualmente de couro, com mãos que tinham unhas longas como garras, estendeu-se vindo das sombras daquelas asas em leque e envolveu o corpo de Flor da Noite. Abdullah a viu parar bruscamente quando os dois braços a impediram de continuar correndo. Ela olhou à sua volta e ergueu os olhos. O que quer que tenha visto a fez gritar, um grito único, selvagem, frenético, que foi interrompido quando um dos braços coriáceos trocou de posição para espalmar a imensa mão com garras sobre o rosto dela.

Flor da Noite batia no braço com as mãos fechadas e esperneava, tentando libertar-se, mas foi tudo inútil. Ela foi erguida, uma pequena figura pálida contra a imensa negrura. As enormes asas tornaram a bater em silêncio. Um pé gigantesco, com garras como as das mãos, comprimiu o gramado a cerca de um metro da encosta onde Abdullah ainda se encontrava no gesto de se pôr de pé, e uma perna coriácea flexionou poderosos músculos no momento em que a coisa — o que quer que fosse — saltou no ar. Por um brevíssimo instante, Abdullah se viu fitando uma cara coriácea hedionda, com um anel transpassando o nariz adunco e olhos longos e oblíquos, distantes e cruéis. Mas a coisa não estava olhando para ele. Simplesmente se concentrava em erguer a si mesma e à sua prisioneira no ar.

No segundo seguinte, estava no alto. Abdullah a viu acima da sua cabeça por mais uma fração de segundo, um djim, uma enorme criatura voadora, com uma jovem humana minúscula e pálida pendurada em seus braços. Então a noite os engoliu. Tudo aconteceu inacreditavelmente rápido.

— Atrás dele! Siga aquele djim! — ordenou Abdullah ao tapete.

O tapete pareceu obedecer e ergueu-se do solo. No entanto, quase como se alguém tivesse lhe dado outra ordem, ele tornou a descer e ficou imóvel.

— Seu capacho comido por traças! — esbravejou Abdullah.

Nesse momento, ouviu-se um grito mais abaixo no jardim.

— Por aqui, homens! O grito veio lá de cima!

Ao longo da arcada, Abdullah vislumbrou o luar se refletindo em capacetes de metal e — pior ainda — as lâmpadas douradas incidindo sobre espadas e balestras. Ele não esperou para explicar àquelas pessoas por que havia gritado. Jogou-se no tapete.

— De volta para a tenda! — sussurrou. — Rápido! Por favor!

Dessa vez o tapete obedeceu, tão rapidamente quanto fizera na noite anterior. Num piscar de olhos, decolou e lançou-se de lado e transpondo um muro ameaçadoramente alto. Abdullah teve apenas um vislumbre de um grande destacamento de mercenários do norte andando pelo jardim iluminado por lâmpadas, antes de sobrevoar em velocidade os tetos adormecidos e as torres iluminadas pelo luar de Zanzib. Ele mal teve tempo de pensar que o pai de Flor da Noite devia ser ainda mais rico do que havia pensado — poucas pessoas podiam pagar tantos soldados de aluguel, e os mercenários do norte eram os mais caros — antes que o tapete descesse planando e passasse suavemente pelas cortinas, levando-o até o meio da sua tenda.

Ali ele se entregou ao desespero.

Um djim havia roubado Flor da Noite e o tapete se recusara a segui-lo. Ele sabia que isso não era de surpreender. Um djim, como todos em Zanzib sabiam, exercia grandes poderes no ar e na terra. Sem dúvida o djim havia, como precaução, ordenado a todas as coisas no jardim que ficassem onde estavam enquanto ele levava Flor da Noite embora. Ele provavelmente nem percebera a presença do tapete, ou de Abdullah em cima dele, mas a magia menor do tapete fora forçada a ceder ao comando do djim. Então este havia roubado Flor da Noite, a quem Abdullah amava mais do que a sua própria alma, no momento em que ela estava prestes a cair em seus braços, e aparentemente não havia nada que ele pudesse fazer.

Abdullah chorou.

Depois disso, jurou jogar fora todo o dinheiro escondido em suas roupas. Era inútil para ele agora. Mas, antes de fazê-lo, entregou-se novamente à aflição, um tormento ruidoso a princípio, no qual se lamentava em voz alta e batia no próprio peito, como era costume em Zanzib. Então, à medida que os galos começaram a cantar e as pessoas a se movimentar ali por perto, ele caiu num desespero silencioso. Não havia sentido nem mesmo em se mover. Outros podiam se alvoroçar, assoviar e bater baldes, mas Abdullah já não fazia parte dessa vida. Permaneceu agachado no tapete mágico, desejando estar morto.

Tão desgraçado se sentia que em nenhum momento lhe ocorreu que poderia estar correndo perigo. Não prestou atenção quando todos os ruídos do Bazar cessaram, como acontece com os pássaros quando um caçador entra no bosque. Não percebeu o pesado barulho de pés, tampouco o clanque, clanque, clanque regular da armadura de mercenários que o acompanhava. Quando alguém gritou "Alto!" diante da sua tenda, ele nem mesmo virou a cabeça. Só o fez quando as cortinas da tenda foram arrancadas. Ele ficou apaticamente surpreso. Piscou os olhos inchados contra a forte luz do sol e perguntou-se vagamente o que uma tropa de soldados do norte estava fazendo ali.

— É ele — disse alguém em roupas civis, que poderia ser Hakim e que desapareceu prudentemente antes que os olhos de Abdullah pudessem focar nele.

— Você! — disse bruscamente o líder do pelotão. — Para fora. Venha conosco.

— O quê? — perguntou Abdullah.

— Pegue-o — ordenou o líder.

Abdullah estava perplexo. Protestou debilmente quando o forçaram a ficar de pé e torceram-lhe os braços para fazê-lo andar. Ele seguiu protestando enquanto o levavam a toda pressa — clanque-clanque, clanque-clanque — do Bazar na direção da Zona Oeste. Pouco depois ele protestava com grande veemência.

— O que isto significa? — arfou. — Eu exijo... como cidadão... saber aonde estamos... indo!

— Cale a boca. Você verá — responderam. Eles estavam em excelente forma e nem sequer arfavam.

Pouco depois, passaram com Abdullah por um maciço portão feito de blocos de pedra que brilhavam brancos ao sol, entrando num chamejante pátio, onde passaram cinco minutos diante de uma oficina de ferreiro, que mais parecia um forno, acorrentando Abdullah. Ele protestou ainda mais.

— Para que isto? Onde *estou*? Eu exijo saber!

— Cale a boca! — disse o líder do pelotão. Ele comentou para o segundo no comando, em seu bárbaro sotaque do norte: — Eles sempre se *lamuriam* tanto, esses zanzibenses. Não têm a menor noção de dignidade.

Enquanto o líder dizia isso, o ferreiro, que também era de Zanzib, murmurou para Abdullah:

— O sultão quer você. Não estou muito otimista em relação a suas chances. O último que acorrentei assim foi crucificado.

— *Mas eu não fiz nad...!* — protestou Abdullah.

— CALE A BOCA! — gritou o líder. — Acabou, ferreiro? Certo. Rápido! — E saíram, apressados, levando Abdullah outra vez, atravessando o pátio fulgurante e entrando na grande construção adiante.

Abdullah teria achado impossível até mesmo andar com aquelas correntes. Eram pesadas demais. Mas é surpreendente o que se é capaz de fazer quando um pelotão de soldados de cara fechada está determinado a forçá-lo. Ele correu, clanque-claque, clanque-claque, *clash*, até que afinal, com um tinido exausto, chegou aos pés de uma cadeira elevada feita de azulejos azuis e dourados e coberta de almofadas. Ali todos os soldados se ajoelharam numa só perna, de uma forma decorosa e formal, como os soldados do norte faziam diante da pessoa que lhes pagava.

— Eis o prisioneiro Abdullah, senhor sultão — disse o líder do pelotão.

Abdullah não se ajoelhou. Ele seguiu o costume de Zanzib e caiu com o rosto no chão. Além disso, estava exausto e era mais fácil deixar-se cair com um forte ruído do que fazer qualquer outra coisa. O piso ladrilhado estava abençoada e maravilhosamente frio.

— Façam o filho do excremento de um camelo ajoelhar-se — disse o sultão. — Façam a criatura nos olhar no rosto. — Sua voz era baixa, mas tremia de fúria.

Um soldado arrastou as correntes e dois outros puxaram Abdullah pelos braços até que o puseram meio curvado, de joelhos. Eles o seguraram assim e Abdullah sentiu-se contente. De outra forma, teria sucumbido de horror. O homem reclinado no trono azulejado era gordo e careca e usava uma cerrada barba grisalha. Ele batia numa almofada de uma forma que parecia distraída — mas que na verdade expressava uma raiva amarga — com uma peça branca de algodão que tinha uma borla no alto. Foi essa coisa que fez Abdullah compreender a encrenca em que estava metido. Essa coisa era a sua touca de dormir.

— Bem, cão saído de um monte de estrume — disse o sultão. — Onde está minha filha?

— Não tenho a menor ideia — disse Abdullah, infeliz.

— Você nega — disse o sultão, balançando a touca como se fosse uma cabeça degolada que estivesse segurando pelos cabelos —, você nega que esta é sua touca de dormir? Seu nome está dentro dela, seu vendedor desgraçado! Ela foi encontrada por mim, por nós!, dentro de uma caixa de quinquilharias de minha filha, assim como 82 retratos de pessoas comuns, que foram escondidos por minha filha em 82 esconderijos sagazes. Você nega que entrou furtivamente em meu jardim noturno e presenteou minha filha com esses retratos? Nega que então roubou minha filha?

— Sim, eu nego! — disse Abdullah. — Não nego, ó mais exaltado defensor dos fracos, a touca ou os quadros, embora eu deva ressaltar que sua filha é mais hábil em esconder do que o senhor em achar, grande praticante da sabedoria, pois eu dei a ela de fato 107 desenhos a mais do que o senhor descobriu... mas certamente não levei Flor da Noite embora. Ela foi sequestrada diante dos meus próprios olhos por um djim imenso e medonho. Eu não sei mais do que o seu eu mais celestial onde ela está agora.

— Ora, que história convincente! — disse o sultão. — Um djim, pois sim! Mentiroso! Verme!

— Eu juro que é verdade! — gritou Abdullah. Ele estava em tamanho desespero a essa altura que mal pesava o que dizia. — Traga qualquer objeto sagrado que queira e eu juro sobre ele que é verdade a história do djim. Faça com que me encantem para dizer a verdade e eu ainda direi o mesmo, ó poderoso opressor de criminosos. Pois é a verdade. E, como eu provavelmente estou bem mais desolado do que o senhor pela perda de sua filha, grande sultão, glória de nossa terra, eu lhe imploro que me mate agora e me poupe de uma vida de sofrimento!

— Mandarei executá-lo de bom grado — disse o sultão. — Mas primeiro me diga onde ela está.

— Mas eu já lhe *disse*, maravilha do mundo! — replicou Abdullah. — Eu não sei onde ela está.

— Levem-no — disse o sultão com grande calma a seus soldados ajoelhados. Estes se puseram de pé rapidamente e puxaram Abdullah, forçando-o a ficar de pé. — Torturem-no até que diga a verdade — acrescentou o sultão. — Quando a encontrarmos, vocês podem matá-lo, mas mantenham-no vivo até lá. Eu acredito que o príncipe do Oquinstão vai aceitá-la como viúva se eu dobrar o dote.

— O senhor está enganado, soberano dos soberanos! — arquejou Abdullah enquanto os soldados o carregavam ruidosamente pelos ladrilhos. — Não sei para onde foi o djim, e meu grande pesar é que ele a tenha levado antes que tivéssemos a chance de nos casar.

— O quê? — gritou o sultão. — Tragam-no de volta! — Os soldados imediatamente arrastaram Abdullah e suas correntes de volta ao trono azulejado, onde o sultão nesse momento se inclinava para a frente, olhando ferozmente para o prisioneiro. — Meus limpos ouvidos se macularam ouvindo-o dizer que *não* se casou com minha filha, imundície? — perguntou ele.

— Correto, poderoso monarca — respondeu Abdullah. — O djim apareceu antes que pudéssemos fugir para nos casar.

O sultão fuzilou-o com o que parecia um olhar de horror.
— Isso é verdade?

— Eu juro — disse Abdullah — que nem mesmo beijei sua filha. Minha intenção era procurar um juiz assim que estivéssemos longe de Zanzib. Eu sei o que é correto. Mas também achei que era apropriado me certificar primeiro de que Flor da Noite queria de fato se casar comigo. Sua decisão me parecia tomada na ignorância, apesar dos 189 retratos. Se o senhor me perdoa dizer, protetor dos patriotas, seu método de criação da sua filha é sem dúvida falho. Ela me tomou por uma mulher quando me viu pela primeira vez.

— Então — disse o sultão, pensativo —, quando enviei os soldados para capturar e matar o intruso no jardim na noite passada, poderia ter sido um desastre. Seu tolo — disse ele a Abdullah —, escravo e vira-lata que ousa criticar! É óbvio que tive de criar minha filha do modo como a criei. A profecia feita em seu nascimento foi a de que ela se casaria com o primeiro homem, além de mim, em que ela pusesse os olhos!

Apesar das correntes, Abdullah se empertigou. Pela primeira vez nesse dia ele sentiu uma pontada de esperança.

O sultão olhava de cima a sala graciosamente ladrilhada e ornamentada, pensando.

— A profecia me era bastante conveniente — observou ele. — Havia muito eu desejava uma aliança com os países do norte, pois eles têm armas melhores do que as que podemos fazer aqui, algumas até têm poderes de feitiçaria, pelo que sei. Mas os príncipes do Oquinstão são muito difíceis de se fisgar. Então o que eu tinha a fazer — pelo menos foi o que pensei — era isolar minha filha de qualquer possibilidade de ver um homem. E naturalmente dar a ela a melhor educação em outros aspectos, para ter certeza de que pudesse cantar e dançar e fazer-se agradável para um príncipe. Assim, quando ela alcançou uma idade própria para o casamento, convidei o príncipe para vir aqui numa visita oficial. Ele viria no próximo ano, quando tivesse terminado de dominar as terras que acabou de conquistar com aquelas mesmas excelentes armas. E eu sabia que, assim que minha filha pusesse os olhos nele, a profecia cuidaria para que eu o pegasse! — Seus olhos voltaram-se malignamente para Abdullah. — Então vem um inseto como você e contraria os meus planos!

— Infelizmente essa é a verdade, mais prudente dos governantes — admitiu Abdullah. — Diga-me, este príncipe do Oquinstão por acaso é velho e feio?

— Creio que ele é medonho à maneira do norte destes mercenários — disse o sultão, e nesse momento Abdullah percebeu que os soldados, a maioria dos quais tinha sardas e cabelos ruivos, se enrijeceram um pouco. — Por que pergunta, cão?

— Porque, se me perdoa mais uma crítica à sua grande sabedoria, ó provedor de nossa nação, isso parece um tanto injusto com sua filha — observou Abdullah. Ele sentiu os olhos dos soldados voltarem-se para ele, espantados com sua ousadia. Abdullah não se importava. Sentia que tinha pouco a perder.

— As mulheres não contam — disse o sultão. — Portanto é impossível ser injusto com elas.

— Discordo — disse Abdullah, com o que os soldados o fitaram ainda mais espantados.

O sultão lançou-lhe um olhar ameaçador. Suas fortes mãos torceram a touca de dormir como se esta fosse o pescoço de Abdullah.

— Fique calado, seu sapo doente! — disse ele. — Ou vai me fazer esquecer o que eu disse e ordenar sua execução imediata!

Abdullah relaxou um pouco.

— Ó espada absoluta entre os cidadãos, eu lhe imploro que me mate agora — disse ele. — Eu transgredi a lei, pequei e invadi seu jardim noturno...

— Fique quieto — disse o sultão. — Você sabe perfeitamente bem que *não posso* matá-lo até encontrar minha filha e cuidar para que ela se case com você.

Abdullah relaxou ainda mais.

— Seu escravo não está acompanhando o seu raciocínio, ó joia do discernimento — protestou ele. — Exijo morrer agora.

O sultão praticamente rosnou para ele.

— Se aprendi uma coisa com essa lamentável história — disse ele — é que nem mesmo eu, embora seja sultão de Zanzib, posso enganar o Destino. Essa profecia vai se cumprir de alguma forma, isso eu sei. Portanto, se quero que minha filha se case com o príncipe do Oquinstão, devo antes cooperar com a profecia.

Abdullah relaxou quase por completo. Ele havia naturalmente entendido isso de imediato, mas estivera ansioso em certificar-se de que o sultão também compreendera. E, sim, compreendera. Estava óbvio que Flor da Noite tinha herdado sua mente lógica do pai.

— Então, onde está minha filha? — perguntou o sultão.

— Eu já lhe disse, ó sol que brilha sobre Zanzib — respondeu Abdullah. — O djim...

— Eu não acredito, nem por um só momento, nesse djim — disse o Sultão. — É conveniente demais. Você deve ter escondido a menina em algum lugar. Levem-no — ordenou ele aos soldados — e tranquem-no na masmorra mais segura que tivermos. Deixem-no acorrentado. Ele deve ter usado alguma forma de encantamento para entrar no jardim e provavelmente pode usá-la para escapar, a menos que tomemos cuidado.

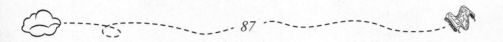

Abdullah não conseguiu evitar encolher-se com essas palavras. O sultão percebeu e sorriu malignamente.

— Em seguida — disse ele —, quero uma busca por minha filha de casa em casa. Ela deve ser levada à masmorra para o casamento assim que for encontrada. — Seus olhos voltaram-se, pensativos, outra vez para Abdullah. — Até então vou me distrair inventando novos métodos para matá-lo. No momento, opto pela empalação numa estaca de dez metros e depois soltar abutres para comê-lo aos pedaços. Mas posso mudar de ideia se pensar em algo pior.

Enquanto os soldados o arrastavam dali, Abdullah quase tornou a se desesperar. Ele pensou na profecia feita quando do seu nascimento. Uma estaca de dez metros o elevaria bem acima de todos os homens na Terra.

CAPÍTULO SEIS
O qual mostra como Abdullah saiu do espeto e caiu na brasa

Puseram Abdullah numa masmorra profunda e malcheirosa, onde a única luz vinha de uma minúscula grade no teto alto — e essa luz não era a do dia. Provavelmente vinha de uma janela distante no fim de uma passagem no piso acima, do qual a grade fazia parte.

Sabendo que era isso que o esperava, Abdullah tentou, enquanto os soldados o arrastavam, encher seus olhos e sua mente com imagens de luz. Na pausa durante a qual os soldados destrancavam a porta externa das masmorras, ele olhou para o alto e ao seu redor. Estavam num pátio pequeno e escuro com muros de pedra lisos que se erguiam como precipícios em toda a volta. Mas, se inclinasse a cabeça para trás, Abdullah podia ver uma torre esguia à meia distância, delineada contra o dourado crescente da manhã. Ficou surpreso ao ver que apenas uma hora havia se passado desde o nascer do dia. Acima da torre, o céu era de um azul profundo, com uma única nuvem pairando pacificamente naquele trecho. A manhã ainda corava a nuvem de vermelho e dourado, dando-lhe a aparência de um castelo alto com janelas douradas. A luz dourada cintilou nas asas de um pássaro branco que circundava a torre. Abdullah tinha certeza de que esta seria a última beleza que veria em sua vida. Olhou para trás, para vê-la mais uma vez, enquanto os soldados o arrastavam para dentro.

Tentou guardar essa imagem como um tesouro quando foi trancado na masmorra cinzenta e fria, mas era impossível. A masmorra era outro mundo. Durante muito tempo ele se sentiu infeliz demais até mesmo para perceber o quanto seus movimentos estavam restritos pelas correntes. Quando percebeu, mudou de posição, retinindo no chão frio, mas isso não ajudou muito.

— Tenho pela frente uma vida inteira aqui — disse a si mesmo. — A menos que alguém resgate Flor da Noite, é óbvio. — Isso não parecia muito provável, pois o sultão se recusava a acreditar no djim.

Em seguida, tentou afugentar o desespero com sua habitual fantasia. Mas, por algum motivo, pensar em si mesmo como um príncipe que havia sido sequestrado não ajudava em absoluto. Ele sabia que não era verdade, e ficava pensando, com culpa, que Flor da Noite tinha acreditado quando ele lhe contara essa história. Ela devia ter decidido se casar com ele porque pensava que ele era um príncipe — sendo ela mesma uma princesa, como ele agora sabia. Ele simplesmente não conseguia se imaginar tendo a coragem de contar a verdade. Por algum tempo, pareceu-lhe que merecia o pior destino que o sultão pudesse imaginar para ele.

Então começou a pensar em Flor da Noite. Onde quer que ela estivesse, certamente estava pelo menos tão assustada e infeliz quanto ele. Abdullah ansiava por confortá-la. Ele desejava tanto resgatá-la que passou algum tempo se retorcendo inutilmente em suas correntes.

— Como provavelmente ninguém *mais* vai tentar — murmurou ele —, eu preciso *sair* daqui!

Então, embora tivesse certeza de que era mais uma ideia tola como a sua fantasia, tentou convocar o tapete mágico. Visualizou-o estendido no chão de sua tenda e o chamou em voz alta repetidas vezes. Pronunciou todas as palavras que lhe ocorreram cujo som parecia mágico, na esperança de que uma delas fosse a palavra-comando.

Nada aconteceu. E que tolice acreditar que alguma coisa aconteceria!, pensou Abdullah. Mesmo que o tapete pudesse ouvi-lo dali, da masmorra, supondo que ele por fim dissesse a palavra-comando correta, como poderia, mesmo sendo um tapete mágico, introduzir-se aqui através da minúscula grade? E, supondo-se que conseguisse, como isso ajudaria Abdullah a sair?

Abdullah desistiu e recostou-se na parede, meio cochilando, meio desesperando-se. Deviam estar agora no auge do dia, quando a maior parte das pessoas em Zanzib fazia pelo menos uma breve pausa para descansar. O próprio Abdullah, quando não estava visitando um dos parques públicos, em geral se sentava numa pilha dos seus tapetes de menor qualidade na sombra diante de sua tenda, bebendo um suco de fruta — ou vinho, se pudesse se dar ao luxo — e conversando indolentemente com Jamal. Não mais. E este é apenas o meu primeiro dia!, pensou, com morbidez. Estou contando as horas agora. Quanto tempo vai levar para que eu perca a noção dos dias?

Fechou os olhos. Uma coisa boa. Uma busca de casa em casa pela filha do sultão ia causar pelo menos algum aborrecimento para Fátima, Hakim e Assif, simplesmente porque todos sabiam que eles eram a única família que Abdullah tinha. Ele esperava que os soldados revirassem o empório roxo de cabeça para baixo. Esperava que cortassem as paredes e desenrolassem todos os tapetes. Esperava que prendessem...

Alguma coisa pousou no chão à frente dos pés de Abdullah.

Então eles me jogaram comida, pensou Abdullah, mas

eu prefiro morrer de fome. E abriu os olhos, indiferente. Mas eles se arregalaram por sua própria vontade.

Ali, no chão da masmorra, estendia-se o tapete mágico. Em cima dele, dormindo pacificamente, estava o rabugento cão de Jamal.

Abdullah olhou os dois, perplexo. Ele podia imaginar como, no calor do meio-dia, o cão devia ter se deitado na sombra da tenda de Abdullah. Podia entender que ele se deitaria no tapete porque era confortável. Mas como um cão — um *cão*! — poderia dizer a palavra-comando estava totalmente fora de sua compreensão. Enquanto o fitava, o cachorro começou a sonhar. Suas patas se moviam. O focinho se franziu e ele farejou, como se tivesse captado o cheiro mais delicioso do mundo, e emitiu um leve choramingo, como se o que quer que houvesse farejado no sonho estivesse escapando dele.

— Será possível, meu amigo — disse-lhe Abdullah —, que você está sonhando comigo e com o momento em que lhe dei a maior parte do meu café da manhã?

O cão, em seu sono, o ouviu. Então roncou alto e acordou. Como é comum aos cachorros, ele não perdeu tempo se perguntando como tinha vindo parar nessa estranha masmorra. Farejou e sentiu o cheiro de Abdullah. Imediatamente se levantou com um guincho de prazer, plantou as patas entre as correntes no peito de Abdullah e lambeu-lhe o rosto com entusiasmo.

Abdullah riu e virou a cabeça para manter o nariz longe do hálito de lula do cão. Estava tão encantado quanto o cachorro.

— Então você *estava* mesmo sonhando comigo! — disse. — Meu amigo, vou providenciar para que você ganhe uma tigela de lula diariamente. Você salvou a minha vida e possivelmente a de Flor da Noite também!

Assim que o arroubo do cão cedeu um pouco, Abdullah começou a rolar e se arrastar pelo chão com suas correntes, até que se viu deitado, apoiado em um dos cotovelos, em cima do tapete. Deixou escapar um grande suspiro. Agora estava seguro.

— Venha — ele chamou o cachorro. — Suba no tapete também.

Mas o cão detectara o cheiro do que certamente era um rato no canto da masmorra. E perseguia o cheiro com bufos de entusiasmo. A cada bufo, Abdullah sentia o tapete estremecer debaixo dele. Era a resposta de que precisava.

— Venha — chamou o cão. — Se eu o deixar aqui, eles o encontrarão quando vierem me interrogar e vão supor que me transformei num cachorro. Então meu destino será o seu. Você me trouxe o tapete e revelou-me o segredo dele, e eu não posso deixar que o impalem numa estaca de dez metros.

O cachorro estava com o focinho enfiado no canto. E não obedecia a Abdullah, que ouviu, inconfundível mesmo através das grossas paredes da masmorra, o pesado ruído de pés e o chocalhar de chaves. Alguém estava vindo. Ele desistiu de persuadir o cão. E deitou-se no tapete.

— Aqui, garoto! — disse. — Venha lamber o meu rosto!

Isso o cão compreendeu. E, deixando de lado o canto, pulou no peito de Abdullah e começou a obedecer sua ordem.

— Tapete — sussurrou Abdullah sob a língua atarefada. — Para o Bazar, mas sem pousar. Flutue ao lado da tenda de Jamal.

O tapete se ergueu e lançou-se de lado — ainda bem. A porta da masmorra estava sendo destrancada nesse momento. Abdullah não conseguiu entender direito como o tapete saiu da masmorra porque o cão ainda lhe lambia o rosto e ele era obrigado a manter os olhos fechados. Ele sentiu uma sombra úmida passar por ele — talvez isso tenha sido quando atravessaram a parede — e então veio a claridade do sol. O cão ergueu a cabeça para a luz, confuso. Abdullah olhou por entre as correntes, estreitando os olhos, e viu um muro alto erguer-se diante deles e, em seguida, ficar para trás enquanto o tapete se elevava suavemente acima dele. Então veio uma sucessão de torres e telhados, um tanto familiares a Abdullah, embora ele os tivesse visto apenas à noite. E, depois disso, o tapete desceu planando em direção à extremidade externa do Bazar. Pois o palácio do sultão ficava de fato apenas cinco minutos a pé da tenda de Abdullah.

A banca de Jamal surgiu à vista e, ao lado dela, a tenda arruinada de Abdullah, com tapetes espalhados por toda a passagem. Obviamente os soldados haviam procurado Flor da Noite ali. Jamal cochilava, a cabeça apoiada nos braços, entre uma grande panela de lula que fervia e uma grelha a carvão com espetinhos de carne assando sobre ela. Ele levantou a cabeça e seu único olho observou fixamente o tapete pairar no ar diante dele.

— Desça, garoto! — ordenou Abdullah. — Jamal, chame seu cachorro.

Jamal estava obviamente muito assustado. Não é nada divertido tomar conta da tenda vizinha para alguém que o sultão deseja impalar numa estaca. Parecia incapaz de falar.

Como o cão também não estivesse lhe dando atenção, Abdullah esforçou-se para sentar-se, retinindo, chocalhando e suando. Isso pareceu fazer o cachorro entender, e ele saltou ligeiro para o balcão da tenda, onde Jamal automaticamente o pegou nos braços.

— O que quer que eu faça? — perguntou Jamal, olhando as correntes. — Devo ir buscar o ferreiro?

Abdullah ficou comovido com essa prova da amizade de Jamal. Mas, ao sentar-se, ganhara a visão da passagem entre as tendas. E pôde avistar as solas de pés que a percorriam em disparada e roupas esvoaçando. Parecia que alguém de uma tenda estava indo buscar a Guarda —, e alguma coisa naquela figura correndo fazia Abdullah lembrar-se fortemente de Assif.

— Não — disse ele. — Não há tempo. — Tilintando, ele contorceu a perna esquerda, até passá-la pela borda do tapete. — Em vez disso, me faça um favor: ponha a mão no bordado acima da minha bota.

Obedientemente, Jamal estendeu um braço musculoso e, com muito cuidado, tocou o bordado.

— É um feitiço? — perguntou, nervoso.

— Não — respondeu Abdullah. — É um bolso secreto. Enfie a mão nele e tire o dinheiro.

Jamal estava intrigado, mas seus dedos tatearam, encontraram a abertura do bolso e sua mão saiu dali cheia de ouro.

— Tem uma fortuna aqui — disse ele. — Isso vai comprar a sua liberdade?

— Não — disse Abdullah. — A sua. Eles virão atrás de você e de seu cachorro por me ajudarem. Pegue o dinheiro e o cachorro e vá embora. Saia de Zanzib. Vá para o norte, para os lugares dos bárbaros, onde você pode se esconder.

— Norte! — exclamou Jamal. — Mas o que que vou fazer no norte?

— Compre o que precisar e abra um restaurante *rashpuhti* — disse Abdullah. — Aí tem ouro suficiente para isso, e você é um excelente cozinheiro. Pode fazer fortuna por lá.

— Verdade? — perguntou Jamal, olhando de Abdullah para sua mão cheia de ouro. — Você acha mesmo que eu consigo?

Abdullah vinha mantendo um olho cauteloso na passagem. Agora via o espaço encher-se, não com a Guarda, mas com os mercenários do norte, e estes vinham correndo.

— Só se você for agora — disse ele.

Jamal percebeu o clanque-clanque de soldados correndo. Inclinou-se para olhar e se certificar. Então assoviou, chamando seu cachorro, e se foi, tão rápido e silenciosamente que Abdullah não pôde deixar de admirar-se. Jamal tivera tempo até de tirar a carne da grelha para que não queimasse. Tudo que os soldados encontrariam seria um caldeirão de lulas semicozidas.

Abdullah sussurrou para o tapete.

— Para o deserto. Rápido!

O tapete partiu imediatamente, com sua costumeira arrancada lateral. Abdullah pensou que decerto teria sido atirado longe não fosse pelo peso das correntes, que fazia o tapete abaular-se para baixo no centro, à semelhança de uma rede. E a velocidade era necessária. Os soldados gritavam atrás dele. Ouviram-se alguns estampidos. Por instantes, duas balas e uma flecha de balestra cruzaram o céu azul ao lado do tapete, e então ficaram para trás. O tapete lançou-se adiante, acima de telhados e muros, ao lado de torres, roçando palmeiras e pomares. Por fim, disparou à frente, no vazio quente e cinza, tremeluzindo, branco e amarelo, debaixo da imensa cúpula do céu, onde as correntes de Abdullah começaram a se tornar desconfortavelmente quentes.

O violento deslocamento de ar cessou. Abdullah ergueu a cabeça e viu Zanzib como um bloco de torres surpreendentemente pequeno no horizonte. O tapete passou lentamente por uma pessoa montada num camelo, que virou o rosto oculto pelo véu para olhar. O tapete começou a baixar na direção da areia. Com isso, a pessoa no camelo fez o animal dar meia-volta e instou-o num trote atrás do tapete. Abdullah quase podia *vê-lo* pensando alegremente que ali estava sua chance de pôr as mãos num genuíno tapete voador em funcionamento, com o dono acorrentado e sem condições de opor resistência.

— Para cima, para cima! — ele quase guinchava para o tapete. — Voe para o norte!

O tapete ergueu-se pesadamente outra vez. Contrariedade e relutância exalavam de cada fio do tecido. Ele descreveu um pesado meio círculo e deslizou gentilmente no sentido norte, numa velocidade de caminhada. A pessoa no camelo cortou o centro do meio círculo e avançou a galope. Como o tapete estivesse a menos de três metros de altura, era um alvo fácil para alguém num camelo galopante.

Abdullah viu que era a hora de uma conversinha.

— Cuidado! — gritou ele para o homem montado no camelo. — Zanzib me expulsou acorrentado com medo de que eu espalhasse a praga que carrego!

O homem não era fácil de enganar. Refreou o camelo e seguiu a um passo mais cauteloso, enquanto tirava uma haste de barraca da sua bagagem. Obviamente pretendia com aquilo derrubar Abdullah do tapete. Abdullah voltou a atenção rapidamente para o tapete.

— Ó mais excelente dos tapetes — disse ele —, ó aquele cujas cores são mais vivas e que foi tecido com mais delicadeza, cuja adorável trama foi tão habilidosamente aprimorada com a magia, temo não tê-lo tratado até aqui com o devido respeito. Atirei-lhe ordens e até gritei com você, e agora vejo que sua delicada natureza requer apenas o mais brando dos pedidos. Perdão, ó perdão!

O tapete gostou daquilo. Esticou-se mais no ar e ganhou um pouco de velocidade.

— E, estúpido que sou — continuou Abdullah —, o fiz trabalhar no calor do deserto, horrivelmente sobrecarregado com minhas correntes. Ó melhor e mais elegante dos tapetes, penso agora apenas em você e em qual a melhor forma de livrá-lo desse enorme peso. Se você voasse a uma velocidade generosa... digamos, apenas um pouco mais rápido do que um camelo pode galopar... até o ponto mais próximo no deserto no sentido norte, onde eu possa encontrar alguém para remover essas correntes, isso seria conveniente para sua natureza amável e aristocrática?

Ele parecia ter tocado a nota certa. Uma espécie de presunçosa arrogância exsudava do tapete agora. Ele subiu uns trinta centímetros, mudou ligeiramente a direção, e seguiu adiante, com determinação, a mais de cem quilômetros por hora. Abdullah agarrou-se à sua borda e, olhando para trás, viu o frustrado montador do camelo ir diminuindo rapidamente até se transformar num ponto no deserto.

— Ó mais nobre dos artefatos, tu és sultão entre os tapetes e eu sou seu desgraçado escravo! — disse ele, impudente.

O tapete gostou tanto disso que foi ainda mais rápido.

Dez minutos depois, ele sobrevoava uma duna de areia e parava abruptamente pouco abaixo do cume, do outro lado. Em declive. Abdullah foi lançado, impotente, rolando numa nuvem de areia. E seguiu rolando, chocalhando, retinindo, levantando ainda mais areia, e então — após esforços desesperados — desceu, os pés primeiro, num sulco de areia, como num tobogã, até a borda de um laguinho lamacento num oásis. Várias pessoas esfarrapadas, que se curvavam sobre alguma coisa na beira do lago, se levantaram e dispersaram-se enquanto Abdullah abria caminho no meio deles. Os pés de Abdullah atingiram a coisa sobre a qual eles estavam debruçados e a lançou novamente no lago. Um homem gritou, indignado, e entrou na água, espadanando, para resgatá-la. Os outros sacaram sabres e facas — e, no caso de um deles, uma pistola comprida — e cercaram Abdullah ameaçadoramente.

— Corte a garganta dele — disse alguém.

Abdullah piscou, tentando tirar a areia dos olhos, e pensou que poucas vezes vira um grupo de homens mais perverso. Todos tinham cicatrizes no rosto, olhos enganadores, dentes estragados e expressões desagradáveis. O homem com a pistola era o mais desagradável de todos. Usava uma espécie de brinco numa das laterais do grande nariz adunco e um bigode muito espesso. Seu lenço de cabeça era preso num dos lados com uma cintilante pedra vermelha engastada em um broche de ouro.

— De onde você surgiu? — perguntou o homem. E chutou Abdullah. — Explique-se.

Todos, inclusive o homem que saiu da água chapinhando com uma espécie de garrafa, olharam para Abdullah com expressões que diziam que era melhor que sua explicação fosse boa.

Senão...

CAPÍTULO SETE
O qual apresenta o gênio

Abdullah tornou a piscar algumas vezes, tirando mais areia dos olhos, e fitou gravemente o homem com a pistola. Este era de fato a imagem absoluta do bandido vil de suas fantasias. Devia ser uma daquelas coincidências.

— Peço-lhes desculpas uma centena de vezes, cavalheiros do deserto — disse ele, com grande cortesia —, por interrompê-los dessa maneira, mas estarei me dirigindo ao mais nobre e mundialmente famoso bandido, o incomparável Kabul Aqba?

Os outros homens perversos ao redor dele pareciam atônitos. Abdullah ouviu nitidamente um deles dizer: "Como ele sabe disso?" Mas o homem com a pistola limitou-se a sorrir com escárnio, algo que parecia bem apropriado ao seu rosto.

— Sou eu de fato — disse ele. — Famoso, eu?

Era *mesmo* uma daquelas coincidências, pensou Abdullah. Bem, pelo menos agora ele sabia onde estava.

— Ai, peregrinos no deserto — começou ele —, eu sou, como suas nobres pessoas, alguém proscrito e oprimido. E jurei vingança contra todos de Rashput. Vim aqui expressamente para me juntar a vocês e unir a força da minha mente e do meu braço à sua.

— É mesmo? — replicou Kabul Aqba. — E como foi que chegou aqui? Caiu do céu, com correntes e tudo?

— Por mágica — disse Abdullah, com modéstia. Ele pensou que isso seria o que mais provavelmente impressionaria essas pessoas. — Eu caí de fato do céu, mais nobre dos nômades.

Infelizmente, eles não pareceram impressionados. A maioria riu. Kabul Aqba, com um aceno da cabeça, enviou dois deles duna acima para examinar o local da chegada de Abdullah.

— Então você pode fazer mágica? — perguntou ele. — Por acaso estas correntes que usa têm alguma coisa a ver com isso?

— Certamente — respondeu Abdullah. — Sou um mágico tão poderoso que o próprio sultão de Zanzib me prendeu a estas correntes por medo do que eu possa fazer. Basta que me libertem delas e abram estas algemas e vocês verão coisas grandiosas. — Com o canto do olho ele viu os dois homens voltando, trazendo o tapete. Ele torceu para que isso fosse uma coisa boa. — O ferro, como vocês sabem, impede um mágico de usar sua magia — disse, sério. — Sintam-se à vontade para me livrar delas e ver uma nova vida abrir-se diante de vocês.

Os outros bandidos o olharam em dúvida.

— Nós não temos uma talhadeira — disse um deles. — Nem um martelo.

Kabul Aqba voltou-se para os dois homens com o tapete.

— Só encontramos isto — relataram eles. — Nenhum sinal de um animal que possa tê-lo trazido até aqui. Nenhum rastro.

Com isso, o bandido-chefe cofiou o bigode. Abdullah viu-se pensando se este não se enroscava com o brinco no nariz.

— Hum — disse ele. — Então vou apostar que se trata de um tapete mágico. Eu fico com ele. — E voltou-se zombeteiro para Abdullah. — Sinto muito desapontá-lo, mágico, mas, como você chegou aqui tão convenientemente acorrentado, vou deixá-lo assim e cuidar de seu tapete, só para evitar acidentes. Se quer mesmo se juntar a nós, pode provar sua utilidade primeiro.

Um tanto para sua surpresa, Abdullah percebeu que sentia mais raiva do que medo. Talvez ele tivesse exaurido todo o medo naquela manhã, diante do sultão. Ou talvez porque seu corpo todo doesse. Ele estava dolorido e arranhado de rolar duna abaixo, e uma de suas tornozeleiras o incomodava terrivelmente.

— Mas eu lhe disse — observou, altivo — que não terei nenhuma utilidade até me ver livre destas correntes.

— Não é mágica o que queremos de você. É conhecimento — afirmou Kabul Aqba. Ele fez sinal para o homem que entrara chapinhando no lago. — Diga-nos que tipo de coisa é isto aqui — ordenou ele — e talvez, como recompensa, libertemos suas pernas.

O homem que entrara no lago acocorou-se e estendeu um frasco azul enfumaçado com um bojo arredondado. Abdullah ergueu-se, apoiado nos cotovelos, e olhou o frasco com ressentimento. Parecia novo. A rolha, que aparecia através do vidro fumê do pescoço, era nova e fora selada com um lacre de chumbo carimbado, este também com aspecto de novo. Parecia um frasco de perfume que havia perdido o rótulo.

— É bastante leve — disse o homem abaixado, sacudindo o frasco — e não chocalha nem faz barulho de líquido.

Abdullah pensava numa forma de usar isso para que lhe tirassem as correntes.

— É a lâmpada de um gênio — disse ele. — Saibam, habitantes do deserto, que isso pode ser muito perigoso. Livrem-me destas correntes e vou controlar o gênio aí dentro e cuidar para que ele satisfaça cada desejo de vocês. Do contrário, creio que nenhum homem deva tocá-lo.

O homem que segurava a garrafa a deixou cair, nervoso, mas Kabul Aqba apenas riu e a apanhou.

— Parece mais algo bom para beber — disse, e atirou o frasco para outro homem. — Abra.

O homem pousou no chão o sabre e apanhou uma faca grande, com a qual cortou o lacre de chumbo.

Abdullah viu sua chance de ser desacorrentado esvaindo-se. Pior, ele estava prestes a ser exposto como uma fraude.

— É mesmo muitíssimo perigoso, ó rubis entre os ladrões — protestou ele. — Uma vez quebrado o lacre, em hipótese nenhuma tirem a rolha.

Enquanto falava, o homem tirou o lacre e o deixou cair na areia. Então começou a arrancar a rolha enquanto outro homem mantinha a garrafa firmemente segura para ele.

— Se tiverem de extrair a rolha — tagarelou Abdullah —, pelo menos batam na garrafa o número correto de vezes, pela mística, e façam o gênio aí dentro jurar...

A rolha saiu. POP! Um fino vapor cor de malva subiu fumegando da boca do frasco. Abdullah torceu para que ela estivesse cheia de veneno. No entanto, o vapor quase instantaneamente se transformou numa nuvem mais espessa que jorrou como se uma chaleira exalasse vapor malva azulado. O vapor tomou a forma de um rosto — grande, zangado e azul — e de braços, e um fiapo de corpo conectado à lâmpada, e seguiu jorrando até estar com mais de três metros de altura.

— Eu fiz um juramento! — uivou o rosto, num enorme rugido tempestuoso. — Quem me deixasse sair iria sofrer. *Pronto!* — Os braços enevoados gesticularam.

Os dois homens que seguravam a rolha e a lâmpada pareceram sumir da existência num piscar de olhos. Tanto a rolha quanto a lâmpada caíram no chão, forçando o gênio a escapar de lado do bico da lâmpada. Em meio ao vapor azul, dois enormes sapos surgiram rastejando, parecendo olhar à sua volta, atordoados. O gênio ergueu-se lenta e vaporosamente, pairando acima da lâmpada com seus braços fumarentos cruzados e um olhar de ódio absoluto no rosto enevoado.

A essa altura, todos tinham fugido, exceto Abdullah e Kabul Aqba. Abdullah, porque mal conseguia se mexer com as correntes, e Kabul Aqba porque era, estava evidente, inesperadamente corajoso. O gênio olhou furioso para os dois.

— Sou o escravo da lâmpada — disse ele. — Por mais que odeie todo esse arranjo, tenho de lhes dizer que aquele que me possui tem direito a um pedido todos os dias e eu sou forçado a concedê-lo. — E acrescentou ameaçadoramente: — Qual é o seu desejo?

— Eu quero... — começou Abdullah, mas Kabul Aqba rapidamente lhe tapou a boca com a mão. — Sou *eu* que vou fazer o pedido — disse ele. — Que isso fique bem explicado, gênio!

— Entendi — disse o gênio. — Qual é o desejo?

— Um momento — pediu Kabul Aqba e aproximou o rosto do ouvido de Abdullah. Seu hálito cheirava ainda pior do que a mão, embora nenhum dos dois, Abdullah tinha de admitir, fosse páreo para o cachorro de Jamal.

— Bem, mágico — sussurrou o bandido —, você provou que sabe do que está falando. Aconselhe-me sobre o que pedir e eu o tornarei um homem livre e membro honrado do meu bando. Mas, se tentar fazer um pedido seu, eu mato você. Compreendeu? — Encostou a extremidade do cano da pistola na cabeça de Abdullah e retirou a mão que lhe cobria a boca. — O que devo pedir?

— Bem — disse Abdullah —, o pedido mais sábio e generoso seria que seus dois sapos voltassem a ser homens.

Kabul Aqba lançou um olhar de surpresa aos dois sapos. Eles se arrastavam, inseguros, ao longo da borda lamacenta do lago, obviamente se perguntando se podiam nadar ou não.

— Um desperdício de pedido — disse ele. — Pense em outro.

Abdullah deu tratos à bola, tentando descobrir o que mais agradaria a um chefe de bandidos.

— Você poderia pedir riqueza infinita, certamente — disse —, mas precisaria carregar o dinheiro. Então talvez devesse primeiro pedir um grupo de camelos robustos. Mas precisaria defender esse tesouro. Talvez então seu primeiro desejo devesse ser um suprimento das famosas armas do norte ou...

— *Qual* deles? — perguntou Kabul Aqba. — Rápido. O gênio está ficando impaciente.

Isso era verdade. O gênio não estava exatamente batendo o pé, já que não tinha pés para bater, mas algo em seu rosto azul, distorcido e ameaçador, sugeria que logo haveria mais dois sapos na beira do lago se ele tivesse de esperar muito tempo.

Um breve fluxo de pensamentos foi suficiente para convencer Abdullah de que sua situação, apesar das correntes, ficaria muito pior se ele se transformasse num sapo.

— Por que não pedir um banquete? — sugeriu, pouco convincente.

— *Assim* está melhor! — disse Kabul Aqba. Deu um tapinha no ombro de Abdullah e ergueu-se jovialmente. — Quero um banquete bem farto — pediu.

O gênio curvou-se, quase como a chama de uma vela num golpe de ar.

— Feito — disse ele, azedo. — E que um grande bem possa lhe fazer. — E tornou a entrar cuidadosamente na lâmpada.

Foi um banquete muito generoso. Chegou quase imediatamente, com um ruído surdo, numa mesa longa protegida do sol por um toldo listrado, e com ele vieram escravos domésticos para servi-lo. O restante dos bandidos rapidamente superou o medo e veio correndo espreguiçar-se em almofadas, comer iguarias delicadas em pratos dourados e pedir aos escravos, aos gritos, mais, mais, mais! Os serventes eram, Abdullah descobriu quando teve chance de conversar com alguns deles, os escravos do próprio sultão de Zanzib, e o banquete deveria ser para o sultão.

Essa notícia fez Abdullah sentir-se um pouquinho melhor. Ele continuou acorrentado durante a festa, amarrado numa conveniente palmeira. Embora não esperasse nada mais de Kabul Aqba, ainda assim era difícil. Bem, pelo menos Kabul Aqba lembrava-se dele de vez em quando e, com um altivo aceno da mão, mandava-lhe um escravo com um prato dourado ou uma jarra de vinho.

Pois era grande a fartura. De quando em quando se ouvia outro ruído abafado e chegava um novo prato, trazido por mais escravos aturdidos, ou então o que parecia uma seleção da adega do sultão sendo carregada num carrinho adornado de joias, ou um atônito grupo de músicos. Sempre que Kabul Aqba mandava um novo escravo até Abdullah, este encontrava o servente mais do que disposto a responder a suas perguntas.

— Na verdade, nobre cativo de um rei do deserto — disse-lhe um deles —, o sultão ficou mais enfurecido quando o primeiro e o segundo pratos desapareceram misteriosamente. No terceiro, que é este pavão assado que eu trago, ele pôs uma guarda de mercenários para nos escoltar desde a cozinha, mas fomos arrebatados ao lado deles, já na porta do salão de banquete, e instantaneamente nos vimos neste oásis.

O sultão, pensou Abdullah, deve estar ficando mais e mais faminto.

Mais tarde apareceu uma trupe de dançarinas, sequestradas da mesma forma. O que deve ter encolerizado o sultão ainda mais. Essas dançarinas deixaram Abdullah melancólico. Ele pensou em Flor da Noite, que era duas vezes mais bonita do que qualquer uma delas, e as lágrimas afloraram-lhe aos olhos. Enquanto a animação em torno da mesa crescia, os dois sapos permaneceram sentados na margem rasa do lago coaxando lugubremente. Não havia dúvidas de que se sentiam pelo menos tão mal quanto Abdullah naquelas circunstâncias.

No momento em que a noite caiu, escravos, músicos e dançarinas, todos desapareceram, embora o que sobrara da comida e do vinho tenha ficado. Os bandidos, a essa altura, já haviam se empanturrado, e se fartado novamente depois. A maioria adormeceu onde estava. Mas, para o desalento de Abdullah, Kabul Aqba se levantou — um pouco vacilante — e apanhou a lâmpada do gênio de. Deitou-se nele segurando a lâmpada e pegou no sono quase imediatamente.

Abdullah ficou recostado na palmeira em crescente ansiedade. Se o gênio houvesse devolvido os escravos roubados para o palácio em Zanzib — e parecia provável que tivesse —, alguém lhes faria perguntas furiosas. Todos contariam a mesma história: que foram forçados a servir um bando de ladrões, enquanto um jovem bem-vestido e acorrentado assistia, sentado embaixo de uma palmeira. O sultão somaria dois mais dois. Ele não era tolo. Nesse mesmo momento uma tropa de soldados poderia estar partindo em camelos velozes para procurar certo oásis no deserto.

Essa, porém, não era a maior das preocupações de Abdullah. Ele observava o adormecido Kabul Aqba com ansiedade ainda maior. Estava prestes a perder o tapete mágico e com ele um gênio extremamente útil.

E, de fato, depois de cerca de meia hora, Kabul Aqba rolou de costas e sua boca se abriu. Como sem dúvida o cão de Jamal tinha feito, assim como o próprio Abdullah — mas certamente não *tão* alto assim —, Kabul Aqba emitiu um enorme e áspero ronco. O tapete estremeceu. Abdullah o viu claramente à luz da lua que subia no céu erguer-se uns trinta centímetros do chão, pairar e esperar. Abdullah conjecturou que o tapete devia estar ocupado interpretando qualquer que fosse o sonho que Kabul Aqba estivesse tendo. O que um chefe de bandidos podia sonhar Abdullah não tinha a menor ideia, mas o tapete sabia. Ele se elevou no ar e começou a voar.

Abdullah levantou os olhos enquanto o tapete deslizava acima da copa das palmeiras e fez uma última tentativa de influenciá-lo.

— Ó mais infeliz dos tapetes! — chamou ele baixinho. — Eu o teria tratado de modo bem mais gentil!

Talvez o tapete o tenha ouvido. Ou talvez tenha sido um acidente. Mas algo arredondado e levemente brilhante rolou da borda do tapete e caiu com um leve baque na areia, a centímetros de Abdullah. Era a lâmpada do gênio. Abdullah esticou-se tão rapidamente quanto pôde sem chacoalhar e tinir demais as correntes, e arrastou a lâmpada, escondendo-a entre suas costas e a palmeira. Então se acomodou e esperou a manhã, sentindo-se sem dúvida mais esperançoso.

CAPÍTULO OITO
No qual os sonhos de Abdullah continuam a se realizar

No momento em que o sol lavou as dunas de areia com uma luz branco-rosada, Abdullah arrancou a rolha da lâmpada do gênio.

O vapor surgiu, tornou-se um jato e lançou-se para cima, tomando a forma azul-malva do gênio, que parecia, se isso era possível, mais zangado que antes.

— Eu disse um desejo por dia! — anunciou a voz tempestuosa.

— Sim, este é um novo dia, ó malva magnificência, e eu sou seu novo amo — disse Abdullah. — E o meu desejo é simples. Quero que estas minhas correntes desapareçam.

— Nem vale desperdiçar um desejo nisso — disse o gênio com desdém e diminuiu rapidamente, voltando a entrar na lâmpada. Abdullah estava prestes a protestar, afirmando que, embora esse desejo pudesse parecer trivial para um gênio, ficar sem as correntes era importante para *ele*, quando percebeu que conseguia se mover livremente, sem barulho. Olhou para baixo e viu que as correntes haviam desaparecido.

Com cuidado, ele colocou a rolha de volta na lâmpada e se pôs de pé. Estava horrivelmente rígido. Antes que conseguisse fazer qualquer movimento, teve de obrigar-se a pensar em camelos velozes carregando soldados na direção do oásis, e depois no que aconteceria se os bandidos adormecidos acordassem e o encontrassem ali de pé sem as correntes. Isso o pôs em movimento. Claudicou como um velho na direção da mesa do banquete. Ali, com muito cuidado para não perturbar os vários bandidos que dormiam de cara na toalha, ele coletou comida e a enrolou num guardanapo. Pegou um frasco de vinho e o amarrou, com a lâmpada do gênio, em seu cinto com mais dois guardanapos. Pegou um último guardanapo para cobrir sua cabeça em caso de ter uma insolação — viajantes haviam lhe contado que esse era um perigo real no deserto — e então, mancando, deixou o oásis o mais rápido possível, seguindo na direção norte.

A rigidez foi passando enquanto ele andava. O exercício tornou-se quase prazeroso e, na primeira parte da manhã, Abdullah caminhou a passos largos, com vontade, pensando em Flor da Noite, comendo pastéis saborosos e bebendo diretamente do frasco do vinho. A segunda parte da manhã não foi tão boa. O sol pairava sobre sua cabeça, o céu se tornou de um branco ofuscante e tudo passou a tremeluzir. Abdullah começou a lamentar não ter jogado fora o vinho e, em seu lugar, enchido o frasco com a água barrenta do lago. O vinho não fazia nada pela sede, a não ser piorá-la. Ele passou a molhar o guardanapo no vinho e colocá-lo na nuca, onde o tecido secava rápido demais. Ao meio-dia pensou que estivesse morrendo. O deserto oscilava diante de seus olhos, que doíam com a luz ofuscante. Sentia-se uma espécie de monte de cinzas humanas.

— Parece que o Destino decretou que eu viva todo o meu sonho na realidade! — gemeu ele.

Até aquele momento ele havia pensado que imaginara sua fuga do perverso Kabul Aqba em ricos detalhes, mas agora sabia que nunca nem mesmo concebera como era horrível cambalear no calor abrasador, com o suor escorrendo e caindo em seus olhos. Não havia imaginado a maneira como a areia, de alguma forma, entrava em todas as coisas, inclusive em sua boca. Tampouco sua fantasia havia levado em consideração a dificuldade de se guiar pelo sol quando este está a pino. A minúscula sombra em torno de seus pés não lhe servia como orientação do rumo. Ele tinha de olhar para trás a todo instante para verificar se a linha de suas pegadas estava reta. Isso o preocupava, porque fazia com que perdesse tempo.

No fim, perdendo tempo ou não, foi forçado a parar e descansar, agachado numa depressão na areia, onde se via uma pequena sombra. Ainda se sentia como um pedaço de carne na grelha a carvão de Jamal. Embebeu o guardanapo no vinho e o abriu sobre a cabeça, e então observou as gotas vermelhas caírem em suas melhores roupas. A única coisa que o impedia de acreditar que ia morrer era a profecia sobre Flor da Noite. Se o Destino havia decretado que ela se casaria com ele, então ele *tinha* de sobreviver, porque ainda não se casara com ela. Depois disso, pensou na *sua* profecia, escrita pelo próprio pai. Aquelas palavras podiam ter mais de um significado. Na verdade, talvez a profecia até já tivesse se cumprido, pois não havia se erguido acima de todos na Terra ao voar no tapete mágico? Ou talvez se referisse de fato a uma estaca de dez metros.

Essa ideia forçou Abdullah a se levantar e recomeçar a andar.

A tarde foi ainda pior. Abdullah era jovem e estava em boa forma, mas a vida de um mercador de tapetes não inclui longas caminhadas. Seu corpo doía dos calcanhares ao alto da cabeça — sem esquecer os dedos dos pés, que pareciam estar em carne viva. Para piorar, uma de suas botas começou a roçar onde se encontrava o bolso de dinheiro. As pernas estavam tão cansadas que ele mal conseguia movê-las. Mas sabia que tinha de pôr o horizonte entre ele e o oásis antes que os bandidos começassem a procurar por ele ou uma fila de camelos velozes aparecesse. Como não tinha certeza da distância até o horizonte, continuou a se arrastar.

No fim da tarde, a única coisa que o fazia prosseguir era saber que veria Flor da Noite amanhã. Esse seria o próximo pedido que faria ao gênio. Afora isso, prometeu nunca mais beber vinho e jurou jamais olhar para um grão de areia novamente.

Quando a noite caiu, desabou num banco de areia e dormiu.

Ao alvorecer, seus dentes batiam e ele se perguntava, ansioso, se não estaria com queimaduras do frio. O deserto era tão frio à noite quanto era quente de dia. No entanto, Abdullah sabia que seus problemas estavam quase chegando ao fim. Sentou-se no lado mais quente do banco de areia, voltado para o leste, para o rubor dourado da aurora, e refrescou-se com o que restara da comida e um gole final do detestável vinho. Seus dentes pararam de bater, embora, a julgar pelo gosto, sua boca parecesse pertencer ao cachorro de Jamal.

Agora. Sorrindo com a expectativa, Abdullah afrouxou a rolha da lâmpada do gênio.

E surgiu a fumaça cor de malva, crescendo e adquirindo a forma pouco amistosa do gênio.

— Por que está sorrindo? — perguntou a voz tempestuosa.

— Meu desejo, ó ametista entre os gênios, de cor mais bela que o amor-perfeito — replicou Abdullah. — Que as violetas lhe perfumem o hálito. Desejo que me transporte para junto da minha futura noiva, Flor da Noite.

— Ah, deseja? — O gênio cruzou os braços fumacentos e virou-se para olhar em todas as direções. O que, para fascínio de Abdullah, deu à parte dele que se ligava à lâmpada um perfeito formato de saca-rolhas. — E onde *está* esta jovem? — perguntou o gênio, irritado, quando voltou a ficar de frente para Abdullah. — Eu não consigo localizá-la.

— Ela foi levada do seu jardim noturno no palácio do sultão, em Zanzib, por um djim — informou Abdullah.

— Então isso explica tudo — disse o gênio. — Não posso lhe conceder esse desejo. Ela não está em nenhum lugar na Terra.

— Então ela deve estar no reino dos djins — disse, ansioso, Abdullah. — Certamente você, ó príncipe púrpura entre os gênios, deve conhecer esse reino como a palma da sua mão.

— Isso mostra como você sabe pouco — disse o gênio. — Confinado numa garrafa, um gênio está excluído de todo e qualquer reino de espíritos. Se é onde sua garota está, não posso levá-lo até lá. Eu o aconselho a pôr a rolha de volta em minha lâmpada e seguir caminho. Tem uma tropa de camelos bem grande chegando lá do sul.

Abdullah correu até o topo da duna. Com efeito, lá estava a fila de camelos velozes que ele vinha temendo, seguindo rapidamente em sua direção com suaves e largas passadas. Embora, naquele momento, a distância os transformasse apenas em sombras azuladas, ele podia dizer, pelas silhuetas, que os homens neles montados estavam armados até os dentes.

— Vê? — perguntou o gênio, enfunando-se até a mesma altura de Abdullah. — Eles até podem não encontrá-lo, mas eu duvido. — Era evidente que a ideia o divertia.

— Você precisa me conceder um desejo diferente então, rápido — disse Abdullah.

— Ah, não — respondeu o gênio. — Um desejo por dia. Você já fez o pedido.

— Certamente que fiz, ó esplendor dos vapores lilases — concordou Abdullah com a rapidez do desespero —, mas foi um desejo que você não pôde me conceder. E os termos, como eu nitidamente ouvi quando os apresentou pela primeira vez, afirmavam que você era obrigado a *conceder* ao seu amo um desejo por dia. Isso você ainda não fez.

— Que os céus me protejam! — exclamou o gênio, desgostoso. — O rapazinho é um advogado.

— Naturalmente que sou! — disse Abdullah com certa paixão. — Sou um cidadão de Zanzib, onde toda criança aprende a proteger seus direitos, pois é certo que ninguém mais o fará. E eu afirmo que você ainda não me *concedeu* um desejo hoje.

— Um sofisma — disse o gênio, oscilando graciosamente diante dele com braços cruzados. — O desejo foi solicitado.

— Mas não concedido — insistiu Abdullah.

— Não é minha culpa se você escolhe pedir coisas impossíveis — disse o gênio. — Existe um milhão de lindas garotas até as quais eu posso levá-lo. Você pode ter uma sereia se gostar de cabelos verdes. Ou será que não sabe nadar?

A veloz fila de camelos estava agora bem mais próxima. Abdullah disse, apressado:

— Pense, ó púrpura pérola de magia, e amoleça seu coração. Aqueles soldados que se aproximam de nós vão certamente tomar sua lâmpada de mim quando nos alcançarem. Se eles o levarem para o sultão, ele irá forçá-lo a enormes feitos diariamente, levando-lhe exércitos e armas e conquistando seus inimigos, tudo muitíssimo extenuante. Se o guardarem para si mesmos... e podem fazê-lo, pois nem todos os soldados são honestos... você será passado de mão em mão e obrigado a conceder muitos desejos por dia, um para cada homem do pelotão. Em qualquer caso, vai trabalhar muito mais do que comigo, que só quero uma coisinha.

— Que eloquência! — disse o gênio. — No entanto, você tem um bom argumento. Mas já pensou, por outro lado, que oportunidades o sultão ou seus soldados me darão para fazer estragos?

— Estragos? — repetiu Abdullah, com os olhos ansiosamente observando os velozes camelos.

— Eu nunca disse que meus desejos deveriam fazer o bem a qualquer pessoa — afirmou o gênio. — Na verdade, jurei que eles sempre causariam o máximo de dano possível. Aqueles bandidos, por exemplo, estão agora a caminho da prisão ou pior, por roubarem o banquete do sultão. Os soldados os encontraram ontem à noite.

— Você está causando mais danos a mim ao *não* me conceder um desejo! — disse Abdullah. — E, ao contrário dos bandidos, eu não mereço isso.

— Considere-se um azarado — disse o gênio. — Assim seremos dois. Eu também não mereço ficar preso nesta lâmpada.

Os soldados agora estavam perto o bastante para ver Abdullah. Ele podia ouvir gritos a distância e ver armas sendo empunhadas.

— Então me dê o desejo de amanhã — disse ele com urgência.

— Talvez essa seja a solução — concordou o gênio, para surpresa de Abdullah. — Qual é o desejo então?

— Leve-me até a pessoa mais próxima que possa me ajudar a encontrar Flor da Noite — pediu Abdullah, e desceu correndo a duna, apanhando a lâmpada no chão. — Rápido — acrescentou ao gênio agora ondulando acima dele.

O gênio parecia um pouco desorientado.

— Estranho — disse ele. — Meus poderes de adivinhação em geral são excelentes, mas eu não consigo compreender.

Uma bala se enterrou na areia não muito longe deles. Abdullah correu, carregando o gênio como uma imensa e ondulante chama de vela cor de malva.

— É só me levar a essa pessoa! — gritou ele.

— Acho que é melhor mesmo — disse o gênio. — Talvez você consiga entender isso.

A terra pareceu rodopiar sob os pés em movimento de Abdullah. Em pouco tempo era como se estivesse dando passadas amplas e firmes, atravessando terras que se lançavam ao seu encontro. Embora a velocidade combinada de seus pés e o mundo girando transformasse tudo num borrão indistinto, exceto pelo gênio que fluía placidamente da garrafa em sua mão, Abdullah sabia que, em instantes, os camelos haviam ficado para trás. Ele sorriu e seguiu em frente, quase tão plácido quanto o gênio, regozijando-se no vento fresco.

Depois do que pareceu um longo tempo avançando, tudo parou.

    Abdullah se viu no meio de uma estrada rural tentando recuperar o fôlego. Era preciso um certo tempo para se acostumar com esse novo lugar. O ar era fresco, como Zanzib na primavera, e a luz, diferente. Embora o sol refulgisse no céu azul, emitia uma luz mais suave e mais azul do que aquela a que Abdullah estava acostumado. Isso talvez se devesse ao fato de haver tantas árvores frondosas ladeando a estrada e lançando sombras verdes instáveis sobre tudo. Ou talvez se devesse à grama muito, muito verde, que crescia nos arredores. Abdullah deixou os olhos se ajustarem e então olhou à sua volta, à procura da pessoa que deveria ajudá-lo a encontrar Flor da Noite.

    Mas tudo que podia ver era o que parecia uma hospedaria numa curva da estrada, incrustada entre as árvores. A Abdullah pareceu um lugar deplorável. Era feito de madeira e estuque pintado de branco, como a mais pobre das casas pobres de Zanzib, e os donos pareciam ter apenas o suficiente para um telhado feito de palha. Alguém tentara embelezar o lugar plantando flores vermelhas e amarelas na beira da estrada. A placa da hospedaria, que balançava num poste plantado entre as flores, era o esforço de um artista ruim para pintar um leão.

    Abdullah olhou para baixo, para a lâmpada do gênio, na intenção de recolocar a rolha agora que tinha chegado. Ficou chateado ao descobrir que aparentemente tinha deixado a rolha cair, no deserto ou durante o trajeto. Tudo bem, pensou. E aproximou a lâmpada do seu rosto.

— Onde está a pessoa que pode me ajudar a encontrar Flor da Noite? — perguntou.

Um fiapo de vapor saiu da lâmpada, parecendo bem mais azul à luz dessa terra estranha.

— Dormindo num banco diante do Leão Vermelho — disse o fiapo exasperadamente, e tornou a se recolher à lâmpada.

A voz seca do gênio veio de seu interior.

— Ele me agrada. Ele irradia desonestidade.

CAPÍTULO NOVE
No qual Abdullah encontra um antigo soldado

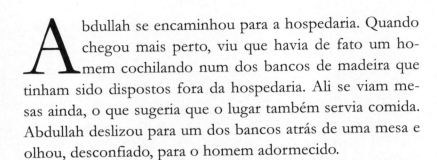

Abdullah se encaminhou para a hospedaria. Quando chegou mais perto, viu que havia de fato um homem cochilando num dos bancos de madeira que tinham sido dispostos fora da hospedaria. Ali se viam mesas ainda, o que sugeria que o lugar também servia comida. Abdullah deslizou para um dos bancos atrás de uma mesa e olhou, desconfiado, para o homem adormecido.

Parecia um rematado malfeitor. Mesmo em Zanzib, ou entre os bandidos, Abdullah nunca vira rugas tão desonestas quanto as que havia no rosto bronzeado do homem. Uma grande mochila no chão ao lado dele fez Abdullah pensar a princípio que talvez fosse um funileiro ambulante — a não ser pelo fato de estar bem barbeado. Os únicos outros homens que Abdullah havia visto sem barba ou bigode eram os mercenários do norte a serviço do sultão. Era possível que esse homem fosse um soldado mercenário. Suas roupas pareciam de fato os restos arruinados de algum uniforme, e ele usava o cabelo num rabo de cavalo que descia pelas costas, à maneira dos homens do sultão. Essa era uma moda que os homens de Zanzib achavam repulsiva, pois corria o rumor de que o rabo de cavalo nunca era desfeito ou lavado. Olhando para o cabelo desse homem, preso dessa forma e caindo sobre o braço do banco onde ele dormia, Abdullah era capaz de acreditar nisso. Nem isso nem nada mais no homem era limpo. Ainda assim, tinha o aspecto forte e saudável, embora não fosse jovem. O cabelo, por baixo da sujeira, parecia grisalho.

Abdullah hesitou em acordar o sujeito. Ele não parecia digno de confiança. E o gênio havia admitido abertamente que concedia desejos de forma a causar estragos. Esse homem pode me levar à Flor da Noite, ponderou Abdullah, mas certamente vai me roubar no caminho.

Enquanto hesitava, uma mulher de avental apareceu à porta da hospedaria, talvez para ver se havia fregueses lá fora. Suas roupas lhe davam a aparência de uma ampulheta roliça, muito estranha e desagradável na opinião de Abdullah.

— Ah! — disse ela ao vê-lo. — Está esperando para ser atendido, senhor? Deveria ter batido na mesa. É o que todos fazem por aqui. O que o senhor vai pedir?

Ela falava com o mesmo sotaque bárbaro dos mercenários do norte. Com isso, Abdullah concluiu que agora estava no país de onde vinham aqueles homens, qualquer que fosse ele. Abdullah sorriu para a mulher.

— O que oferece, ó joia da beira da estrada? — perguntou-lhe.

Evidentemente ninguém nunca antes a chamara de joia. Ela enrubesceu, sorriu de modo afetado e torceu o avental.

— Bem, agora tem pão e queijo — informou. — Mas o almoço está no fogo. Se quiser esperar meia hora, senhor, pode comer uma boa torta de carne de caça com legumes da nossa horta.

Abdullah pensou que isso parecia perfeito, muito melhor do que ele poderia esperar de uma hospedaria com telhado de palha.

— Então espero meia hora de bom grado, ó flor entre as anfitriãs.

Ela lhe lançou outro sorriso afetado.

— E o que me diz de uma bebida enquanto espera, senhor?

— Certamente — respondeu Abdullah, que ainda estava com muita sede por causa do deserto. — Poderia me trazer uma taça de sorvete ou, se não tiver, um suco de fruta?

Ela pareceu preocupada.

— Ah, senhor, eu... não ligamos muito para suco de fruta e nunca ouvi falar da outra opção. Que tal uma bela caneca de cerveja?

— O que é cerveja? — perguntou Abdullah com cuidado.

Isso deixou a mulher confusa.

— Eu... bem, eu... é...

O homem no outro banco se levantou e bocejou.

— Cerveja é a única bebida apropriada para um homem — disse ele. — Coisa maravilhosa.

Abdullah voltou-se para olhá-lo novamente. E se viu fitando olhos azuis redondos e límpidos, tão honestos quanto o dia é longo. Não havia o menor traço de desonestidade no rosto dele agora que estava acordado.

— Feita a partir da fermentação de cevada e lúpulo — acrescentou o homem. — Aproveitando sua presença, senhora, eu também vou tomar um quartilho dela.

A expressão da mulher mudou completamente.

— Eu já lhe disse que, antes de lhe servir qualquer coisa — informou ela —, quero ver a cor do seu dinheiro.

O homem não se ofendeu. Seus olhos azuis encontraram os de Abdullah, acanhados. Então ele suspirou e apanhou um longo cachimbo branco de barro no banco ao seu lado, começou a enchê-lo e o acendeu.

— Será cerveja então, senhor? — indagou a mulher, voltando ao sorriso para Abdullah.

— Por gentileza, dama de pródiga generosidade — disse ele. — Traga-me um pouco, e também traga uma quantidade adequada para este cavalheiro aqui.

— Muito bem, senhor — disse ela e, com um olhar de desaprovação para o homem de rabo de cavalo, voltou para o interior do estabelecimento.

— É muita gentileza sua — disse o homem a Abdullah. — Veio de longe, não é?

— Uma distância considerável, a partir do sul, venerado peregrino — respondeu Abdullah, com cautela. Ele não havia esquecido o quanto o sujeito tinha parecido desonesto dormindo.

— De regiões estrangeiras, hein? Pensei mesmo que fosse, para conseguir um bronzeado desses — observou o homem.

Abdullah tinha certeza de que o sujeito estava tentando obter informações, para ver se valia a pena roubá-lo. Portanto ficou bastante surpreso quando o homem pareceu desistir de fazer perguntas.

— Também não sou daqui, sabe? — disse o homem, tirando grandes nuvens de fumaça de seu cachimbo bárbaro. — Sou de Estrângia. Um velho soldado. Solto no mundo com uma gratificação depois que Ingary nos venceu na guerra. Como viu, ainda tem muito preconceito aqui em Ingary contra esse meu uniforme.

Ele disse isso na cara da mulher, quando ela voltava com dois copos de um líquido espumante e amarronzado. Ela não falou com ele. Limitou-se a pousar pesadamente um copo na frente dele antes de colocar o outro com todo o cuidado diante de Abdullah.

— O almoço sai daqui a meia hora, senhor — disse, enquanto se afastava.

— Saúde — brindou o soldado, levantando o copo. Então bebeu um grande gole.

Abdullah sentiu-se grato a esse velho soldado. Graças a ele, agora sabia que se encontrava num país chamado Ingary. Então disse "saúde" em retribuição, enquanto, hesitante, levantava o próprio copo. Parecia-lhe provável que aquela substância tivesse vindo da bexiga de um camelo. Quando a aproximou do nariz, o cheiro nada fez para desfazer essa impressão. Somente o fato de que ainda estava com uma sede terrível o levou a experimentá-la. Então encheu a boca com cuidado. Bem, pelo menos era líquido.

— Maravilhoso, não é? — perguntou o velho soldado.

— É muito interessante, ó capitão de guerreiros — disse Abdullah, tentando não estremecer.

— Engraçado você me chamar de capitão — observou o soldado. — Não é o que eu era, naturalmente. Nunca passei de cabo. Vi muitas batalhas, porém, e tinha a expectativa de ser promovido, mas o inimigo estava em cima de nós antes que eu tivesse minha oportunidade. Foi uma batalha terrível, sabe? Ainda estávamos avançando. Ninguém esperava que o inimigo chegasse tão rápido. Bem, está tudo acabado agora, e não tem sentido ficar chorando sobre o leite derramado, mas vou lhe dizer com sinceridade que os ingarianos não lutaram lealmente. Tinham magos cuidando para que vencessem. E o que um soldado chinfrim como eu pode fazer contra a magia? Nada. Quer que eu lhe mostre um esboço de como transcorreu a batalha?

Abdullah compreendeu exatamente onde a malícia do gênio se encontrava agora. Esse homem, que deveria ajudá--lo, era com toda a certeza um chato de galocha.

— Não sei absolutamente nada de questões militares, ó mais valente estrategista — disse com firmeza.

— Não importa — replicou o soldado alegremente. — Pode acreditar em mim: debandamos totalmente. E fugimos. Ingary nos conquistou. Dominou o país inteiro. Nossa família real, abençoada seja, teve de fugir, e então puseram o irmão do rei de Ingary no trono. Andaram falando em tornar esse príncipe legal fazendo-o casar-se com nossa princesa Beatriz, porém ela havia fugido com o restante da família, longa seja sua vida!, e não pôde ser encontrada. Mas, veja bem, o novo príncipe não era de todo mau. Deu a todo o exército de Estrângia uma gratificação antes de nos libertar. Quer saber o que estou fazendo com meu dinheiro?

— Se quiser me contar, mais corajoso dos veteranos... — disse Abdullah, reprimindo um bocejo.

— Estou conhecendo Ingary — disse o soldado. — Pensei em dar uma volta pelo país que nos conquistou. Descobrir como é, antes de me estabelecer. É uma quantia razoável a minha gratificação. Posso pagar meu sustento, desde que tome cuidado.

— Meus cumprimentos — disse Abdullah.

— Pagaram metade de tudo em ouro — afirmou o soldado.

— Verdade? — replicou Abdullah.

Foi um grande alívio para ele que alguns fregueses do lugar chegassem nesse exato momento. Eram lavradores, em sua maioria, usando calções sujos e estranhos guarda-pós, que lembravam a Abdullah sua própria camisola, assim como grandes e pesadas botas. Estavam muito alegres, conversando alto sobre a colheita do feno — que diziam ia muito bem

— e batendo nas mesas, pedindo cerveja. A senhoria, e também um pequeno senhorio, que piscava sem parar, foram mantidos muito ocupados correndo para dentro e para fora com bandejas de copos, porque, daquele momento em diante, um número cada vez maior de pessoas começou a chegar.

E — Abdullah não sabia se ficava mais aliviado, aborrecido ou divertido — o soldado logo perdeu o interesse por ele e começou a conversar seriamente com os recém-chegados. Eles não pareceram de modo algum achá-lo maçante. Também não parecia lhes preocupar o fato de ele haver sido um soldado inimigo. Um deles pediu mais cerveja para ele imediatamente. À medida que mais pessoas chegavam, ele foi se tornando mais popular. Copos de cerveja se enfileiravam ao lado dele. Não demorou muito para que pedissem almoço para ele também, enquanto, da multidão que rodeava o soldado, Abdullah ouvia coisas como: "Grande batalha... Seus magos deram a eles a vantagem, veja... nossa cavalaria... acabaram com nossa ala da esquerda... nos dominaram no morro... forçaram a infantaria a fugir... continuaram correndo como coelhos... não é mau... nos reuniu e nos pagou uma gratificação..."

Enquanto isso, a senhoria veio até Abdullah com uma bandeja fumegante e mais cerveja, sem que ele pedisse. Ele ainda estava com tanta sede que quase ficou feliz com a cerveja. E o almoço lhe pareceu quase tão delicioso quanto o banquete do sultão. Por algum tempo, ficou tão ocupado com a comida que perdeu o soldado de vista. Quando tornou a vê-lo, o homem estava debruçado sobre o prato vazio, os olhos azuis brilhando com um entusiasmo sincero, enquanto deslocava copos e pratos pela mesa, mostrando a seus ouvintes rurais exatamente onde tudo estava na Batalha de Estrângia.

Após algum tempo ele esgotou seu estoque de copos, garfos e pratos. Como já havia usado o sal e a pimenta como o rei de Estrângia e seu general, não lhe restava nada para usar como o rei de Ingary e seu irmão, ou como seus magos. Mas o soldado não deixou que isso o aborrecesse. Abriu uma bolsa em seu cinto e dali tirou duas moedas de ouro e várias de prata, as quais pousou na mesa para fazer as vezes de rei de Ingary, seus magos e seus generais.

Abdullah não pôde deixar de pensar que essa era uma atitude extremamente tola da parte dele. As duas peças de ouro provocaram alguns comentários. Quatro rapazes de aparência grosseira numa mesa próxima giraram em seus bancos e começaram a ficar muito interessados. Mas o soldado estava concentrado explicando a batalha e totalmente alheio a isso.

Por fim, a maioria das pessoas à volta do soldado se levantou para voltar ao trabalho. O soldado se levantou com elas, pendurou a mochila no ombro, pôs na cabeça o chapéu sujo de soldado, que estava enfiado na aba superior da mochila, e perguntou qual era o caminho para a cidade mais próxima. Enquanto todos ruidosamente explicavam o caminho para o soldado, Abdullah tentou encontrar a senhoria para pagar sua conta. Ela foi um pouco lenta para atendê-lo. Quando terminou, o soldado já havia desaparecido na curva da estrada. Abdullah não se lamentou. Qualquer que tenha sido a ajuda que o gênio pensou que esse homem pudesse lhe dar, Abdullah achava que podia passar sem ela. Ficou feliz porque o Destino e ele pareciam estar de acordo dessa vez.

Não sendo tolo como o soldado, Abdullah pagou a conta com sua menor moeda de prata. Mesmo esta parecia ser muito dinheiro nessas paragens. A senhoria levou-a para dentro do estabelecimento para buscar o troco. Enquanto esperava que ela voltasse, Abdullah não pôde deixar de ouvir os quatro rapazes grosseiros. Eles estavam tendo uma discussão rápida e sugestiva.

— Se cortarmos pela trilha de cavalos — disse um deles — podemos alcançá-lo no bosque, no alto do morro.

— Vamos nos esconder nos arbustos — concordou o segundo — de ambas as margens da estrada, e o atacamos dos dois lados.

— E dividimos o dinheiro em quatro — insistiu o terceiro. — Ele tem mais ouro do que mostrou, isso é certo.

— Primeiro temos de ter certeza de que está morto — disse o quarto. — Não queremos que saia por aí contando histórias.

E "Certo!" e "Certo" e "Certo, então", disseram os outros três, e se levantaram e partiram, enquanto a senhoria vinha correndo até Abdullah com a mão cheia de moedas de cobre.

— Espero que o troco esteja correto, senhor. Não recebemos muitas moedas de prata do sul aqui e tive de perguntar ao meu marido quanto valia. Ele diz que vale cem de nossos cobres, e o senhor nos devia cinco, portanto...

— Abençoada seja, ó nata das fornecedoras e fermentadora de cerveja celestial — disse Abdullah com pressa, e lhe deu um punhado das moedas de volta, em vez da agradável e prolongada conversa que ela obviamente pretendia ter com ele. Deixando-a de olhos arregalados, ele partiu tão rápido quanto pôde atrás do soldado. O homem podia ser um papa-jantares cara de pau e um chato de galocha, mas isso não significava que merecia ser emboscado e assassinado por causa de seu ouro.

CAPÍTULO DEZ
O qual fala de violência e derramamento de sangue

Abdullah descobriu que não podia andar muito rápido. No clima mais fresco de Ingary, seus músculos haviam se enrijecido abominavelmente enquanto ele ficara sentado imóvel, e suas pernas doíam pela longa caminhada do dia anterior. O bolso com o dinheiro na bota esquerda fez uma bolha muito feia em seu pé esquerdo. Ele já estava mancando antes de ter caminhado cem metros. No entanto, estava preocupado o suficiente com o soldado para manter o melhor ritmo que lhe era possível. Passou mancando por várias cabanas de telhado de palha e então deixou o vilarejo para trás, chegando à estrada mais aberta. Lá podia ver o soldado à sua frente, caminhando em direção a um ponto onde a estrada subia por uma colina coberta com as árvores de copas densas que pareciam crescer por aqui. Era ali que os rapazes grosseiros estariam preparando a emboscada. Abdullah tentou andar mais rápido.

Um irritadiço fiapo azul saiu da lâmpada que sacudia em sua cintura.

— Você precisa *sacolejar* tanto? — perguntou.

— Sim — respondeu Abdullah. — O homem que você escolheu para me ajudar é que precisa da *minha* ajuda.

— Hum! Agora eu entendo você — disse o gênio. — Nada vai impedi-lo de ter uma visão romântica da vida. No próximo pedido, vai querer uma armadura brilhante.

O soldado caminhava bem devagar. Abdullah diminuiu a distância entre eles e entrou no bosque não muito depois dele. Mas a estrada aqui serpenteava entre as árvores para tornar a subida mais fácil, de modo que Abdullah perdeu o soldado de vista até dobrar manquejando uma última curva e vê-lo poucos metros à frente. E esse, por acaso, foi o momento exato que os bandidos escolheram para fazer seu ataque.

Dois deles saltaram de um lado da estrada nas costas do soldado. Os dois que surgiram do outro lado investiram contra ele pela frente. Houve um momento de luta violenta. Abdullah apressou-se para ajudar — embora o tenha feito um tanto hesitante, pois nunca lutara fisicamente contra ninguém na vida.

Enquanto se aproximava, toda uma série de milagres pareceu acontecer. Os dois sujeitos nas costas do soldado voaram em direções opostas, cada um para um lado da estrada, onde um deles bateu a cabeça numa árvore e não perturbou mais ninguém, enquanto o outro desabava estatelado. Dos dois que encaravam o soldado, um recebeu quase imediatamente um ferimento e se dobrou para contemplá-lo. O outro, para considerável perplexidade de Abdullah, ergueu-se no ar e, por um breve instante, ficou pendurado no galho de uma árvore. Dali ele despencou com um estrondo e caiu adormecido na estrada.

Nesse momento, o rapaz que havia se dobrado desdobrou-se e lançou-se contra o soldado com uma faca longa e estreita. O soldado agarrou o pulso da mão que segurava a faca. Houve um momento de impasse em que o rapaz pareceu grunhir — e em que Abdullah percebeu que acreditava que tudo logo se resolveria em favor do soldado. E estava exatamente pensando que sua preocupação com o soldado havia sido de todo desnecessária quando o camarada estatelado na estrada de repente se desestatelou e investiu contra as costas do soldado com outra faca longa e fina.

Rapidamente Abdullah fez o que era preciso. Deu um passo à frente e atingiu o rapaz na cabeça com a lâmpada do gênio.

— Aiii! — gritou o gênio. E o camarada tombou como um carvalho derrubado.

Com o barulho, o soldado girou depois de aparentemente deixar o outro rapaz atordoado. Abdullah recuou um passo, apressado. Ele não gostou da velocidade com que o soldado se virou, tampouco da maneira como mantinha as mãos, com os dedos retesados e juntos, como duas armas pouco afiadas porém mortíferas.

— Eu os ouvi planejando matá-lo, valente veterano — explicou Abdullah rapidamente — e corri para avisar ou ajudar.

Ele viu os olhos do soldado fixos nos dele, muito azuis porém não mais inocentes. Na verdade, aqueles eram olhos que contariam como sagazes até no Bazar de Zanzib. Eles pareceram inventariar Abdullah de todas as formas possíveis. Felizmente, tudo indicava estarem satisfeitos com o que viram.

— Obrigado então — disse o soldado e virou-se para chutar a cabeça do rapaz que deixara atordoado. Este parou também de se mexer, completando o grupo.

— Talvez — sugeriu Abdullah — devêssemos notificar isso a um guarda.

— Para quê? — perguntou o soldado. Ele se curvou e, para ligeira surpresa de Abdullah, fez uma rápida e experiente busca nos bolsos do jovem cuja cabeça havia acabado de chutar. O resultado da busca foi uma mão cheia de moedas de cobre, as quais o soldado guardou em sua própria bolsa, parecendo satisfeito. — Mas a faca é de má qualidade — disse, partindo-a em duas. — Já que está aqui, por que não revista o que você acertou, enquanto eu cuido dos outros dois? O seu parece valer uma ou duas moedas de prata.

— Quer dizer — começou Abdullah, hesitante — que o costume deste país nos permite roubar os ladrões?

— Não se trata de um costume de que eu já tenha ouvido falar — disse calmamente o soldado —, mas é o que pretendo fazer de qualquer forma. Por que acha que fiz tanta questão de mostrar meu ouro na hospedaria? Tem sempre um ou dois espertalhões que acham que vale a pena atacar e roubar um soldado velho e estúpido. Quase todos carregam dinheiro.

Ele atravessou a estrada e começou a revistar o rapaz que tinha caído da árvore. Depois de hesitar um momento, Abdullah curvou-se para executar a desagradável tarefa de revistar o que ele havia derrubado com a lâmpada. Ele se viu revendo sua opinião sobre o soldado. Afora qualquer outra coisa, um homem que podia enfrentar com confiança quatro atacantes de uma só vez era alguém melhor para se ter como amigo do que como inimigo. E os bolsos do jovem inconsciente continham de fato três moedas de prata. E também a faca. Abdullah tentou quebrá-la na estrada como o soldado fizera com a outra.

— Ah, não — disse o soldado. — Esta é uma faca boa. Fique com ela.

— Sinceramente, nunca tive essa experiência — disse Abdullah, estendendo-a para o soldado. — Sou um homem de paz.

— Então não vai muito longe em Ingary — disse o soldado. — Guarde-a e use-a para cortar a carne em seu prato, se preferir. Tenho mais seis facas melhores do que esta em minha bolsa, todas de diferentes malfeitores. Fique com o dinheiro também, embora, a julgar pelo fato de não se ter interessado quando falei do meu ouro, eu ache que você tem uma situação bastante boa, não é?

Verdadeiramente um homem astuto e observador, pensou Abdullah, guardando as moedas.

— Não sou tão próspero que um pouco mais não me sirva — disse com prudência. Então, sentindo que estava entrando no espírito da coisa, tirou os cadarços da bota do rapaz e os usou para amarrar a lâmpada do gênio com mais segurança em seu cinto. O jovem remexeu-se e gemeu enquanto ele fazia isso.

— Estão acordando. É melhor irmos embora — disse o soldado. — Eles vão distorcer a história e dizer que *nós* os atacamos, quando acordarem. E, tendo em vista que esta é a aldeia deles e que somos ambos estrangeiros, é neles que vão acreditar. Eu vou tomar um atalho cortando os morros. Se seguir o meu conselho, fará o mesmo.

— Eu me sentiria honrado, mais cortês dos lutadores, se pudesse acompanhá-lo — disse Abdullah.

— Eu não me importo — disse o soldado. — Vai ser bom variar e ter uma companhia para quem não preciso mentir. — Apanhou a mochila e o chapéu, os quais aparentemente teve tempo de guardar atrás de uma árvore antes que a luta começasse, e tomou a dianteira, entrando no bosque.

Seguiram resolutamente, subindo por entre as árvores

por algum tempo. O soldado fazia Abdullah sentir-se deploravelmente fora de forma. Ele andava com tanta leveza e facilidade que mais parecia estar descendo uma ladeira. Abdullah mancava atrás dele. Seu pé esquerdo parecia esfolado.

Por fim o soldado parou e esperou por ele num pequeno vale.

— A bota elegante está machucando você? — perguntou. — Sente-se naquela pedra e descalce-a. — Enquanto falava, tirou a mochila do ombro. — Tenho um kit de primeiros socorros bastante incomum aqui — disse ele. — Apanhei-o no campo de batalha, acho. Bem, encontrei em algum lugar de Estrângia.

Abdullah sentou-se e arrancou a bota. O alívio que sentiu foi rapidamente dissipado quando ele olhou para o seu pé. Estava mesmo esfolado. O soldado resmungou e aplicou uma espécie de curativo branco nele, que se agarrou ao pé sem necessidade de ser amarrado. Abdullah gemeu. Então um frescor abençoado espalhou-se a partir do curativo.

— Isso é algum tipo de mágica? — perguntou ele.

— Provavelmente — disse o soldado. — Acho que aqueles magos de Ingary deram esses pacotes para todo seu exército. Calce a bota. Você vai conseguir andar agora. Temos de estar longe antes que os pais daqueles garotos comecem a nos procurar a cavalo.

Abdullah calçou cuidadosamente a bota. O curativo devia ser mesmo mágico. Seu pé parecia novo. Ele quase conseguia acompanhar o ritmo do soldado — o que era uma sorte, pois o homem continuou marchando adiante, na subida, até que Abdullah pensou que tivessem caminhado tanto quanto ele havia andado no deserto no dia anterior. De tempos em tempos, Abdullah olhava nervosamente para trás, para o caso de agora estarem sendo perseguidos por cavalos. Disse a si mesmo que era bom para variar dos camelos — embora seria bom não ter ninguém o perseguindo por algum tempo. Pensando no assunto, viu que, mesmo no Bazar, os parentes da primeira esposa do pai o vinham perseguindo desde a morte dele. Abdullah estava aborrecido consigo mesmo por não ter percebido antes.

Enquanto isso, haviam subido tanto que o bosque começava a dar lugar a arbustos esguios entre as pedras. À medida que a noite caía, eles passaram a andar apenas entre pedras, em algum ponto perto do cume da cadeia de montanhas, onde cresciam apenas alguns arbustos pequenos e de forte aroma, agarrando-se às fendas. Esse era outro tipo de deserto, pensou Abdullah, enquanto o soldado os conduzia ao longo de uma espécie de desfiladeiro estreito entre pedras altas. Não parecia um lugar onde houvesse alguma chance de encontrarem a ceia.

A certa altura, ao longo do desfiladeiro, o soldado parou e tirou a mochila do ombro.

— Tome conta disto por um momento — disse ele. — Parece que tem uma caverna no alto do penhasco deste lado. Vou dar uma olhada e ver se é um bom lugar para passarmos a noite.

Parecia de fato haver uma abertura escura nas rochas um pouco acima de suas cabeças, quando Abdullah, exausto, olhou para cima. Não lhe agradava a ideia de dormir ali. O lugar parecia frio, e duro. Mas provavelmente era melhor do que se deitar na pedra, pensou ele, enquanto observava, pesaroso, o soldado subir facilmente pelo rochedo e chegar ao buraco.

Ouviu-se então um ruído como o de uma polia de metal rangendo.

Abdullah viu o soldado deixar a caverna cambaleando de costas, com uma das mãos colada ao rosto, e quase despencar do penhasco. Mas conseguiu segurar-se a tempo e desceu deslizando e praguejando rochedo abaixo numa tempestade de cascalho.

— Um animal selvagem lá dentro! — arquejou. — Vamos embora daqui. — Ele estava sangrando bastante de oito longos arranhões. Quatro deles começavam na testa, cruzavam a mão e prosseguiam bochecha abaixo, indo até o queixo. Os outros quatro lhe haviam rasgado a manga e retalhado o braço do pulso até o cotovelo. Parecia que ele conseguira cobrir o rosto com a mão na hora H para não perder um olho. Estava tão abalado que Abdullah teve de pegar seu chapéu e sua mochila e guiá-lo ravina abaixo — o que fez bem rápido. Qualquer animal que conseguia levar a melhor sobre esse soldado era uma criatura que Abdullah não desejava encontrar.

A ravina terminava uns cem metros à frente, num local perfeito para acampar. Eles se encontravam agora do outro lado das montanhas, com uma ampla visão das terras além — douradas, verdes e enevoadas ao sol que se punha. A ravina terminava num amplo chão de pedra que subia suavemente em direção ao que era quase outra caverna, onde rochas pendiam sobre o chão inclinado. Melhor ainda, havia um pequeno arroio com leito de pedras murmurando montanha abaixo um pouco mais à frente.

Apesar de ser um lugar perfeito, Abdullah não tinha a menor vontade de parar tão perto daquele animal na caverna. Mas o soldado insistiu. Os arranhões o estavam incomodando. Ele se jogou no chão na rocha inclinada e pegou uma espécie de unguento no kit de primeiros socorros mágico.

— Acenda o fogo — disse, enquanto espalhava a substância em seus ferimentos. — Os animais selvagens têm medo de fogo.

Abdullah se deu por vencido e pôs-se a correr de um lado para o outro arrancando arbustos de aroma forte para queimar. Uma águia ou outra ave grande havia feito ninho no penhasco acima fazia muito tempo. O velho ninho deu a Abdullah braçadas de ramos e alguns galhos secos, de modo que ele logo se viu com uma pilha e tanto de lenha. Quando o soldado terminou de se lambuzar com o unguento, apanhou um isqueiro e acendeu uma pequena fogueira na metade da descida de pedra. O fogo crepitava e saltava alegremente. A fumaça, com cheiro semelhante ao do incenso que Abdullah costumava queimar em sua tenda, levantou-se da extremidade da ravina e se espalhou contra o começo de um glorioso pôr do sol. Se isso realmente afugentasse a fera da caverna, Abdullah pensou que esse seria um lugar quase perfeito. Apenas *quase* perfeito, pois naturalmente nada havia para comer por quilômetros. Abdullah suspirou.

O soldado apresentou uma lata de metal, retirada de sua mochila.

— Que tal encher isto com água? A menos — disse ele, olhando a lâmpada do gênio amarrada ao cinto de Abdullah — que você tenha algo mais forte nesse seu frasco.

— Ai, não — disse Abdullah. — É só um objeto de família, um raro vidro fosco de Singispar, que eu carrego por razões sentimentais. — Ele não tinha a menor intenção de deixar alguém tão desonesto quanto o soldado saber sobre o gênio.

— Que pena — disse o soldado. — Vá buscar água, então, e eu vou preparar uma ceia para a gente.

Isso fez com que o lugar ficasse quase totalmente perfeito. Abdullah seguiu saltando até o riacho com energia. Quando voltou, viu que o soldado havia apanhado uma panela, onde esvaziava pacotes de carne defumada e ervilhas secas. Ele juntou a água e alguns cubos misteriosos e levou ao fogo para ferver. Num tempo incrivelmente curto, a mistura havia se transformado em um espesso ensopado. E o cheiro era delicioso.

— Mais produto de magia? — perguntou Abdullah, enquanto o soldado transferia metade do ensopado para um prato de estanho e lhe entregava.

— Acho que sim — respondeu o soldado. — Peguei isso no campo de batalha.

Ele apanhou a panela para comer ali mesmo a sua parte e encontrou duas colheres. Comeram ali sentados em camaradagem, com o fogo crepitando entre eles, enquanto o céu lentamente se tornava cor-de-rosa, rubro e dourado, e as terras abaixo ficavam azuladas.

— Você não está acostumado a levar uma vida dura, não é? — observou o soldado. — Tem roupas boas, botas elegantes, mas que, a julgar pela aparência, viram um pouco de desgaste ultimamente. E, por sua fala e seu tom de pele escura e queimada pelo sol, vem de muito longe ao sul de Ingary, não é mesmo?

— Tudo isso é verdade, ó veterano e perspicaz observador — disse Abdullah, relutante. — E, de você, tudo que sei é que vem de Estrângia e atravessa da forma mais estranha esta terra, encorajando as pessoas a roubá-lo ao ostentar as moedas de sua gratificação...

— Gratificação uma ova! — interrompeu o soldado, furioso. — Não recebi uma só moeda, nem de Estrângia nem de Ingary! Dei o meu sangue naquela guerra, nós todos demos, e no fim eles disseram: "Certo, rapazes, é isso. Agora é tempo de paz!", e nos jogaram na rua para morrer de fome. Então, eu disse para mim mesmo: Pois sim! *Alguém* me deve por todo o trabalho que fiz, e concluo que é a gente de Ingary! Foram *eles* que trouxeram magos e trapacearam para obter a vitória! Então saí para *ganhar* minha gratificação com eles, da maneira como você me viu fazer hoje. Pode chamar de golpe, se quiser, mas você me viu... então me julgue. Eu só tiro dinheiro daqueles que tentam *me* roubar!

— Na verdade, a palavra golpe nem passou pela minha cabeça, virtuoso veterano — disse Abdullah com sinceridade. — Eu chamo sua atitude de muito engenhosa, um plano em que poucos, além de você, poderiam ter sucesso.

O soldado pareceu acalmar-se com isso. Ele fitou, pensativo, a distância azul abaixo deles.

— Tudo isso lá embaixo — disse ele — é a planície de Kingsbury. Isso deve me render uma boa quantidade de ouro. Sabe que, quando parti de Estrângia, tudo que eu tinha era uma moedinha de prata e um botão de bronze que eu fingia ser um soberano?

— Então já lucrou bastante — disse Abdullah.

— E vou lucrar mais ainda — prometeu o soldado. Ele guardou a panela e pegou duas maçãs na mochila. Deu uma a Abdullah e comeu a outra, deitado de costas, fitando a terra que lentamente escurecia.

Abdullah supôs que ele estivesse calculando a quantidade de ouro que ganharia ali e ficou surpreso quando o soldado disse:

— Eu sempre adorei o acampamento ao anoitecer. Olhe para este pôr do sol. É glorioso!

Era de fato glorioso. As nuvens tinham vindo do sul e se espalhado como uma paisagem rubi pelo céu. Abdullah via cordilheiras de montanhas púrpura tingidas de vinho numa parte; uma fenda laranja fumegante, como o coração de um vulcão; um calmo e róseo lago. Enquanto mais adiante, dispostas contra uma infinitude de mar celeste azul-dourado, viam-se ilhas, recifes, baías e promontórios. Era como se eles estivessem olhando para a costa marítima do céu, ou a terra que a oeste dá para o Paraíso.

— E aquela nuvem lá adiante — disse o soldado, apontando. — Não parece um castelo?

Parecia de fato. Erguia-se num promontório acima de uma lagoa celeste, uma maravilha de esguias torres de ouro, rubi e anil. Um vislumbre de céu dourado através da torre mais alta era como uma janela. Recordava Abdullah pungentemente a nuvem que ele vira acima do palácio do sultão enquanto era arrastado para a masmorra. Embora não tivessem nem de longe a mesma forma, trouxe-lhe de volta seus pesares com tamanha força que ele gritou.

— Ó, Flor da Noite, onde *está* você?

CAPÍTULO ONZE
No qual um animal selvagem faz Abdullah desperdiçar um desejo

O soldado virou-se, apoiado no cotovelo, e fitou Abdullah.

— O que quer dizer com isso?

— Nada — disse Abdullah —, a não ser que minha vida tem sido cheia de desilusões.

— Conte — pediu o soldado. — Desabafe. Eu lhe contei sobre mim, afinal.

— Você nunca acreditaria em mim — disse Abdullah. — Meus pesares superam até mesmo os seus, mortífero mosqueteiro.

— Experimente — disse o soldado.

De alguma forma, não foi difícil contar, por causa do pôr do sol e do tormento provocado por esse pôr do sol crescendo repentinamente em Abdullah. Assim, enquanto o castelo aos poucos se espalhava e se dissolvia em bancos de areia na lagoa celeste e todo o pôr do sol desbotava suavemente, transformando-se em púrpura, marrom e finalmente em três riscas vermelho-escuras, como as marcas das garras que começavam a cicatrizar no rosto do soldado, Abdullah contou-lhe sua história. Ou, pelo menos, a essência dela. Naturalmente não revelou nada tão pessoal quanto suas fantasias, ou a incômoda maneira como elas vinham se tornando realidade nos últimos tempos, e tomou muito cuidado para nada falar sobre o gênio. Ele não confiava que o soldado não fosse pegar a lâmpada e desaparecer com ela durante a noite — e foi amparado nessa edição dos fatos por uma forte suspeita de que tampouco o soldado contara toda a sua história. Os últimos fatos eram bastante difíceis de narrar deixando o gênio de fora, mas Abdullah achou que se saiu bem. Deu a impressão de que havia escapado das correntes e dos bandidos mais ou menos pela simples força de vontade, e então andado todo o caminho até Ingary.

— Hum — disse o soldado quando Abdullah chegou ao fim. Pensativo, ele pôs mais arbustos picantes no fogo, que a essa altura era a única luz que restava. — Uma vida e tanto. Mas devo dizer que compensa muitas coisas estar destinado a se casar com uma princesa. Eis algo que eu mesmo sempre quis fazer: casar-me com uma bela e tranquila princesa com um pequeno reino e uma personalidade agradável. Um sonho meu, de verdade.

Abdullah achou que teve uma esplêndida ideia.

— É bem possível que possa — disse ele baixinho. — No dia em que encontrei você, foi-me concedido um sonho... uma visão... na qual um anjo enfumaçado da cor da lavanda veio até mim e me apontou você, ó mais brilhante dos cruzados, enquanto dormia num banco do lado de fora da hospedaria. Ele disse que você poderia me ajudar muitíssimo a encontrar Flor da Noite. E, se fizesse isso, disse o anjo, sua recompensa seria casar-se com outra princesa. — Isto era... ou seria... uma verdade quase perfeita, disse Abdullah a si mesmo. Ele só precisava fazer o pedido correto ao gênio amanhã. Ou melhor, *depois* de amanhã, lembrou-se, posto que o gênio o havia forçado a usar hoje o desejo de amanhã. — Você vai me ajudar? — perguntou, observando o rosto do soldado iluminado pelo fogo com grande ansiedade. — Por essa ótima recompensa.

O soldado não se mostrou nem ansioso nem desanimado. Ele refletiu.

— Não estou muito certo do que poderia fazer para

ajudar — disse ele, finalmente. — Não sou um especialista em djins, para começar. Parece que não os temos aqui no norte. Você precisaria perguntar a algum desses malditos magos de Ingary o que djins fazem com princesas quando as roubam. Os magos saberão. Posso ajudá-lo a arrancar os fatos de um deles, se quiser. Seria um prazer. Mas, quanto a eu me casar com uma princesa... elas não crescem em árvores, você sabe. A mais próxima deve ser a filha do rei de Ingary, bem distante daqui, em Kingsbury. Se era ela que seu anjo-amigo enfumaçado tinha em mente, então acho que é melhor você e eu andarmos até lá para ver. Os magos do rei também vivem para aqueles lados, pelo que dizem, então parece que tudo se encaixa. Essa ideia o satisfaz?

— Muitíssimo, meu amigo militar do peito! — respondeu Abdullah.

— Então está combinado... mas eu não prometo nada, entenda — disse o soldado.

Ele tirou dois cobertores da sacola e sugeriu que aumentassem o fogo e se acomodassem para dormir.

Abdullah soltou a lâmpada do gênio do cinto e pousou-a delicadamente na pedra lisa ao seu lado, à maior distância possível do soldado. Então se enrolou no cobertor e ajeitou-se para o que veio a ser uma noite bastante agitada. A pedra era dura. E, embora não sentisse tanto frio quanto na noite anterior no deserto, o ar úmido de Ingary o fez tremer na mesma medida. Além disso, no momento em que fechou os olhos, descobriu que estava obcecado pela fera na caverna, no desfiladeiro acima. Ficou imaginando que podia ouvi-la rondar o acampamento. Umas duas vezes abriu os olhos e até pensou ver algo se movimentando além da luz do fogo. Das duas vezes se sentou e alimentou o fogo com mais madeira, e então as chamas se inflamaram e mostraram-lhe que não havia nada lá. Muito tempo se passou antes que ele caísse em um sono profundo. Quando isso aconteceu, teve um sonho diabólico.

Sonhou que, por volta do alvorecer, um djim veio e sentou-se em seu peito. Ele abriu os olhos para lhe dizer que fosse embora e viu que não se tratava de um djim, mas da fera da caverna. Lá estava ela com as duas patas dianteiras plantadas em seu peito, fulminando-o com olhos que pareciam lâmpadas azuladas na escuridão aveludada de seu pêlo. Aos olhos de Abdullah, aquele era um demônio na forma de uma enorme pantera.

Ele sentou-se com um grito.

Naturalmente não havia nada ali. O dia estava rompendo. A fogueira era um borrão avermelhado na paisagem cinzenta, e o soldado, uma protuberância de um cinza mais escuro, ressonando suavemente do outro lado do fogo. Além dele, as terras mais baixas estavam esbranquiçadas com a névoa. Exausto, Abdullah pôs outro arbusto no fogo e tornou a adormecer.

Foi acordado pelo rugido tempestuoso do gênio.

— Parem esta coisa! Tirem-na DE CIMA de mim!

Abdullah deu um salto. O soldado também pulou. Era dia claro. Não havia dúvida no que ambos viam. Um pequeno gato preto se encontrava agachado diante da lâmpada do gênio, exatamente ao lado de onde estivera a cabeça de Abdullah. O gato era muito curioso ou estava convencido de que havia comida na lâmpada, pois o focinho pousava delicada porém firmemente no pescoço do frasco. Em torno da cabeça totalmente preta, o gênio esguichava em dez ou doze fiapos azuis distorcidos, e estes iam se transformando em mãos ou rostos e então voltavam a ser fumaça novamente.

— Ajudem-me! — gritava ele em coro. — Ele está tentando me *comer* ou coisa parecida!

O gato ignorava o gênio inteiramente. Ele agia como se dentro da garrafa houvesse um cheiro mais agradável.

Em Zanzib todo mundo detestava gatos, que eram tidos como pouco mais do que os ratos e camundongos que comiam. Se um gato se aproximasse, era chutado, e todo gatinho em que se pusesse as mãos era afogado. Assim, Abdullah correu para o gato, preparando-se para chutá-lo.

— *Xô!* — gritou ele. — *Fora!*

O gato deu um salto. Esquivou-se do pé de Abdullah e fugiu para o topo da pedra saliente acima deles, de onde bufava e o olhava ferozmente. Ele ouvia bem, pensou Abdullah, fitando-o nos olhos azulados. Então foi isso que se sentou em cima dele durante a noite! Ele pegou uma pedra e recuou o braço para arremessá-la.

— Não faça isso! — disse o soldado. — Coitadinho do bicho!

O gato não esperou que Abdullah atirasse a pedra. Fugiu em disparada, sumindo de vista.

— Não tem nada de coitadinho naquela fera — disse ele. — Você deve lembrar, gentil pistoleiro, que aquela criatura quase arrancou seu olho na noite passada.

— Eu sei — replicou o soldado, conciliatório. — Ele só estava se defendendo, o pobrezinho. Isso é um gênio nesse seu frasco? Seu amigo fumacento azulado?

Um viajante com um tapete à venda uma vez dissera a Abdullah que a maior parte das pessoas do norte era inexplicavelmente sentimental em relação a animais. Abdullah deu de ombros e virou-se irritado para a lâmpada do gênio, onde este havia desaparecido sem sequer uma palavra de agradecimento. Era de esperar que isso acontecesse! Agora ele teria de vigiar a lâmpada como um falcão.

— Sim — disse ele.

— Pensei que fosse mesmo — observou o soldado. — Já ouvi falar de gênios. Venha dar uma olhada nisso, está bem? — Ele se curvou e apanhou o chapéu, com muito cuidado, sorrindo de uma forma estranha e terna.

Havia sem dúvida alguma coisa errada com o soldado nessa manhã — como se seu cérebro houvesse amolecido durante a noite. Abdullah perguntou-se se não seriam aqueles arranhões, embora eles houvessem quase desaparecido a essa altura. Abdullah foi até onde ele estava, preocupado.

Imediatamente, o gato surgiu na saliência da pedra outra vez, fazendo aquele ruído de polia de ferro, raiva e aflição em cada linha de seu pequeno corpo preto. Abdullah o ignorou e olhou dentro do chapéu do soldado. Olhos azuis arredondados o fitavam do interior gorduroso. Uma boquinha rosada sibilou em desafio, enquanto o minúsculo gatinho ali dentro fugia para o fundo do chapéu, fustigando o pequenino rabo, que mais parecia uma diminuta escova de garrafas, para se equilibrar.

— Não é uma gracinha? — disse o soldado, encantado.

Ao olhar de relance para o gato no alto da pedra, Abdullah ficou paralisado. Então tornou a olhá-lo com cuidado.

O bicho era enorme. Ali estava uma imponente pantera negra, mostrando as presas grandes e brancas para ele.

— Esses animais devem pertencer a uma feiticeira, corajoso companheiro — disse ele, trêmulo.

— Se for esse o caso, então a feiticeira deve estar morta ou algo assim — replicou o soldado. — Você os viu. Estão vivendo como animais selvagens naquela caverna. Aquela mãe deve ter carregado o gatinho essa distância toda até aqui durante a noite. Maravilhoso, não é? Ela devia *saber* que a ajudaríamos! — Ele olhou para a imensa fera rosnando na pedra e não pareceu perceber o tamanho dela. — Venha, desça, doçura! — chamou, persuasivo. — Você sabe que não vamos machucar nem você nem seu filhote.

A fera-mãe lançou-se da pedra. Abdullah deixou escapar um grito estrangulado, esquivou-se e caiu sentado pesadamente. O grande corpo preto passou velozmente acima dele — e, para sua surpresa, o soldado começou a rir. Abdullah ergueu os olhos, indignado, e viu que a fera havia se transformado outra vez num pequeno gato preto, que passava afetuosamente de um ombro ao outro do soldado, esfregando-se em seu rosto.

— Ah, você é uma maravilha, pequena Meia-Noite! — exclamou o soldado, rindo. — Sabe que vou cuidar de seu Atrevido para você, não sabe? É isso mesmo, sua ronronante!

Abdullah levantou-se, enojado, e voltou as costas para esse festival de carinho. A panela fora totalmente raspada durante a noite. O prato de estanho estava polido. Ele foi lavar ambos, no riacho, torcendo para que o soldado logo esquecesse essas feras mágicas e perigosas e começasse a pensar no café da manhã.

Mas, quando o soldado por fim pousou o chapéu e delicadamente tirou a gata de seus ombros, foi no café da manhã dos gatos que ele pensou.

— Eles vão precisar de leite — disse — e de um belo prato de peixe fresco. Faça com que esse seu gênio arranje isso para eles.

Um jato azul-malva jorrou da boca da lâmpada e espalhou-se, formando o esboço do rosto irritado do gênio.

— Ah, não — disse o gênio. — Um desejo por dia é tudo que eu concedo, e ele obteve o pedido de hoje ontem. Vá e pesque você mesmo no riacho.

O soldado avançou zangado para o gênio.

— Não tem peixe nenhum a essa altitude — disse ele. — E a pequena Meia-Noite está faminta, e tem o gatinho para alimentar.

— Que pena! — disse o gênio. — E não tente me ameaçar, soldado. Homens já se transformaram em sapos por muito menos.

O soldado era certamente um homem corajoso — ou muito idiota, pensou Abdullah.

— Faça isso comigo e eu quebro sua lâmpada, seja lá que formato eu tiver! — gritou. — Não estou pedindo nada para *mim*!

— Prefiro que as pessoas sejam egoístas — retrucou o gênio. — Então você *quer* ser um sapo?

Uma quantidade maior de fumaça azul esguichou da garrafa e formou braços, fazendo gestos que Abdullah infelizmente reconheceu.

— Não, não, pare, eu lhe imploro, ó safira entre os

espíritos! — apressou-se ele a pedir. — Deixe o soldado em paz e concorde, como um imenso favor, em me conceder outro desejo um dia adiantado, para que os animais possam ser alimentados.

— *Você* também quer se transformar num sapo? — indagou o gênio.

— Se estiver escrito na profecia que Flor da Noite vai se casar com um sapo, então me transforme em um — disse Abdullah, submisso. — Mas, primeiro, providencie leite e peixe, grande gênio.

O gênio rodopiou, rabugento.

— Maldita profecia! Não posso ir contra ela. Muito bem. Você pode ter o seu desejo desde que me deixe em paz pelos próximos dois dias.

Abdullah suspirou. Era um terrível desperdício de desejo.

— Está bem.

Um jarro de leite e uma travessa oval contendo um salmão caíram pesadamente na pedra aos seus pés. O gênio dirigiu a Abdullah um olhar de imensa antipatia e recolheu-se novamente ao interior da lâmpada.

— Bom trabalho! — disse o soldado, e pôs-se a cozinhar um pedaço do salmão em um pouco de leite, certificando-se de que não havia espinhas com as quais o gato pudesse se engasgar.

A gata, Abdullah percebeu, estivera todo esse tempo lambendo o gatinho no chapéu. Ela não parecia ter notado a existência do gênio. Mas do salmão notou, com certeza. Assim que o peixe começou a cozinhar, ela deixou o gatinho e começou a enroscar-se nas pernas do soldado, esguia e com urgência, miando.

— Logo, logo, minha pretinha! — disse o soldado.

Abdullah só podia supor que as magias da gata e a do gênio fossem tão diferentes que eles não conseguiam notar um ao outro. O lado positivo que ele conseguia ver na situação era que havia salmão e leite bastante também para os dois seres humanos. Enquanto a gata se deliciava, bebendo sofregamente, e o gatinho lambia e espirrava, esforçando-se para engolir o leite com sabor de salmão, o soldado e Abdullah regalavam-se com mingau de leite e filé de salmão assado.

Depois desse café da manhã, Abdullah sentia-se mais generoso em relação ao mundo todo. Disse a si mesmo que o gênio não podia ter feito melhor escolha de companhia para ele do que esse soldado. O gênio, afinal, não era tão mau assim. E ele certamente logo veria Flor da Noite. Estava pensando que tampouco o sultão e Kabul Aqba eram tão ruins, quando descobriu, para sua indignação, que o soldado pretendia levar a gata e o gatinho com eles para Kingsbury.

— Mas, benevolente e atencioso soldado — protestou ele —, o que vai ser de seu plano para obter sua gratificação? Você não pode roubar ladrões com um gatinho no chapéu!

— Acho que não vou mais precisar fazer isso agora que você me prometeu uma princesa — respondeu o soldado tranquilamente. — E ninguém poderia deixar Meia-Noite e o Atrevido morrerem de fome nesta montanha. Seria muita crueldade!

Abdullah sabia que havia perdido a discussão. Azedo, amarrou a lâmpada do gênio em seu cinto e jurou jamais fazer outra promessa ao soldado. Este tornou a guardar tudo na sacola, apagou o fogo e delicadamente apanhou o chapéu com o gatinho. Pôs-se a descer a montanha seguindo o riacho, chamando Meia-Noite com um assovio, como se ela fosse um cachorro.

Meia-Noite, porém, tinha outros planos. Quando Abdullah partiu atrás do soldado, ela se interpôs em seu caminho, fitando-o significativamente. Abdullah não lhe deu atenção e tentou passar por ela, que logo se tornou enorme outra vez. Uma pantera negra, maior ainda do que antes, se isso fosse possível, barrava o seu caminho e rosnava, mostrando os dentes. Ele se deteve, francamente aterrorizado. E a fera saltou para ele. Abdullah estava apavorado demais até para gritar. Ele fechou os olhos e esperou ter a garganta rasgada. Esse era o fim do Destino e das profecias!

Em vez disso, sentiu uma maciez tocar-lhe a garganta. Patas pequenas e firmes alcançaram seus ombros e outro par dessas patinhas espetaram seu peito. Abdullah abriu os olhos e viu que Meia-Noite estava de volta ao tamanho de um gato, agarrada à frente de seu casaco. Os olhos azul-esverdeados fitando os seus diziam: "Carregue-me. Senão..."

— Muito bem, formidável felino — disse Abdullah. — Mas cuidado para não estragar ainda mais os bordados deste casaco. Este já foi meu melhor traje. E, por favor, lembre-se de que eu a carrego sob forte protesto. Não gosto de gatos.

Meia-Noite escalou tranquilamente até o ombro de Abdullah, onde se acomodou, equilibrando-se, preguiçosa, enquanto Abdullah descia penosamente, escorregando montanha abaixo, pelo resto do dia.

CAPÍTULO DOZE
No qual a lei alcança Abdullah e o soldado

Ànoite, Abdullah já estava quase acostumado a Meia-
-Noite. Ao contrário do cão de Jamal, ela cheirava a
limpeza, e estava visível que era uma excelente mãe.
As únicas ocasiões em que descia dos ombros de Abdullah
era para alimentar seu filhote. Não fosse por seu alarmante
hábito de ficar enorme diante dele quando ele a aborrecia,
Abdullah sentia que podia vir a tolerá-la com o tempo. O
gatinho, ele admitia, era encantador. Brincou com a ponta
do rabo de cavalo do soldado e tentou perseguir borboletas
— de maneira vacilante — quando pararam para almoçar. O
restante do dia ele passou na frente do casaco do soldado,
espiando avidamente o mato e as árvores à frente, e as cas-
catas ladeadas de samambaias por onde passavam a caminho
das planícies.

Mas Abdullah ficou enjoado com o rebuliço que o soldado fez por causa de seus novos bichinhos de estimação
quando pararam para passar a noite. Decidiram ficar na hospedaria que encontraram no primeiro vale, e ali o soldado
decretou que seus gatos deveriam ter o melhor de tudo.

O estalajadeiro e a esposa partilhavam a mesma opinião de Abdullah. Eram pessoas simplórias que, pelo visto,
haviam sido levadas ao mau humor por causa do misterioso
roubo de um jarro de leite e de um salmão inteiro naquela
manhã. Eles corriam de um lado para o outro com ar de me-
lancólica desaprovação, buscando a cesta do formato correto
e um travesseiro macio para pôr dentro dela. Trouxeram so-
turnamente creme, fígado de galinha e peixe. Providenciaram
de má vontade algumas ervas que, segundo o soldado, evi-
tavam tumores nos ouvidos. Mandaram buscar, apressados,

outras ervas que supostamente curavam os gatos de vermes. Mas se mostraram francamente incrédulos quando lhes foi pedido que aquecessem água para um banho porque o soldado suspeitava que Atrevido tinha pegado uma pulga.

Abdullah viu-se obrigado a negociar.

— Ó príncipe e princesa dos hospedeiros — disse ele —, sejam pacientes com a excentricidade do meu excelente amigo. Quando ele diz um banho, refere-se naturalmente a um banho para ele e para mim. Nós dois estamos um tanto sujos da viagem e acolheríamos com alegria água quente e limpa... pela qual pagaremos qualquer extra que seja porventura necessário.

— O quê? Para mim? Banho? — perguntou o soldado quando o estalajadeiro e a esposa saíram, pisando duro, para pôr grandes chaleiras no fogo.

— Sim. Para você — disse Abdullah. — Caso contrário, você e seus gatos e eu nos separamos nesta noite mesmo. O cachorro do meu amigo Jamal em Zanzib tinha o cheiro um pouco menos acre do que o seu, ó guerreiro impuro, e Atrevido, com pulgas ou não, é muito mais limpo.

— Mas e quanto à minha princesa e sua filha do sultão, se você for embora? — indagou o soldado.

— Vou pensar em alguma coisa — disse Abdullah. — Mas eu preferiria que você entrasse no banho e, se quisesse, levasse Atrevido com você. Essa era minha intenção ao pedir o banho.

— Banhos enfraquecem você — disse o soldado, hesitante. — Mas acho que eu poderia aproveitar e lavar Meia--Noite também.

— Use os dois gatos como esponjas, se isso lhe apraz, apaixonado soldado de infantaria — disse Abdullah, e foi se regalar com seu próprio banho.

Em Zanzib, as pessoas se banhavam com frequência, porque o clima era muito quente. Abdullah estava acostumado a ir aos banhos públicos pelo menos dia sim, dia não, e sentia falta disso. Até mesmo Jamal tomava banho uma vez por semana, e comentava-se que ele entrava com o cachorro na água.

O soldado, pensou Abdullah, acalmando-se com a água quente, na verdade não era mais inebriado com seus gatos do que Jamal com seu cão. Ele esperava que Jamal e o cachorro tivessem conseguido escapar e, caso afirmativo, que nesse momento não estivessem sofrendo as adversidades do deserto.

O soldado não parecia nem um pouco enfraquecido pelo banho, embora sua pele tivesse adquirido um tom mais pálido. Meia-Noite, ao que parecia, havia fugido à simples visão da água, mas Atrevido, assim contou o soldado, tinha adorado cada instante do banho.

— Ele brincou com as bolhas de sabão! — contou, amoroso.

— Espero que você se ache digna de todo esse trabalho — disse Abdullah à Meia-Noite, quando ela se encontrava sentada em sua cama, limpando-se delicadamente depois de comer o creme e o fígado de frango.

Meia-Noite virou-se e lhe lançou um olhar de desprezo — é óbvio que era digna! — antes de voltar à importante tarefa de limpar os ouvidos.

A conta, na manhã seguinte, foi enorme. A maior parte das despesas extras se referia à água quente, mas as almofadas, as cestas e as ervas também respondiam por uma quantia bastante expressiva na lista. Abdullah pagou, estremecendo, e aflito perguntou a que distância estavam de Kingsbury.

Seis dias, disseram-lhe, se a pessoa fosse a pé.

Seis dias! Abdullah quase gemeu alto. Seis dias, nesse ritmo de consumo, e ele mal seria capaz de manter Flor da Noite em um estado de extrema pobreza quando a encontrasse. E ele ainda tinha de suportar seis dias com o soldado fazendo esse estardalhaço por causa dos gatos antes que pudessem pegar um mago e *começar* a procurá-la. Não, pensou Abdullah. Seu próximo desejo para o gênio seria fazer com que todos fossem transportados para Kingsbury. Isso significava que ele só teria de tolerar mais dois dias.

Confortado por esse pensamento, Abdullah partiu pela estrada com Meia-Noite montada serenamente em seus ombros e a lâmpada do gênio balançando ao seu lado. O sol brilhava. O verdor dos campos era um prazer para ele depois do deserto.

Abdullah até começou a apreciar as casas com seus telhados de palha. Elas contavam com deliciosos e amplos jardins e muitas tinham rosas ou outras flores emoldurando as portas. O soldado lhe contou que os telhados de palha eram o costume por ali. Esse material era chamado de sapê, que, segundo ele lhe assegurou, mantinha a chuva do lado de fora, embora Abdullah achasse muito difícil acreditar nisso.

Logo, logo Abdullah estava mergulhado em outra fantasia, na qual ele e Flor da Noite moravam numa casinha com telhado de sapê e rosas em torno da porta. Ele plantaria para ela um jardim que seria invejado num raio de muitos quilômetros. Abdullah começou a planejar o jardim.

Infelizmente, mais para o fim da manhã, sua fantasia foi interrompida por pingos de chuva que aumentavam de intensidade. Meia-Noite odiou aquilo. E queixou-se bem alto nos ouvidos de Abdullah.

— Ponha a gata dentro do seu casaco — disse o soldado.

— Não eu, adorador de animais — replicou Abdullah. — Ela não gosta de mim mais do que eu gosto dela. Sem dúvida ela aproveitaria a oportunidade para cavar sulcos em meu peito.

O soldado entregou seu chapéu para Abdullah com Atrevido dentro dele, cuidadosamente coberto com um lenço sujo, e abotoou Meia-Noite dentro de seu próprio casaco. Assim seguiram por quase meio quilômetro. A essa altura a chuva já caía torrencialmente.

O gênio lançou um fio azul esfiapado pela lateral de sua garrafa.

— Você não pode *fazer* nada em relação a toda essa água que está caindo em mim?

Atrevido dizia praticamente a mesma coisa na potência máxima de sua vozinha aguda. Abdullah afastou os cabelos molhados dos olhos, atormentado.

— Vamos ter de achar um lugar para nos abrigar — disse o soldado.

Felizmente havia uma hospedaria na esquina seguinte. Eles se amontoaram agradecidos na taberna do local, onde Abdullah ficou encantado em descobrir que o telhado de sapê estava mantendo perfeitamente a chuva do lado de fora.

Aqui o soldado, da maneira a que Abdullah estava se acostumando, pediu uma sala particular com lareira, para que os gatos ficassem confortáveis, e almoço para todo o grupo. Abdullah, da maneira a que também estava se acostumando, perguntou-se quanto seria a conta dessa vez, embora tivesse de admitir que o fogo viesse bem a calhar. Ele parou diante da lareira e ficou gotejando, com um copo de cerveja — nessa hospedaria em particular parecia que a cerveja vinha de um camelo bastante doente —, enquanto aguardavam o almoço. Meia-Noite lambeu o filhote, secando-o, depois fez o mesmo em si mesma. O soldado estendeu as botas na direção do fogo e deixou-as secar, exalando vapores, enquanto a garrafa do gênio, pousada na lareira, também fumegava levemente. Nem mesmo o gênio se queixou.

Ouviram cavalos lá fora. Isso não era incomum. As pessoas em Ingary, em sua maioria, viajavam montadas em cavalos, quando podiam. Tampouco era surpresa que os cavaleiros, pelo jeito, estivessem parando na hospedaria. Eles também deviam estar molhados. Abdullah pensava justamente que deveria ter pedido com firmeza ao gênio que lhes providenciasse cavalos em vez de leite e salmão no dia anterior, quando ouviu os cavaleiros gritando com o estalajadeiro do lado de fora da janela da sala de estar.

— Dois homens, um soldado de Estrângia e um rapaz de pele escura num traje extravagante, procurados por assalto e roubo... Vocês os viram?

Antes que os cavaleiros tivessem terminado de gritar, o soldado já estava na janela, com as costas na parede, de modo que podia olhar pela janela sem ser visto, e de alguma forma ele já se encontrava com a mochila numa das mãos e o chapéu na outra.

— São quatro — informou ele. — São guardas, pelo uniforme.

A única coisa que Abdullah conseguia pensar em fazer era ficar ali de pé, boquiaberto e aflito, pensando que era nisso que dava criar confusões por causa de cestas para gatos e água para banho, e dar a estalajadeiros razão para lembrar-se de você. *E pedir salas particulares*, pensou ele, enquanto ouvia a distância a voz desse estalajadeiro dizer efusivamente que sim, de fato os dois sujeitos estavam ali, na sala pequena.

O soldado estendeu o chapéu para Abdullah.

— Ponha Atrevido aqui. Depois pegue Meia-Noite e prepare-se para sair pela janela assim que eles entrarem na hospedaria.

Atrevido escolhera aquele momento para fazer suas explorações debaixo de um banco de carvalho. Abdullah mergulhou atrás dele. Quando recuava de joelhos com o gatinho contorcendo-se em sua mão, pôde ouvir botas entrando ruidosamente na taberna. O soldado estava soltando o trinco da janela. Abdullah pôs Atrevido em seu chapéu esticado e voltou-se para pegar Meia-Noite. Então viu a lâmpada do gênio aquecendo na lareira. Meia-Noite encontrava-se numa prateleira alta do outro lado da sala. Isso era inútil. As botas agora estavam muito mais próximas, caminhando pesadamente na direção da porta da sala. O soldado batia na janela, que parecia emperrada.

Abdullah agarrou a lâmpada do gênio.

— Venha *aqui*, Meia-Noite! — chamou e correu na direção da janela, onde colidiu com o soldado que recuava.

— Afaste-se — disse o soldado. — A coisa está emperrada. Tenho de chutá-la.

Quando Abdullah cambaleou para o lado, a porta abriu-se bruscamente e três homenzarrões uniformizados entraram na sala. No mesmo instante, a bota do soldado atingiu a moldura da janela com um estrondo. O caixilho arrebentou-se, abrindo, e o soldado lançou-se sobre o peitoril. Os três homens gritaram. Dois correram para a janela e um mergulhou na direção de Abdullah. Este virou o banco de carvalho na frente de todos eles e então saltou para a janela, onde transpôs o peitoril, saindo na chuva torrencial sem parar para pensar.

Então se lembrou de Meia-Noite. E voltou-se.

Lá estava ela, imensa outra vez, maior do que jamais a vira, avultando-se como uma grande sombra escura no espaço abaixo da janela, mostrando suas imensas presas brancas para os três homens. Estes caíam um por cima do outro, recuando, tentando fugir pela porta. Abdullah virou-se e correu atrás do soldado, agradecido. Ele se lançava na direção da ponta oposta da hospedaria. O quarto guarda, que estava do lado de fora segurando os cavalos, pôs-se a correr atrás deles, então percebeu que isso era estupidez e disparou de volta até os cavalos, que fugiram quando ele se aproximou. No momento em que Abdullah, no encalço do soldado, atravessava uma horta encharcada, pôde ouvir os gritos dos quatro guardas tentando pegar os cavalos.

O soldado era um especialista em fugas. Ele encontrou um caminho que levava da horta para um pomar e dali até um portão que dava para um amplo campo, sem perder um só instante. Um bosque se erguia no campo a distância, como uma promessa de segurança, oculto pela chuva.

— Você pegou Meia-Noite? — arquejou o soldado, enquanto percorriam o gramado ensopado do campo.

— Não — respondeu Abdullah, sem fôlego para explicar.

— O quê? — exclamou o soldado, parando e fazendo meia-volta.

Nesse momento os quatro cavalos, cada um com um guarda na sela, saltaram sobre a cerca do pomar, entrando no campo. O soldado praguejou violentamente. Ele e Abdullah dispararam para o bosque. Quando chegaram aos arbustos que o rodeavam, os cavaleiros já haviam passado da metade do campo. Abdullah e o soldado atiraram-se no meio dos arbustos e seguiram aos saltos, alcançando um bosque descoberto onde, para perplexidade de Abdullah, o chão era espesso com milhares e mais milhares de flores de um azul vivo, que cresciam como um tapete por uma ampla extensão azul.

— O que... estas flores? — arfou ele.

— Jacintos — disse o soldado. — Se você perdeu Meia-Noite, vou matar você.

— Não fiz isso. Ela vai nos encontrar. Ela ficou enorme. Eu lhe disse. Magia — arquejou Abdullah.

O soldado ainda não vira esse truque de Meia-Noite. Ele não acreditou em Abdullah.

— Corra mais rápido — disse ele. — Vamos ter de dar a volta e ir buscá-la.

Eles se lançaram adiante, esmagando jacintos, banhados pelo estranho aroma silvestre das flores. Abdullah poderia ter acreditado, não fosse pela chuva cinzenta que caía torrencialmente e os gritos dos guardas, que estava correndo pelo chão do paraíso. Rapidamente se viu de volta à sua fantasia. Quando fizesse seu jardim para a cabana que partilharia com Flor da Noite, teriam jacintos aos milhares, como estes. Mas isso não o cegava para o fato de que estavam deixando uma trilha pisoteada de caules brancos quebrados e flores arrancadas. Tampouco o ensurdecia ao ruído de galhos se quebrando enquanto os guardas impeliam seus cavalos para o bosque, atrás deles.

— Isso é inútil! — disse o soldado. — Peça a esse seu gênio que faça os guardas nos perderem de vista.

— Ouça... safira dos soldados... nada de desejos... só depois de amanhã — arquejou Abdullah.

— Ele pode lhe conceder um adiantado outra vez — disse o soldado.

Um vapor azul saiu tremulando, furioso, da lâmpada na mão de Abdullah.

— Eu lhe concedi seu último desejo somente na condição de que você me deixasse em paz — disse o gênio. — Tudo que peço é que me deixem sozinho com meu pesar em minha lâmpada. E vocês fazem isso? Não. Ao primeiro sinal de problema, começam a se lamentar, pedindo desejos extras. Ninguém por aqui tem consideração por *mim*?

— Emergência... ó jacinto entre os espíritos engarrafados — bufou Abdullah. — Transporte-nos... para longe...

— Ah, não, não faça isto! — cortou o soldado. — Você não quer que ele nos mande para longe daqui sem Meia-Noite. Faça com que nos deixe invisíveis até a encontrarmos.

— Jade azul dos gênios... — ofegou Abdullah.

— Se há uma coisa que odeio — interrompeu o gênio, inflando-se graciosamente numa nuvem cor de lavanda —, mais do que esta chuva e ser importunado com desejos antecipados o tempo todo, é ser *persuadido* a realizar desejos em linguagem floreada. Se quer um desejo, seja direto.

— Leve-nos para Kingsbury — bufou Abdullah.

— Faça esses sujeitos se perderem de nós — disse o soldado no mesmo instante.

Eles fuzilaram um ao outro com o olhar enquanto corriam.

— Decidam-se — disse o gênio, cruzando os braços e começando a fluir, insolente, atrás deles. — Para mim dá no mesmo se vocês optarem por desperdiçar mais um desejo. Mas deixe-me lembrar que vai ser o último por dois dias.

— Eu não vou deixar Meia-Noite para trás — disse o soldado.

— Se vamos... desperdiçar um desejo — arfou Abdullah —, então devemos... aproveitar... tolo caçador de fortuna... avançar nossa... busca... Kingsbury.

— Então você pode ir sem mim — afirmou o soldado.

— Os cavaleiros estão a apenas quinze metros daqui — observou o gênio.

Eles olharam sobre o ombro e viram que era verdade. Mais que depressa Abdullah cedeu.

— Então faça com que não possam nos ver — arquejou.

— Deixe-nos invisíveis até Meia-Noite nos encontrar — acrescentou o soldado. — Sei que ela vai conseguir. Ela é muito esperta.

Abdullah teve um vislumbre de um sorriso malévolo espalhando-se no rosto fumarento do gênio e de braços vaporosos fazendo certos gestos.

Seguiu-se uma estranheza úmida e pegajosa. O mundo de repente se distorceu à volta de Abdullah e tornou-se vasto, azul e verde, e fora de foco. Ele rastejou, de uma forma lenta e difícil, em meio ao que pareciam gigantescos jacintos, posicionando cada mão enorme e verrugosa com extremo cuidado, porque, por algum motivo, ele não conseguia olhar para baixo — somente para cima e para a frente. Era uma tarefa tão árdua que ele queria parar e ficar agachado onde estava, mas o chão tremia terrivelmente. Ele podia sentir criaturas gigantescas galopando em sua direção, então continuou rastejando de modo frenético. Ainda assim, mal conseguiu sair do caminho delas a tempo.

Um casco imenso, tão grande quanto uma torre redonda, com uma base de metal, desceu pesadamente ao lado dele. Abdullah estava tão apavorado que ficou paralisado. Podia sentir que as enormes criaturas também haviam parado, bem perto. Ouviram-se sons altos e irritados, que ele não conseguia ouvir com nitidez e que prosseguiram por algum tempo. Então a destruição causada pelos cascos recomeçou e prosseguiu, indo de um lado para o outro, sempre muito perto, até que, depois do que pareceu a maior parte do dia, as criaturas pareceram desistir de procurar por ele e se afastaram, quebrando e esmagando tudo.

CAPÍTULO TREZE
No qual Abdullah desafia o Destino

Abdullah manteve-se agachado por mais algum tempo, mas, como as criaturas não voltassem, recomeçou a rastejar, de uma forma vaga e inútil, tentando descobrir o que havia acontecido. Ele sabia que *algo* acontecera, mas não parecia ter muito cérebro para pensar a respeito.

Enquanto rastejava, a chuva parou, o que o entristeceu um pouco, pois a água era deliciosamente refrescante na pele. Por outro lado, uma mosca circulou num raio de sol e veio pousar numa folha de jacinto ali perto. Abdullah prontamente disparou uma língua comprida, capturou a mosca e a engoliu. *Muito* bom!, pensou. Em seguida veio o pensamento: Mas as moscas são sujas! Mais perturbado que nunca, ele rastejou em torno de outra moita de jacintos.

E ali estava outro igual a ele.

Era marrom, atarracado e verruguento, e seus olhos amarelos se situavam no alto da cabeça. Assim que o viu, a criatura abriu a enorme boca sem lábios num grito de horror e começou a inchar. Abdullah não esperou para ver mais. Ele se virou e afastou-se, rastejando, o mais rápido que suas pernas deformadas podiam levá-lo. Agora sabia o que era. Um sapo. O maldoso gênio arranjara as coisas de forma que ele fosse um sapo até Meia-Noite encontrá-lo. Quando isso acontecesse, ele tinha quase certeza de que ela o comeria.

Rastejou sob as folhas de jacinto mais próximas e escondeu-se...

Cerca de uma hora mais tarde, as folhas de jacinto abriram-se para deixar passar uma monstruosa pata negra. Ela parecia interessada em Abdullah. Mantinha as garras recolhidas e deu leves pancadinhas nele. Abdullah estava tão horrorizado que tentou fugir saltando para trás.

E então se viu caído de costas entre os jacintos.

Ele piscou primeiro diante da visão das árvores, tentando ajustar-se à maneira como de repente havia novamente pensamentos em sua cabeça. Alguns destes eram desagradáveis, sobre dois bandidos que rastejavam ao lado de um lago num oásis sob a forma de sapos, e sobre comer uma mosca, e quase ser esmagado por um cavalo. Então Abdullah olhou à sua volta e viu o soldado acocorado ali perto, parecendo tão aturdido quanto ele. A mochila estava ao lado dele e, mais além, Atrevido, com determinação, tentava sair do chapéu do soldado. A lâmpada do gênio encontrava-se presunçosamente ao lado do chapéu.

O gênio estava fora da garrafa num pequeno fiapo, como a chama de uma lâmpada de álcool, com os braços vaporosos apoiados no pescoço do frasco.

— Divertiram-se? — perguntou, zombeteiro. — Fiz o que queriam, não foi? Isso vai lhes ensinar a não me importunar com pedidos extras!

Meia-Noite ficara extremamente alarmada com a súbita transformação deles. Seu corpo desenhava um arco pequeno e furioso, e ela sibilava para ambos.

O soldado estendeu a mão na direção dela, emitindo sons tranquilizadores.

— Assuste Meia-Noite assim novamente — disse ele ao gênio — e eu quebro a sua lâmpada!

— Você disse isso antes — retrucou o gênio — e não conseguiu. A lâmpada é encantada.

— Então vou cuidar para que o próximo desejo dele seja que *você* se transforme num sapo — disse o soldado, sacudindo o polegar na direção de Abdullah.

O gênio lançou a Abdullah um olhar desconfiado. Abdullah nada disse, mas viu que essa era uma boa ideia e que talvez mantivesse o gênio sob controle. Ele suspirou. De uma forma ou de outra, parecia que não parava de desperdiçar desejos.

Eles se levantaram, recolheram seus pertences e recomeçaram a jornada. Agora, porém, seguiam com muito mais cautela. Mantiveram-se nas menores veredas e trilhas que puderam encontrar, e à noite, em vez de irem para uma hospedaria, acamparam numa cocheira abandonada. Aqui Meia-Noite de repente pareceu alerta e interessada, e logo escapou para os cantos nas sombras. Algum tempo depois, voltou apressada com um camundongo morto e o colocou cuidadosamente no chapéu do soldado para Atrevido. Este não estava muito certo do que fazer com ele. No fim, concluiu que era o tipo de brinquedo sobre o qual a gente saltava ferozmente e matava. Meia-Noite saiu perambulando outra vez. Abdullah ouviu os leves ruídos de suas caçadas a maior parte da noite.

Apesar disso, o soldado se preocupava em alimentar os gatos. Na manhã seguinte, queria que Abdullah fosse à fazenda mais próxima comprar leite.

— Vá você se quiser — disse Abdullah, brusco.

E de algum modo se viu a caminho da fazenda com uma lata tirada da mochila do soldado num lado do cinto e a lâmpada do gênio balançando do outro.

A mesma coisa aconteceu nas duas manhãs seguintes, com a pequena diferença de que dormiram debaixo de montes de feno nas duas noites e Abdullah comprou uma linda bisnaga de pão fresquinha e alguns ovos pela manhã. No caminho de volta para o monte de feno naquela terceira manhã, ele tentou entender por que estava se sentindo cada vez mais mal-humorado e explorado.

Não era só porque estava dolorido e cansado e molhado o tempo todo. Não era só porque aparentemente passava muito tempo fazendo servicinhos para os gatos do soldado — embora isso tivesse alguma coisa a ver. Em parte era culpa de Meia-Noite. Abdullah sabia que deveria se sentir grato a ela por tê-los defendido dos guardas. E estava agradecido, mas ainda assim não se dava bem com Meia-Noite. Ela viajava desdenhosa em seus ombros todos os dias e dava um jeito de deixar bem claro que, no que lhe dizia respeito, Abdullah era apenas uma espécie de cavalo. Era um pouco demais essa atitude da parte de um simples animal.

Abdullah cismou sobre isso e outras questões o dia todo, enquanto percorria veredas nos campos com Meia-Noite pendurada elegantemente em torno de seu pescoço e o soldado caminhando, alegre, à frente. Não era que não gostasse de gatos. Agora já estava acostumado com eles. Às vezes achava Atrevido quase tão doce quanto o soldado achava. Não, seu mau humor tinha muito mais a ver com a forma como o soldado e o gênio continuavam maquinando, entre eles, para adiar sua busca por Flor da Noite. Se não tomasse cuidado, Abdullah podia se ver percorrendo veredas rurais pelo resto da vida, sem nunca chegar a Kingsbury. E, quando chegasse lá, ainda tinha de localizar um mago. Não, assim não ia dar certo.

Naquela noite encontraram as ruínas de uma torre de

pedra para acampar. Isso era bem melhor do que um monte de feno. Podiam acender uma fogueira e comer uma refeição quente dos pacotes do soldado, e Abdullah podia se aquecer e secar, por fim. Seu ânimo voltou.

O soldado também estava alegre. Sentou-se recostado na parede de pedra com Atrevido adormecido no chapéu ao lado dele e olhou para o sol poente.

— Estive pensando — disse ele. — Você tem direito a um desejo de seu nebuloso amigo azul amanhã, não é? Sabe qual o pedido mais prático que pode fazer? Deveria pedir aquele tapete mágico de volta. Então poderíamos progredir de verdade.

— Seria igualmente fácil pedir que nos transportasse direto para Kingsbury, inteligente soldado de infantaria — observou Abdullah, um tanto mal-humorado, verdade seja dita.

— Ah, sim, mas agora eu já entendi esse gênio, e sei que ele atrapalharia tal desejo se pudesse — afirmou o soldado. — Minha ideia é: você sabe como comandar aquele tapete, e poderia nos levar até lá com muito menos problemas *e* ainda tendo um desejo na manga para emergências.

Isso fazia sentido. No entanto, Abdullah só emitiu um resmungo. Isso porque a forma como o soldado explicou seu conselho fez Abdullah de repente ver as coisas de um jeito completamente novo. Era evidente que o soldado tinha compreendido o gênio. O soldado era assim. Era um especialista em conseguir que as outras pessoas fizessem o que ele queria. A única criatura que podia levar o soldado a fazer algo que não queria era Meia-Noite, e Meia-Noite fazia coisas que *ela* não queria apenas quando Atrevido desejava alguma coisa. Isso punha o gatinho no topo da cadeia hierárquica. Um gatinho!, pensou Abdullah. E, como o soldado tinha compreendido o gênio e este estava sem sombra de dúvida acima de Abdullah, isso deixava Abdullah lá embaixo na base. Não era de admirar que viesse se sentindo tão explorado! E perceber que as coisas haviam sido exatamente assim com os parentes da primeira esposa do seu pai não fazia com que ele se sentisse nem um pouco melhor.

Assim Abdullah se limitou a resmungar, o que em Zanzib teria sido visto como uma imensa grosseria, e o soldado, que pareceu nem perceber, apontou jovialmente para o céu.

— Mais um pôr do sol encantador. Olhe lá outro castelo.

O soldado tinha razão. Havia um esplendor de lagos amarelos no céu, e ilhas e promontórios, e uma longa elevação de nuvem cor de anil, com uma formação quadrada carregada como uma fortaleza sobre ela.

— Não é igual ao outro castelo — disse Abdullah. Ele sentia que era hora de se afirmar.

— É óbvio que não. Nunca se tem a mesma nuvem duas vezes — disse o soldado.

Abdullah deu um jeito de ser o primeiro a acordar na manhã seguinte. A aurora ainda cintilava pelo céu quando ele se levantou, apanhou a lâmpada do gênio e a levou a certa distância das ruínas onde haviam acampado.

— Gênio — chamou. — Apareça.

Uma onda tremulante de vapor apareceu na boca da lâmpada, rabugenta e fantasmagórica.

— O que é isso? — perguntou. — Aonde foi parar toda aquela conversa de joias e flores e outras coisas mais?

— Você me disse que não gostava daquilo. Eu parei — disse Abdullah. — Agora me tornei um realista. E o pedido que quero fazer está de acordo com minha nova perspectiva.

— Ah — disse o fiapo de gênio. — Você vai pedir o tapete mágico de volta.

— Em absoluto — replicou Abdullah. Tal resposta surpreendeu tanto o gênio que ele se ergueu imediatamente da garrafa e observou Abdullah com os olhos arregalados, que na luz do amanhecer pareciam sólidos e brilhantes, quase como olhos humanos. — Eu vou explicar — disse Abdullah. — Então. O Destino está visivelmente determinado a retardar minha procura por Flor da Noite. Mesmo tendo o próprio Destino decretado que eu vou me casar com ela. Qualquer tentativa minha de ir contra o Destino faz com que você cuide para que o meu desejo não traga nenhum benefício a ninguém, e em geral também garante que eu seja perseguido por pessoas montadas em camelos ou cavalos. Ou então o soldado me faz desperdiçar um desejo. Como estou cansado tanto de suas maldades quanto de o soldado sempre conseguir fazer tudo do seu jeito, resolvi desafiar o Destino. Pretendo desperdiçar de propósito todos os desejos daqui em diante. O Destino então será forçado a tomar uma atitude. Caso contrário a profecia referente a Flor da Noite nunca vai se realizar.

— Você está sendo infantil — disse o gênio. — Ou heroico. Ou talvez louco.

— Não... realista — replicou Abdullah. — Além disso, vou desafiar *você* desperdiçando os desejos de uma forma que estes possam beneficiar alguém em algum lugar.

O gênio pareceu decididamente sarcástico com essas palavras.

— E qual é o seu desejo de hoje? Lares para os órfãos? Visão para os cegos? Ou você simplesmente quer que todo o dinheiro do mundo seja tirado dos ricos e dado aos pobres?

— Eu estava pensando — disse Abdullah — que talvez eu deseje que aqueles dois bandidos que você transformou em sapos sejam devolvidos à sua verdadeira forma.

Uma expressão de maliciosa alegria se espalhou pelo rosto do gênio.

— Poderia ser pior. Posso lhe conceder este com prazer.

— Qual é o inconveniente deste desejo? — perguntou Abdullah.

— Ah, não muito — respondeu o gênio. — Simplesmente os soldados do sultão estão acampados naquele oásis neste momento. O sultão está convencido de que você ainda está em algum lugar do deserto. Seus homens estão esquadrinhando toda a região à sua procura, mas tenho certeza de que vão reservar um momento para dois bandidos, mesmo que só para mostrar ao sultão o quanto são zelosos.

Abdullah pensou a respeito.

— E quem mais se encontra no deserto que possa ser posto em perigo com a busca do sultão?

O gênio o olhou de esguelha.

— Você *está* ansioso em desperdiçar um desejo, não é? Não há ninguém por lá a não ser alguns tapeceiros e um ou dois profetas... e Jamal e seu cão, é óbvio.

— Ah — disse Abdullah —, então desperdiço esse desejo com Jamal e seu cão. Quero que Jamal e o cão sejam instantaneamente transportados para uma vida de tranquilidade e prosperidade como... deixe-me ver... sim, o cozinheiro e um cão de guarda no palácio real mais próximo, que não seja o de Zanzib.

— Você torna muito difícil que este desejo dê errado — disse o gênio pateticamente.

— Esse é o meu objetivo — respondeu Abdullah. — Se eu pudesse descobrir como fazer com que *nenhum* dos desejos que você realiza desse errado, seria um grande alívio.

— Existe um desejo que você pode pedir para isso — disse o gênio.

Ele pareceu um tanto melancólico, e por isso Abdullah percebeu o que queria dizer. O gênio queria ficar livre do encantamento que o prendia à lâmpada. Seria muito fácil desperdiçar um desejo assim, refletiu Abdullah, mas só se pudesse confiar que o gênio ficasse grato o bastante para ajudá-lo a encontrar Flor da Noite depois. Com *esse* gênio, isso era muito improvável. E, se o libertasse, Abdullah teria de desistir de desafiar o Destino, o que estava determinado a fazer.

— Vou pensar nesse desejo para mais tarde — disse ele. — O de hoje é para Jamal e seu cachorro. Eles estão a salvo agora?

— Sim — disse o gênio com rabugice.

Mas, a julgar pela expressão em seu rosto fumarento enquanto desaparecia no interior da garrafa, Abdullah teve a incômoda sensação de que ele havia conseguido de alguma forma fazer esse desejo dar errado também. No entanto, não havia como ele saber, é óbvio.

Abdullah fez meia-volta e deparou com o soldado o observando. Não tinha a menor ideia do quanto o soldado ouvira, mas preparou-se para uma discussão.

Tudo que o soldado disse, porém, foi:

— Não segui muito bem sua lógica em tudo isso — e então sugeriu que caminhassem até encontrar uma fazenda onde pudessem comprar o café da manhã.

Abdullah pôs Meia-Noite novamente nos ombros e eles partiram. Durante todo aquele dia andaram por veredas remotas mais uma vez. Embora não houvesse sinal de guardas, eles não pareciam estar se aproximando de Kingsbury. Na verdade, quando o soldado perguntou a um homem que cavava um fosso a que distância estava Kingsbury, obteve a resposta de que eram quatro dias de caminhada.

Destino!, pensou Abdullah.

Na manhã seguinte ele contornou o monte de feno onde haviam dormido e, do outro lado, pediu que os dois sapos no oásis agora se tornassem homens.

O gênio estava muito aborrecido.

— Você me ouviu dizer que a primeira pessoa que abrisse minha garrafa se tornaria um sapo! Quer que eu desfaça meu bom trabalho?

— Sim — respondeu Abdullah.

— A despeito do fato de que os homens do sultão ainda estão lá e que certamente vão enforcá-los? — indagou o gênio.

— Eu acho — disse Abdullah, lembrando-se de sua experiência como sapo — que ainda assim eles prefeririam ser homens.

— Ah, então muito bem! — disse o gênio, em tom de lamento. — Você se dá conta de que está acabando com minha vingança, não é? Mas com o quê *você* se importa? Para você, sou apenas um desejo por dia numa garrafa!

CAPÍTULO CATORZE
O qual conta como o tapete mágico reapareceu

Mais uma vez, Abdullah virou-se e deparou com o soldado o observando, mas dessa vez o outro homem não disse absolutamente nada. Abdullah tinha quase certeza de que ele estava apenas esperando o momento oportuno.

Naquele dia, enquanto seguiam caminhando, o terreno começou a subir. As veredas de um verde opulento deram lugar a trilhas arenosas ladeadas por arbustos secos e espinhentos. O soldado observou alegremente que enfim pareciam estar chegando a um lugar diferente. Abdullah apenas grunhiu. Ele estava determinado a não dar abertura ao soldado.

Ao cair da noite, encontravam-se já a uma altitude considerável, num urzal aberto, olhando uma nova extensão da planície. Um indistinto ponto no horizonte, disse o soldado, ainda bastante alegre, certamente era Kingsbury.

Enquanto preparavam o acampamento, ele chamou Abdullah, ainda mais alegremente, para ver que gracinha era Atrevido brincando com as fivelas de sua mochila.

— Sem dúvida — disse Abdullah. — Ele me encanta ainda menos do que um caroço no horizonte que pode ser Kingsbury.

Tiveram mais um pôr-do-sol imenso e vermelho. Enquanto ceavam, o soldado o apontou para Abdullah e chamou sua atenção para uma grande nuvem vermelha no formato de um castelo.

— Não é linda? — perguntou ele.

— É só uma nuvem — respondeu Abdullah. — Não tem nenhum mérito artístico.

— Amigo — disse o soldado —, acho que você está deixando aquele gênio contagiá-lo.

— Como assim? — perguntou Abdullah.

O soldado apontou com sua colher a distante e escura colina delineada contra o pôr-do-sol.

— Está vendo lá? — disse ele. — Kingsbury. Tenho o pressentimento, e acho que você tem também, de que as coisas vão começar a acontecer quando chegarmos lá. Mas parece que nunca chegamos. Não pense que não entendo seu ponto de vista... Você é jovem, frustrado no amor, impaciente... É natural que pense que o Destino está contra você. Mas, acredite em mim, o Destino não se importa com o que acontece na maior parte das vezes. E o gênio não está do lado de ninguém, não mais do que o Destino.

— Como sabe disso? — perguntou Abdullah.

— Porque ele odeia todo mundo — disse o soldado. — Talvez seja a natureza dele, embora eu suponha que ficar preso numa garrafa não ajude muito. Mas não se esqueça de que, sejam quais forem os sentimentos dele, ele terá sempre de conceder um desejo. Por que dificultar as coisas para si mesmo só para espezinhar o gênio? Por que não fazer o pedido mais útil que puder, tirar o que *você* quer dele e suportar o que ele fizer para que dê errado? Estive refletindo sobre isso e me parece que, *o que quer* que esse gênio faça para atrapalhar, seu melhor desejo ainda é pedir aquele tapete mágico de volta.

Enquanto o soldado falava, Meia-Noite — para grande surpresa de Abdullah — subiu em seus joelhos e esfregou-se em seu rosto, ronronando. Abdullah teve de admitir que estava lisonjeado. Ele vinha deixando Meia-Noite irritá-lo, assim como o gênio e o soldado — para não falar do Destino.

— Se eu pedir o tapete — disse ele —, estou pronto para apostar que os infortúnios que o gênio enviará com ele vão superar de longe sua utilidade.

— Você aposta, é? — replicou o soldado. — Eu não resisto a uma aposta. Aposto com você uma moeda de ouro como o tapete vai ser mais útil do que problemático.

— Feito — disse Abdullah. — E lá vem você conseguindo que as coisas sejam feitas da sua maneira novamente. Eu fico perplexo, meu amigo, que você nunca tenha chegado a comandar aquele seu exército.

— Eu também — disse o soldado. — Teria sido um bom general.

Na manhã seguinte, eles acordaram no meio de uma densa névoa. Estava branco e úmido por toda parte e era impossível ver além dos arbustos mais próximos. Meia-Noite enroscou-se em Abdullah, tremendo. A lâmpada do gênio, quando Abdullah a pousou na frente deles, tinha uma aparência nitidamente sombria.

— Saia — disse Abdullah. — Preciso fazer um pedido.

— Posso concedê-lo muito bem daqui de dentro — retorquiu o gênio com a voz abafada. — Não gosto dessa umidade.

— Muito bem — disse Abdullah. — Quero meu tapete mágico de volta.

— Feito — respondeu o gênio. — E que isso lhe sirva de lição por fazer apostas tolas!

Por algum tempo, Abdullah olhou para cima e à sua volta, ansioso, mas nada parecia acontecer. Então Meia-Noite se pôs de pé num salto. A carinha de Atrevido saiu da mochila do soldado, as orelhinhas voltadas de lado para o sul. Quando Abdullah olhou naquela direção, pensou ouvir um leve suspiro, que poderia ter sido o vento provocado por alguma coisa se movendo em meio à névoa. Logo, a névoa turbilhonou — cada vez com mais intensidade. A forma alongada e cinza do tapete entrou em seu campo de visão, deslizando acima de suas cabeças, e planou até o chão ao lado de Abdullah.

Ele tinha um passageiro. Enroscado no tapete, dormindo pacificamente, havia um homem de aparência perversa com um grande bigode. O nariz em forma de bico estava pressionado de encontro ao tapete, mas Abdullah podia ver a argola dourada nele, semioculta pelo bigode e uma dobra do sujo lenço de cabeça. Uma das mãos do homem agarrava uma pistola com coronha de prata. Não havia dúvida de que ali estava novamente Kabul Aqba.

— Acho que ganhei a aposta — murmurou Abdullah.

Aquele simples murmúrio — ou talvez o frio da névoa — fez com que o bandido começasse a se mexer e resmungar, rabugento. O soldado levou o dedo aos lábios e sacudiu a cabeça. Abdullah assentiu. Se estivesse sozinho, estaria se perguntando que diabos fazer agora, mas com o soldado ali ele se sentia quase à altura de Kabul Aqba. Bem baixinho, deixou escapar um ronco suave e sussurrou para o tapete:

— Saia de baixo deste homem e flutue à minha frente.

Ondas percorriam a borda do tapete. Abdullah podia ver que ele tentava obedecer. O tecido retorceu-se com força, mas o peso de Kabul Aqba era evidentemente demais para permitir que o tapete deslizasse de debaixo dele. Então ele tentou de outra forma. Ergueu-se uns dois centímetros no ar e, antes que Abdullah se desse conta do que pretendia fazer, disparou de sob o bandido adormecido.

— *Não!* — disse Abdullah, tarde demais porém. Kabul Aqba desabou no chão com um ruído surdo e acordou. Sentou-se, agitando a pistola no ar e uivando numa estranha língua.

Alerta, mas sem correria, o soldado apanhou o tapete pairando no ar e o enrolou em torno de Kabul Aqba.

— Pegue a pistola — disse ele, segurando com os braços musculosos o bandido que se debatia.

Abdullah mergulhou, apoiando-se num dos joelhos, e agarrou a mão forte que agitava a pistola. Era uma mão *muito* forte. Abdullah não conseguia arrancar a arma dela. Tudo que podia fazer era agarrar-se a ela e ser lançado de um lado para o outro, como se a mão tentasse livrar-se dele. Ao lado dele, o soldado também era sacudido de um lado para o outro. Kabul Aqba parecia incrivelmente forte. Abdullah, enquanto era lançado para cá e para lá, tentou agarrar um dos dedos do bandido e soltá-lo da pistola. Mas com isso Kabul Aqba rugiu e elevou-se ao céu e Abdullah foi jogado de costas com o tapete de alguma forma enrolado em torno dele e não de Kabul. O soldado mantinha-se agarrado a ele, mesmo quando Kabul Aqba continuou se elevando, agora rugindo como se o céu estivesse desabando, e o soldado, que no início o agarrava em torno dos braços, passou a segurá-lo pela cintura e em seguida pelo alto das pernas. Kabul Aqba gritou como se sua voz fosse o próprio trovão e cresceu ainda mais, até que suas duas pernas fossem grandes demais para que o soldado as segurasse de uma só vez. O soldado deslizou até que se viu sinistramente agarrando apenas uma das pernas, logo abaixo do joelho. Essa perna tentou chutar, soltando-se do soldado, mas não conseguiu. Nesse momento Kabul Aqba abriu enormes asas coriáceas e tentou fugir voando. Mas o soldado, embora tivesse descido ainda mais, ainda se agarrava a ela.

Abdullah viu tudo isso enquanto tentava sair de sob o tapete. Também viu Meia-Noite de relance erguendo-se protetoramente acima de Atrevido, ainda maior do que ao enfrentar os guardas. Mas não grande o bastante. O que estava ali agora era um dos mais poderosos entre os poderosos djins. Metade dele se perdia em meio à névoa, que ele transformava em redemoinhos de fumaça ao bater as asas, sem conseguir voar porque o soldado o ancorava no chão por uma das enormes patas com garras.

— Explique-se, mais poderoso entre os poderosos! — gritou Abdullah para a névoa. — Pelos Sete Grandes Selos, eu o conjuro para que cesse sua luta e explique-se!

O djim parou de rugir e cessou o violento movimento das asas.

— Você me conjura, então, mortal? — desceu a grande e sinistra voz.

— Conjuro, de fato — disse Abdullah. — Diga o que estava fazendo com meu tapete e na forma desse mais ignóbil dos nômades. Você me enganou pelo menos duas vezes!

— Muito bem — disse o djim. E começou a se ajoelhar pesadamente.

— Pode soltar agora — disse Abdullah ao soldado, que, não conhecendo as leis que regem os djins, ainda se agarrava ao enorme pé. — Ele agora tem de ficar e responder às minhas perguntas.

Com cautela, o soldado o soltou e enxugou o suor do rosto. Ele não pareceu tranquilizar-se quando o djim simplesmente cruzou as asas e se ajoelhou. O que não era de surpreender, pois o djim era tão alto quanto uma casa, mesmo ajoelhado, e a cara que aparecia em meio à névoa era hedionda. Abdullah vislumbrou Meia-Noite outra vez, de volta ao seu tamanho normal, correndo em disparada para os arbustos com Atrevido pendendo de sua boca. Mas a cara do djim ocupava a maior parte de sua atenção. Ele tinha visto aquele feroz olhar castanho e vazio e o anel dourado que atravessava o nariz adunco — embora brevemente — antes, quando Flor da Noite fora levada do jardim.

— Corrigindo — disse Abdullah. — Você me enganou *três* vezes.

— Ah, mais do que isso — ribombou o djim afavelmente. — Tantas vezes que perdi a conta.

Com isso Abdullah se viu cruzando os braços, furioso.

— Explique-se.

— Com todo prazer — disse o djim. — Eu estava de fato esperando que alguém me interpelasse, embora tenha imaginado que fosse mais provável que as perguntas viessem do duque de Farqtan ou dos três príncipes rivais de Thayack, e não de você. Mas nenhum dos outros se mostrou determinado o suficiente... o que me surpreende um pouco, pois vocês decerto nunca foram minhas principais opções, nenhum dos dois. Saiba então que sou um dos maiores da hoste de Djins do Bem e que meu nome é Hasruel.

— Eu não sabia que existiam djins do bem — disse o soldado.

— Ah, existem sim, inocente nortista — disse-lhe Abdullah. — Já ouvi o nome deste pronunciado em termos que o elevam quase tão alto quanto os anjos.

O djim franziu o cenho — uma desagradável visão.

— Desinformado mercador — ribombou ele —, eu me posiciono *mais alto* do que alguns anjos. Saiba que uns duzentos anjos do céu menor se encontram sob meu comando. Servem como guardas à entrada do meu castelo.

Abdullah manteve os braços cruzados e começou a bater o pé.

— Nesse caso — disse ele —, explique por que achou apropriado comportar-se comigo de uma maneira tão distante de angelical.

— A culpa não é minha, mortal — respondeu o djim. — A necessidade me compeliu. Compreenda tudo e perdoe. Saiba que minha mãe, o Grande Espírito Dazrah, num momento de descuido, caiu nos encantos de um djim da Hoste do Mal há cerca de vinte anos. Ela então deu à luz meu irmão Dalzel e, como o Bem e o Mal não procriam bem juntos, ele nasceu fraco, branco e muito pequeno. Minha mãe não suportava Dalzel e o entregou a mim para que eu o criasse. Fui pródigo com todos os tipos de cuidado enquanto ele crescia. Então vocês podem imaginar o meu horror e pesar quando ele provou ter herdado a natureza de seu Genitor do Mal. Seu primeiro ato, ao atingir a maioridade, foi roubar minha vida e escondê-la, fazendo de mim, assim, seu escravo.

— Repita! — disse o soldado. — Você quer dizer que está *morto*?

— Em absoluto — afirmou Hasruel. — Nós, djins,

não somos como vocês mortais, homem ignorante. Só podemos morrer se uma pequena porção de nós for destruída. Por essa razão, todos os djins prudentemente removem essa pequena parte de seu corpo e a escondem. Foi o que eu fiz. Mas, quando instruí Dalzel sobre como esconder sua própria vida, eu amorosa e temerariamente lhe disse onde a minha estava. E ele sem demora a tomou em seu poder, forçando-me a cumprir sua ordem ou morrer.

— Agora entendemos — disse Abdullah. — Sua ordem foi roubar Flor da Noite.

— Uma correção — continuou Hasruel. — Meu irmão herdou a grandeza da mente de sua mãe, a grande Dazrah. Ele me ordenou que roubasse todas as princesas do mundo. Um momento de reflexão lhes revelará o sentido de tudo isso. Meu irmão está em idade de se casar, mas é tão diferente que nenhuma fêmea entre os djins vai aprová-lo. Ele é forçado a recorrer a mulheres mortais. Mas, como é um djim, naturalmente apenas aquelas mulheres da mais alta estirpe servem.

— Meu coração se compadece de seu irmão — observou Abdullah. — Ele não podia se satisfazer com menos do que todas?

— Por que deveria? — perguntou Hasruel. — Ele comanda meus poderes agora. E pensou cuidadosamente no assunto. E, vendo que suas princesas não seriam capazes de andar no ar como nós djins fazemos, ele primeiro me ordenou que roubasse um certo castelo animado que pertencia a um mago nesta terra de Ingary, no qual abrigaria suas noivas, e então me ordenou que começasse a roubar as princesas. É no que estou empenhado agora. Naturalmente, porém, ao mesmo tempo traço meus próprios planos. Para cada princesa que pego, cuido de deixar atrás pelo menos um namorado ferido ou um príncipe desapontado, que pode ser persuadido a tentar resgatá-la. Para isso, ele terá de desafiar meu irmão e arrancar dele o esconderijo secreto da minha vida.

— E é aí que eu entro, poderoso maquinador? — perguntou friamente Abdullah. — Sou parte dos seus planos para recuperar sua vida, é isso?

— Mais ou menos isso — respondeu o djim. — Minhas esperanças estavam mais no herdeiro de Alberia ou no príncipe do Peiquistão, mas esses dois jovens, em vez disso, se dedicaram à caça. De fato, todos vêm mostrando uma notável falta de espírito, inclusive o rei da Alta Norlanda, que está simplesmente tentando catalogar seus livros por conta própria, sem a ajuda da filha, e mesmo ele era uma chance mais provável do que você. Você era, por assim dizer, uma aposta remota minha. A profecia no seu nascimento *foi* extremamente ambígua, afinal. Confesso que lhe vendi aquele tapete mágico quase que por pura diversão...

— Foi você! — exclamou Abdullah.

— Sim... diversão pelo número e pela natureza das fantasias que procediam da sua tenda — disse Hasruel.

Abdullah, apesar do frio da névoa, sentiu o rosto esquentar.

— Então — continuou Hasruel —, quando você me surpreendeu escapando do sultão de Zanzib, divertiu-me assumir seu personagem Kabul Aqba e forçá-lo a viver algumas de suas fantasias. Em geral tento adequar as aventuras a cada pretendente.

A despeito de seu constrangimento, Abdullah podia jurar que os grandes olhos castanho-dourados do djim se desviaram para o soldado nesse momento.

— E quantos príncipes frustrados até agora você pôs em ação, ó djim sutil e pilheriador? — perguntou ele.

— Bem perto de trinta — disse Hasruel —, mas, como eu disse, a maior parte deles não está em ação. Isso me parece estranho, pois o nascimento e as qualificações deles são muito melhores do que os seus. No entanto, consolo-me com o pensamento de que ainda restam 132 princesas para roubar.

— Acho que você vai ter de se contentar comigo — disse Abdullah. — Por mais humilde que seja o meu nascimento, o Destino parece querer assim. Encontro-me em posição de lhe garantir isso, pois recentemente desafiei o Destino em relação a esse mesmo assunto.

O djim sorriu — uma visão tão desagradável quanto a de seu cenho franzido — e assentiu.

— Isso eu sei — disse ele. — Essa é a razão por que me rebaixei e apareci diante de você. Dois de meus servos-anjos voltaram para mim ontem, depois de terem sido enforcados na forma de homens. Nenhum dos dois estava totalmente satisfeito com isso e ambos afirmaram que foi feito seu.

Abdullah curvou-se.

— Sem dúvida, quando pensarem a respeito, vão achar isso preferível a ser sapos imortais — disse ele. — Agora me diga uma última coisa, ó atencioso ladrão de princesas. Diga onde Flor da Noite, sem falar em seu irmão Dalzel, pode ser encontrada.

O sorriso do djim alargou-se — o que o tornou ainda

mais desagradável, pois revelou várias presas extremamente longas. Ele apontou para cima com um enorme e pontudo polegar.

— Ora, terreno aventureiro, eles naturalmente estão no castelo que você tem visto ao pôr-do-sol nesses últimos dias — respondeu o djim. — Como eu disse, ele pertencia a um mago destas terras. Não vai ser fácil para vocês chegarem lá e, se conseguirem, farão bem em se lembrar de que sou escravo do meu irmão e forçado a agir contra vocês.

— Compreendido — disse Abdullah.

O djim plantou as imensas mãos com garras no chão e começou a se levantar.

— Também devo observar — disse ele — que o tapete está sob ordens de não me seguir. Posso ir agora?

— Não, espere! — gritou o soldado. Abdullah, no mesmo instante, lembrou-se de uma coisa e perguntou: — E quanto ao gênio?

Mas a voz do soldado era mais alta e abafou a de Abdullah.

— *ESPERE, seu monstro!* Aquele castelo está pairando no céu por aqui por algum motivo especial, monstro?

Hasruel tornou a sorrir e se deteve, equilibrando-se num imenso joelho.

— Que sensibilidade a sua, soldado. De fato, sim. O castelo está aqui porque estou me preparando para roubar a filha do rei de Ingary, a Princesa Valeria

— Minha princesa! — exclamou o soldado.

O sorriso de Hasruel transformou-se em gargalhada. Ele jogou a cabeça para trás e berrou para a névoa.

— Duvido, soldado! Ah, eu duvido! Essa princesa só tem quatro anos. Mas, embora ela seja de pouca utilidade para você, confio em que você será de grande utilidade para mim. Considero tanto você quanto seu amigo de Zanzib peões bem posicionados em meu tabuleiro de xadrez.

— Como assim? — perguntou o soldado, indignado.

— Porque vocês dois vão me ajudar a roubá-la! — disse o djim, e saltou para o céu, em meio à névoa, num turbilhão de asas, às gargalhadas.

CAPÍTULO QUINZE
No qual os viajantes chegam a Kingsbury

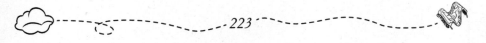

— Se quer saber a minha opinião — disse o soldado, rabugento, jogando a mochila no tapete mágico —, aquela criatura é tão má quanto o irmão... se é que *tem* um irmão.

— Ah, ele tem um irmão, sim. Os djins não mentem — afirmou Abdullah. — Mas estão sempre prontos a se considerar superiores aos mortais, mesmo os djins do bem. E o nome de Hasruel *está* na Lista dos Bons.

— Não me diga! — replicou o soldado. — Para onde foi Meia-Noite? Ela deve ter ficado morta de medo. — Ele criou tamanho rebuliço procurando Meia-Noite em meio aos arbustos que Abdullah nem sequer tentou explicar um pouco mais da sabedoria popular a respeito dos djins, que toda criança em Zanzib aprendia na escola. Além disso, temia que o soldado tivesse razão. Hasruel podia ter feito os Sete Votos que o tornaram um da Hoste do Bem, mas o irmão lhe dera a desculpa perfeita para romper todos os votos. Bom ou não, estava evidente que Hasruel vinha se divertindo imensamente.

Abdullah apanhou a lâmpada do gênio e a colocou sobre o tapete. Ela prontamente tombou e saiu rolando.

— Não, não! — gritou o gênio lá de dentro. — Eu não vou andar *nisto*! Por que vocês acham que eu caí dele antes? Eu odeio altura!

— Ah, não comece! — disse o soldado. Ele tinha Meia-Noite enrolada num dos braços, espernando, arranhando e mordendo, e demonstrando de todas as maneiras possíveis que gatos e tapetes voadores não se misturam. Por si só isso já era suficiente para deixar qualquer um irritado, mas Abdullah suspeitava que o grande motivo para o mau humor do soldado era o fato de a princesa Valeria ter apenas quatro anos de idade. O soldado vinha pensando em si mesmo como noivo da princesa. Agora, não sem razão, ele estava se sentindo um tolo.

Abdullah agarrou a lâmpada do gênio com firmeza e acomodou-se no tapete. Diplomaticamente, não mencionou a aposta, embora estivesse bastante óbvio para ele que a ganhara facilmente. É verdade, tinham o tapete de volta, mas como estava proibido de seguir o djim, não era de nenhuma utilidade para resgatar Flor da Noite.

Após uma luta prolongada, o soldado também acomodou a si mesmo e a seu chapéu, Meia-Noite e Atrevido com relativa segurança no tapete.

— Dê suas ordens — disse ele. Seu rosto escuro estava corado.

Abdullah roncou. O tapete ergueu-se suavemente uns trinta centímetros no ar, enquanto Meia-Noite gemia e tentava escapar, e a lâmpada do gênio estremecia nas mãos de Abdullah.

— Ó elegante tapeçaria de encantamento — disse Abdullah —, ó tapete tecido dos mais complexos feitiços, rogo-lhe que se mova a uma velocidade tranquila na direção de Kingsbury, mas, para exercitar a grande sabedoria entrelaçada em sua trama, que cuide para que não sejamos vistos por ninguém no caminho.

Obedientemente, o tapete subiu em meio à névoa, tomando a direção do sul. O soldado apertava Meia-Noite nos braços. Uma voz rouca e trêmula, vindo da lâmpada, disse:

— Você *precisa* bajulá-lo de maneira tão repulsiva?

— Este tapete — disse Abdullah —, ao contrário de você, é de um encantamento tão puro e excelente que só ouve a linguagem mais delicada. Ele é, no fundo, um poeta entre os tapetes.

Uma certa presunção espalhou-se pela superfície do tapete. Ele ergueu orgulhosamente as extremidades puídas e deslizou adiante com delicadeza, alcançando a luz do sol dourada acima da névoa. Um pequeno jorro azul saiu da garrafa e tornou a desaparecer com um ganido de pânico.

— Bem, *eu* não faria isso! — disse o gênio.

A princípio, era fácil para o tapete não ser visto. Ele simplesmente voava acima da névoa, que se espalhava debaixo deles, branca e consistente como leite. Mas, à medida que o sol subia, campos verde-dourados começaram a aparecer tremeluzindo através dela, depois estradas brancas e uma ou outra casa. Atrevido estava totalmente fascinado. Ele parou à borda, olhando para baixo, e parecia tão provável que caísse de cabeça que o soldado mantinha fortemente uma mão em torno de sua cauda pequena e peluda.

Foi uma sorte. O tapete inclinou-se lateralmente na direção de uma fileira de árvores que seguia um rio. Meia-Noite enterrou suas garras no tapete e Abdullah só teve tempo de salvar a mochila do soldado.

Este parecia um pouco enjoado.

— Precisamos tomar tanto cuidado assim para não sermos vistos? — perguntou ele enquanto seguiam deslizando ao lado das árvores como um mendigo espiando numa sebe.

— Creio que sim — disse Abdullah. — Em minha experiência, ver esta águia entre os tapetes é querer roubá-lo.

— E contou ao soldado sobre o indivíduo no camelo.

O soldado concordou que Abdullah tinha um bom argumento.

— Só que isso vai diminuir nossa velocidade — observou ele. — Tenho a sensação de que devíamos chegar a Kingsbury e avisar ao rei que um djim está atrás da filha dele. Os reis dão grandes recompensas por esse tipo de informação. — Obviamente, agora que tinha sido forçado a desistir da ideia de se casar com a princesa Valeria, o soldado estava pensando em outras maneiras de ganhar sua fortuna.

— Vamos fazer isso, não tema — disse Abdullah, e mais uma vez não mencionou a aposta.

Gastaram a maior parte daquele dia para chegar a Kingsbury. O tapete seguiu rios, deslizou de bosques para florestas, e só ganhou velocidade quando a terra abaixo estava vazia. Quando, no fim da tarde, chegaram à cidade, um amplo aglomerado de torres cercadas por muros altos, que tinha facilmente três vezes o tamanho de Zanzib, ou mais, Abdullah ordenou ao tapete que encontrasse uma boa hospedaria perto do palácio do rei e que os pusesse no chão em algum lugar onde ninguém suspeitasse de como eles haviam viajado.

O tapete obedeceu, deslizando sobre os grandes muros como uma cobra. Depois, manteve-se nos telhados, acompanhando o formato de cada cobertura a maneira como um linguado acompanha o fundo do mar. Abdullah e o soldado, e também os gatos, olhavam para baixo e à sua volta, maravilhados. As ruas, amplas ou estreitas, estavam lotadas de pessoas ricamente vestidas e carruagens caras. Cada casa parecia a Abdullah um palácio. Viu torres, domos, ricas esculturas, cúpulas douradas e pátios de mármore que o sultão de Zanzib ficaria feliz em chamar de seus. As casas mais pobres — se é que se podia chamar aquela riqueza de pobre — eram decoradas com desenhos pintados com grande requinte. Quanto às lojas, a riqueza e quantidade de artigos que tinham à venda fizeram Abdullah perceber que o Bazar de Zanzib era mesmo miserável e de segunda classe. Não era de admirar que o sultão estivesse tão ansioso em fazer uma aliança com o príncipe de Ingary!

A hospedaria que o tapete encontrou para eles, perto dos grandes edifícios de mármore no centro de Kingsbury, fora emboçada por um mestre em desenhos de alto-relevo de frutas, os quais foram então pintados nas cores mais brilhantes com grande quantidade de ouro em folha. O tapete pousou com suavidade no telhado inclinado dos estábulos da hospedaria, escondendo-os astutamente ao lado de uma torre dourada com um cata-vento com um galo dourado no topo. Eles se sentaram e olharam toda aquela opulência ao redor enquanto esperavam que o pátio abaixo se esvaziasse. Havia dois servos lá embaixo, limpando uma carruagem dourada, fofocando enquanto trabalhavam.

A maior parte do que falaram era sobre o dono da hospedaria, que visivelmente era um homem que adorava dinheiro. Mas, quando pararam de se queixar sobre suas baixas remunerações, um dos homens disse:

— Alguma notícia sobre aquele soldado de Estrângia que roubou todas aquelas pessoas lá no norte? Alguém me disse que ele estava vindo para estes lados.

Ao que o outro replicou:

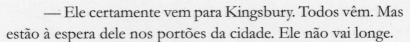

— Ele certamente vem para Kingsbury. Todos vêm. Mas estão à espera dele nos portões da cidade. Ele não vai longe.

Os olhos do soldado encontraram os de Abdullah.

— Você tem outras roupas? — perguntou Abdullah.

O soldado assentiu e começou a remexer furiosamente a mochila. Logo, logo ele apresentou duas camisas no estilo camponês com bordados no peito e nas costas. Abdullah perguntou-se como ele as teria adquirido.

— Num varal de roupas — murmurou o soldado, apresentando uma escova de roupas e uma navalha de barba. Ali mesmo no telhado ele vestiu uma das camisas e fez o melhor que pôde para escovar a calça sem fazer barulho. A parte mais ruidosa foi quando tentou se barbear sem nada além da navalha. Os dois criados olharam várias vezes na direção do ruído seco de algo arranhando vindo do telhado.

— Deve ser um pássaro — disse um deles.

Abdullah vestiu a segunda camisa sobre o casaco, que a essa altura parecia qualquer coisa menos sua melhor roupa. Ele sentia bastante calor assim, mas não havia como retirar o dinheiro escondido sem deixar o soldado ver quanto ele tinha. Em seguida, penteou o cabelo com a escova de roupas, alisou o bigode — agora parecia haver pelo menos uns doze fios — e então escovou a calça também. Quando acabou, o soldado lhe entregou a navalha e silenciosamente lhe apontou o rabo de cavalo.

— Um grande sacrifício, mas sensato, eu acredito, meu amigo — murmurou Abdullah. Ele serrou o rabo de cavalo e o escondeu no galo do cata-vento dourado. Foi uma transformação e tanto. O soldado agora parecia um próspero fazendeiro de cabeleira cerrada. Abdullah esperava passar pelo irmão mais jovem do fazendeiro.

Enquanto isso, os dois criados terminaram de limpar a carruagem e começaram a empurrá-la para a cocheira. Quando passavam sob o telhado onde estava o tapete, um deles perguntou:

— E o que você acha dessa história de que alguém está tentando roubar a princesa?

— Bem, eu acho que é verdade — disse o outro —, se é o que você quer saber. Dizem que o Mago Real correu um grande risco para enviar um aviso, o pobre coitado, e ele não é do tipo que se arrisca por nada.

Os olhos do soldado encontraram novamente os de Abdullah. Sua boca pronunciou em silêncio uma praga veemente.

— Não se preocupe — murmurou Abdullah. — Existem outras maneiras de ganhar uma recompensa.

Eles esperaram até que os criados tivessem atravessado o pátio e entrado na hospedaria. Então Abdullah pediu ao tapete que pousasse no pátio. Ele desceu, deslizando obedientemente. Abdullah apanhou o tapete e enrolou a lâmpada do gênio com ele, enquanto o soldado carregava a mochila e os dois gatos. Eles entraram na hospedaria tentando parecer humildes e respeitáveis.

O estalajadeiro foi recebê-los. Advertido pelo que os criados tinham dito, Abdullah foi ao encontro do homem com uma moeda de ouro casualmente entre o polegar e o indicador. O estalajadeiro olhou para a moeda. Seus olhos duros fixaram a peça de ouro com tamanha intensidade que Abdullah duvidou que ele tivesse olhado para seus rostos. Abdullah foi extremamente cortês. E o mesmo se deu com o estalajadeiro, que os conduziu a um belo e espaçoso quarto no segundo andar. E concordou em mandar servir a ceia ali e providenciar os banhos.

— E os gatos vão precisar... — começou o soldado.

Abdullah chutou-lhe o tornozelo com força.

— E isso é tudo, ó leão entre os estalajadeiros — disse ele. — Embora, mais prestimoso entre os anfitriões, se seu ativo e vigilante pessoal puder providenciar uma cesta, uma almofada e um prato de salmão, a poderosa feiticeira a quem vamos entregar amanhã esses dois excepcionalmente talentosos gatos vai sem dúvida nenhuma recompensar aquele que, generoso, trouxer esses itens.

— Vou ver o que posso fazer, senhor — disse o homem. Abdullah negligentemente atirou-lhe a moeda de ouro. O homem fez uma profunda mesura e saiu do quarto, deixando Abdullah satisfeito consigo mesmo.

— Não precisa parecer tão presunçoso! — disse o soldado, zangado. — O que devemos fazer agora? Sou um homem procurado aqui e o rei aparentemente sabe tudo sobre o djim.

Era uma sensação agradável para Abdullah descobrir que estava no comando em lugar do soldado.

— Ah, mas saberá o rei que existe um castelo cheio de princesas roubadas pairando sobre sua cabeça para receptar sua filha? — disse ele. — Você está esquecendo, meu amigo, que o rei não teve a vantagem de falar pessoalmente com o djim. Nós podemos fazer uso desse fato.

— Como? — perguntou o soldado. — Por acaso lhe ocorre alguma forma de impedir que aquele djim roube a criança? Ou ainda uma forma de chegar àquele castelo?

— Não, mas a mim parece que um mago deve saber essas coisas — disse Abdullah. — Acho que devemos modificar a ideia que você teve mais cedo hoje. Em vez de encontrar um dos magos desse rei e imprensá-lo, podemos descobrir qual mago é o melhor e pagar para que ele nos ajude.

— Tudo bem, mas você vai ter de fazer isso — replicou o soldado. — Qualquer mago digno de seu salário imediatamente me reconheceria como proveniente de Estrângia e chamaria os guardas antes que eu pudesse me mexer.

O estalajadeiro trouxe a comida dos gatos pessoalmente. Ele entrou apressado, trazendo uma tigela de creme, um salmão cuidadosamente desossado e um prato de pequenos peixes. Foi seguido pela esposa, uma mulher de olhos tão duros quanto os dele, que carregava uma cesta de junco macio e uma almofada bordada. Abdullah tentou não parecer presunçoso outra vez.

— Generosos agradecimentos, mais ilustres dos estalajadeiros — disse ele. — Vou contar à feiticeira de seu grande cuidado.

— Está tudo bem, senhor — respondeu a senhoria. — Sabemos como respeitar aqueles que usam a mágica, aqui em Kingsbury.

Abdullah passou de presunçoso a mortificado. Agora percebia que devia ter se fingido de mago. E aliviou seu sentimento dizendo:

— Esta almofada é recheada apenas com penas de pavão, espero. A feiticeira é muito exigente.

— Sim, senhor — disse a senhoria. — Sei tudo sobre isso.

O soldado tossiu. Abdullah desistiu e disse, solenemente:

— Além dos gatos, meu amigo e eu fomos encarregados de entregar uma mensagem a um mago. Preferíamos entregá-la ao Mago Real, mas ouvimos rumores no caminho de que o Mago Real havia passado por algum tipo de infortúnio.

— Isso mesmo — disse o estalajadeiro, puxando a esposa de lado. — Um dos Magos Reais desapareceu, senhor, mas felizmente eles são dois. Posso encaminhá-lo para o outro, o Mago Real Suliman, se quiser, senhor. — Olhou de modo significativo para as mãos de Abdullah.

Abdullah suspirou e apanhou sua maior moeda de prata. Aquela parecia ser a quantia certa. O estalajadeiro deu-lhe instruções cuidadosas e pegou a moeda, prometendo banhos e a ceia para breve. Os banhos, quando vieram, eram quentes e a ceia, gostosa. Abdullah estava feliz. Enquanto o soldado tomava seu banho com Atrevido, Abdullah transferiu seu dinheiro do casaco para o cinto de dinheiro, o que o fez sentir-se muito melhor.

O soldado devia estar se sentindo melhor também. Após a ceia, ele sentou-se com os pés para cima numa mesa, fumando aquele seu longo cachimbo de barro. Alegremente, desamarrou o cadarço da bota que prendia o pescoço da lâmpada do gênio e o deixou pendurado para que Atrevido brincasse com ele.

— Não há dúvida — disse ele. — O dinheiro fala alto nesta cidade. Você vai falar com o Mago Real esta noite? Quanto mais rápido melhor, na minha opinião.

Abdullah concordou.

— Eu me pergunto quanto ele cobrará — disse.

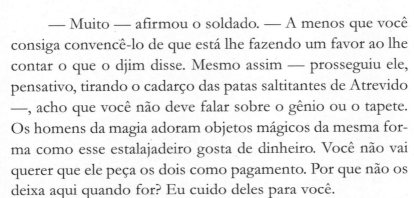

— Muito — afirmou o soldado. — A menos que você consiga convencê-lo de que está lhe fazendo um favor ao lhe contar o que o djim disse. Mesmo assim — prosseguiu ele, pensativo, tirando o cadarço das patas saltitantes de Atrevido —, acho que você não deve falar sobre o gênio ou o tapete. Os homens da magia adoram objetos mágicos da mesma forma como esse estalajadeiro gosta de dinheiro. Você não vai querer que ele peça os dois como pagamento. Por que não os deixa aqui quando for? Eu cuido deles para você.

Abdullah hesitou. Parecia fazer todo sentido. No entanto, ele não confiava no soldado.

— Por falar nisso — disse o soldado —, eu lhe devo uma moeda de ouro.

— Deve? — perguntou Abdullah. — Então esta é a notícia mais surpreendente que recebo desde que Flor da Noite me disse que eu era uma mulher!

— Aquela nossa aposta — disse o soldado. — O tapete trouxe o djim, e ele é um problema ainda maior do que os que o gênio em geral cria. Você ganhou. Aqui está. — Ele jogou uma moeda de ouro pela sala para Abdullah.

Abdullah a apanhou, guardou-a no bolso e riu. O soldado era honesto, à sua própria maneira. Cheio de pensamentos de que logo estaria na pista de Flor da Noite, ele desceu alegremente as escadas, onde a senhoria o encontrou e voltou a lhe explicar como chegar à casa do Mago Suliman. Abdullah estava tão contente que se desfez de outra moeda de prata sem piscar.

A casa não era longe da hospedaria, mas localizava-se no Bairro Antigo, o que significava que o caminho ficava, na maior parte, entre becos confusos e pátios ocultos. O sol se punha agora, com uma ou duas grandes estrelas brilhantes já no céu azul-escuro acima dos domos e torres, mas Kingsbury estava bem iluminada por grandes globos de luz, que flutuavam acima das cabeças como luas.

Abdullah os observava, perguntando-se se eram dispositivos mágicos, quando percebeu uma sombra negra de quatro pernas se movendo furtivamente nos telhados ao lado dele. Poderia ser qualquer gato preto numa caçada nas telhas, mas Abdullah sabia que aquela era Meia-Noite. Não havia como não reconhecer a forma como ela se movia. A princípio, quando desapareceu na escuridão da sombra de uma cumeeira, ele imaginou que ela estivesse atrás de um pombo empoleirado para mais uma refeição imprópria para Atrevido. Ela, porém, tornou a aparecer quando ele já havia percorrido metade do beco seguinte, espreitando ao longo de um parapeito acima dele, e Abdullah começou a pensar que ela o estava seguindo.

Quando atravessou um pátio estreito com árvores plantadas em barris no centro e ele a viu saltar contra o céu, de uma calha para outra, a fim de alcançar o mesmo pátio, soube com certeza que ela o seguia. Ele não tinha ideia do motivo. Manteve um olho nela enquanto percorria os dois becos seguintes, mas só a viu uma vez, num arco sobre uma porta. Quando chegou ao pátio pavimentado com pedra onde ficava a casa do Mago Real, não havia sinal dela. Abdullah deu de ombros e dirigiu-se à porta da casa.

Era uma bela casa estreita, com janelas de vidraças em losango e símbolos mágicos entrelaçados pintados nas paredes antigas e irregulares. Viam-se línguas altas de fogo amarelo queimando em suportes de bronze de ambos os lados da porta da frente. Abdullah segurou a aldrava, que era um rosto de expressão maliciosa com um anel na boca, e bateu corajosamente.

A porta foi aberta por um criado com um rosto comprido e austero.

— Infelizmente o mago está ocupadíssimo, senhor — informou. — Ele não está recebendo nenhum cliente até ordem em contrário. — E começou a fechar a porta.

— Não, espere, fiel lacaio e mais encantador dos criados! — protestou Abdullah. — O que tenho a dizer se refere a nada menos do que uma ameaça à filha do rei!

— O mago sabe tudo sobre isso, senhor — disse o homem, e continuou a fechar a porta.

Abdullah habilmente pôs o pé entre a porta e o umbral.

— Você precisa me ouvir, mais sábio dos servos — começou ele. — Eu venho...

— Espere um momento, Manfred. Sei que isso é importante. — A porta voltou a se abrir.

Abdullah ficou boquiaberto quando o servo desapareceu do vão da porta e reapareceu um pouco atrás no hall. Seu lugar à porta foi tomado por uma jovem extremamente bela, com cachos escuros e um rosto muito expressivo. Abdullah, num vislumbre, viu o bastante dela para perceber que, à sua maneira estrangeira do norte, ela era tão bonita quanto Flor da Noite, mas depois disso se sentiu obrigado a desviar timidamente os olhos da sua figura. Ela estava esperando um bebê. As senhoras em Zanzib não se mostravam nesse estado interessante. Abdullah mal sabia para onde olhar.

— Sou a esposa do mago, Lettie Suliman — apresentou-se a jovem. — O que o senhor deseja?

Abdullah fez uma mesura, o que o ajudou a manter os olhos na soleira da porta.

— Ó fértil lua da adorável Kingsbury — disse ele —, saiba que sou Abdullah, filho de Abdullah, mercador de tapetes da distante Zanzib, com notícias que seu marido vai querer ouvir. Diga-lhe, ó esplendor de uma casa enfeitiçada, que hoje de manhã falei com o poderoso djim Hasruel a respeito da filha mais preciosa do rei.

Via-se que Lettie Suliman não estava nem um pouco acostumada às maneiras de Zanzib.

— Santos céus! — exclamou ela. — Quero dizer... quanta gentileza! E você está falando a verdade absoluta, não está? Acho que deveria conversar com Ben imediatamente. Por favor, entre.

Ela se afastou da porta para que Abdullah entrasse. Este, com os olhos timidamente abaixados, deu um passo à frente, entrando na casa. Assim que o fez, alguma coisa aterrissou em suas costas. E então decolou novamente com um ruído de garras rasgando tecido, e deslizou acima de sua cabeça para pousar com um baque na proeminente frente do corpo de Lettie. Um ruído como o rangido de uma polia de metal encheu o ar.

— Meia-Noite! — disse Abdullah, furioso, cambaleando adiante.

— *Sophie!* — gritou Lettie, cambaleando para trás com a gata nos braços. — Ó, Sophie, eu estava morta de preocupação! Manfred, vá buscar Ben agora. Não importa o que ele esteja fazendo... Isto é *urgente!*

CAPÍTULO DEZESSEIS
No qual estranhos fatos acontecem a Meia-Noite e Atrevido

Houve uma grande confusão e correria na casa. Dois outros criados apareceram, seguidos por um primeiro e então por um segundo jovem num longo traje azul, que pareciam ser os aprendizes do mago. Todas essas pessoas corriam para lá e para cá, enquanto Lettie corria de um lado para o outro com Meia-Noite nos braços, gritando ordens. No meio de tudo, Abdullah viu que Manfred lhe indicava um lugar para se sentar e solenemente lhe servia uma taça de vinho. Como isso parecia ser o que esperavam que fizesse, Abdullah sentou-se e bebericou o vinho, um pouco tonto com a confusão.

Exatamente quando ele pensava que aquilo ia continuar para sempre, tudo parou. Um homem alto e autoritário, numa túnica preta, havia surgido de algum lugar.

— Que diabos está acontecendo aqui? — perguntou o homem.

Como isso resumia completamente os sentimentos de Abdullah, ele se viu simpatizando com esse homem, que tinha cabelos vermelhos desbotados e um rosto cansado e de traços bem definidos. O manto negro deu certeza a Abdullah de que se tratava do Mago Suliman — ele teria parecido um mago qualquer que fosse o seu traje. Abdullah levantou-se da cadeira e fez uma mesura. O mago lançou-lhe um olhar de perplexidade e voltou-se para Lettie.

— Ele é de Zanzib, Ben — disse Lettie —, e sabe alguma coisa sobre a ameaça à princesa. E trouxe Sophie com ele. Ela é o *gato*! Olhe! Ben, você tem de transformá-la de volta *imediatamente*!

Lettie era uma daquelas mulheres que, quanto mais perturbadas, mais belas ficavam. Abdullah não se surpreendeu quando o Mago Suliman a segurou pelos cotovelos e disse:

— Sim, meu amor. — E em seguida beijou-lhe a testa. — Isso fez Abdullah se perguntar, infeliz, se um dia teria a chance de beijar Flor da Noite assim, ou de dizer as palavras que o mago acrescentou: — Acalme-se... Lembre-se do bebê.

Depois disso, o mago falou sobre o ombro:

— E ninguém pode fechar a porta da frente? A essa altura, metade de Kingsbury já deve saber o que aconteceu.

Isso fez crescer ainda mais a admiração de Abdullah pelo mago. A única coisa que o tinha impedido de se levantar e fechar a porta fora o medo de que pudesse ser costume por ali deixar a porta da frente aberta numa crise. Voltou a se curvar e viu o mago dando meia-volta para ficar de frente para ele.

— E o que aconteceu, rapaz? — perguntou o mago. — Como sabia que essa gata era a irmã da minha esposa?

Abdullah ficou um tanto surpreso com a pergunta. Ele explicou — diversas vezes — que não tinha a menor ideia de que Meia-Noite fosse humana, muito menos que era a cunhada do Mago Real, mas não tinha muita certeza de que alguém o havia escutado. Todos pareciam tão felizes em ver Meia-Noite que simplesmente deduziram que Abdullah a tinha trazido para casa por pura amizade. Longe de exigir uma remuneração alta, o Mago Suliman parecia achar que devia algo a Abdullah e, quando este protestou dizendo que não se tratava disso, ele disse:

— Bem, venha comigo e pelo menos a veja transformada de volta no que era.

Ele disse isso de uma forma tão amigável e crédula que Abdullah gostou dele ainda mais e se deixou levar com todos os outros para uma ampla sala que *parecia* ser nos fundos da casa — a não ser pelo fato de Abdullah ter a sensação de que, de alguma maneira, ela ficava em um lugar inteiramente diferente. O chão e as paredes inclinavam-se de uma forma incomum.

Abdullah nunca tinha visto um feitiço em ação antes. Olhou à sua volta com interesse, pois a sala estava apinhada de complexos dispositivos mágicos. Mais perto dele havia formas filigranadas com delicados vapores se contorcendo à volta delas. Ao lado, velas grandes e peculiares erguiam-se dentro de símbolos complicados, e além destas se viam estranhas imagens feitas de argila molhada. Mais adiante, ele viu uma fonte de cinco jatos que caíam em estranhos padrões geométricos, e isso escondia parcialmente muitas outras coisas mais excêntricas, atravancadas no espaço mais adiante.

— Não há espaço para trabalhar aqui — disse o Mago Suliman, atravessando a sala. — Estas coisas devem aguardar enquanto nos acomodamos na próxima sala. Corram, todos vocês.

Todos seguiram num turbilhão para uma sala menor mais à frente, vazia a não ser por alguns espelhos redondos que pendiam das paredes. Aqui Lettie pousou Meia-Noite com cuidado numa pedra verde-azulada no centro, onde a gata se sentou com ar sério limpando a parte interna das patas dianteiras e parecendo totalmente despreocupada, enquanto todos os outros, inclusive Lettie e os criados, trabalhavam febrilmente na construção de uma espécie de tenda em torno dela com longas varas de prata.

Abdullah manteve-se prudentemente encostado à parede, observando. A essa altura ele quase se arrependia de ter assegurado ao mago que este não lhe devia nada. Podia ter aproveitado a oportunidade para perguntar como alcançar o castelo no céu. Mas calculou que, como ninguém pareceu lhe ter dado ouvidos, era melhor esperar até que as coisas se acalmassem. Enquanto isso, as varas de prata formaram um desenho de estrelas de prata muito finas e Abdullah assistia ao alvoroço, um tanto confuso com a maneira como a cena se refletia em todos os espelhos — pequena, agitada e distorcida. Os espelhos se curvavam tão estranhamente quanto as paredes e o piso.

Por fim o Mago Suliman bateu as mãos grandes e ossudas.

— Certo — disse ele. — Lettie pode me ajudar agora. O restante de vocês vá para a outra sala e certifique-se de que os guardas da princesa permaneçam no lugar.

Os aprendizes e os criados correram dali. O Mago Suliman abriu os braços. Abdullah tinha a intenção de observar com atenção e lembrar-se do que estava prestes a acontecer. Mas, de alguma forma, assim que o trabalho de magia começou, ele não entendia muito bem o que estava ocorrendo. Sabia que coisas estavam acontecendo, mas não *pareciam* estar. Era como ouvir música quando não se tinha ouvido musical. De vez em quando o Mago Suliman pronunciava uma palavra grave e estranha, que embaçava a sala e o interior da cabeça de Abdullah, o que tornava ainda mais difícil ver o que se passava. Mas a maior parte da dificuldade de Abdullah vinha dos espelhos nas paredes.

Eles insistiam em mostrar pequenas imagens redondas que pareciam reflexos mas não eram — pelo menos, não exatamente. Todas as vezes que um dos espelhos captava o olho de Abdullah, ele mostrava a estrutura de varas brilhando com uma luz prateada num novo padrão — uma estrela, um triângulo, um hexágono, ou algum outro símbolo angular e secreto — enquanto as varas de verdade à sua frente simplesmente não brilhavam. Umas duas vezes um espelho mostrou o Mago Suliman com os braços abertos quando, na sala, seus braços estavam ao lado do corpo. Várias vezes um espelho mostrou Lettie imóvel, com as mãos juntas, parecendo nitidamente nervosa. Mas todas as vezes em que Abdullah olhou para a Lettie real, ela estava se movendo de um lado para o outro, fazendo gestos estranhos, mas perfeitamente calma. Meia-Noite nunca apareceu nos espelhos. Sua figura pequena e escura no meio das varas era estranhamente difícil de se ver também na realidade.

Então todas as varas de repente brilharam num tom de prata embaciado e o espaço no centro delas se encheu de névoa. O mago emitiu uma última e grave palavra e deu um passo para trás.

— Com os diabos! — disse alguém no meio das varas. — Não consigo sentir o cheiro de vocês agora!

Isso fez o mago sorrir e Lettie rir abertamente. Abdullah procurou a pessoa que os estava divertindo tanto e foi forçado a desviar os olhos quase de imediato. A jovem agachada dentro da estrutura, compreensivelmente, não usava nenhuma roupa. O vislumbre que ele teve o fez saber que a jovem tinha a pele mais clara que a de Lettie, mas, afora isso, eram bastante semelhantes. Lettie correu para um lado da sala e voltou com um manto verde de mago. Quando Abdullah ousou olhar novamente, a jovem usava o manto como um penhoar e Lettie tentava abraçá-la e ajudá-la a sair da estrutura ao mesmo tempo.

— Ó, *Sophie*! O que *aconteceu*? — ela não parava de perguntar.

— Um momento — arquejou Sophie. De início, ela parecia ter dificuldade em se equilibrar nos dois pés, mas abraçou Lettie e então cambaleou até o mago e o abraçou também. — É tão estranho não ter um rabo! — disse. — Mas muitíssimo obrigada, Ben. — Em seguida avançou até Abdullah, andando com mais facilidade agora. Abdullah recuou, encostando-se à parede, temendo que ela o abraçasse também, mas tudo que Sophie disse foi: — Você deve ter se perguntado por que eu o estava seguindo. A verdade é que eu *sempre* me perco em Kingsbury.

— Fico feliz de ter sido útil, mais encantadora das mutáveis — disse Abdullah, um tanto rígido. Não estava seguro de que se daria bem com Sophie, não mais do que se dera com Meia-Noite. Ela lhe pareceu tão desconcertantemente resoluta para uma jovem, quase tanto quanto Fátima, a irmã da primeira esposa de seu pai.

Lettie ainda insistia em saber o que havia transformado Sophie numa gata, e o Mago Suliman perguntava, ansioso:

— Sophie, isso significa que Howl está andando por aí como um animal também?

— Não, não — respondeu Sophie, e de repente pareceu desesperada. — Não tenho a menor ideia de onde está Howl. Foi ele que me transformou numa gata, sabem?

— *O quê?* Seu próprio marido a transformou numa gata! — exclamou Lettie. — Essa foi mais uma de suas brigas, então?

— Sim, mas foi tudo perfeitamente racional — disse Sophie. — Foi quando alguém roubou o castelo animado. Nós só soubemos cerca de meio dia antes, e isso porque Howl por acaso estava trabalhando num feitiço de adivinhação para o rei. Ele viu algo muito poderoso roubando o castelo e depois a princesa Valeria. Howl disse que avisaria o rei imediatamente. Ele fez *isso*?

— Certamente que sim — afirmou o Mago Suliman. — A princesa está sendo vigiada o tempo todo. Eu invoquei demônios e fixei uma guarda na sala ao lado. Seja qual for a criatura que a está ameaçando não tem chance de chegar a ela.

— Graças a Deus! — disse Sophie. — É um peso que sai da minha mente. Trata-se de um djim, você sabia?

— Nem um djim conseguiria chegar até ela — disse o Mago Suliman. — Mas o que foi que Howl fez?

— Ele praguejou — disse Sophie. — Em galês. Então mandou Michael e o novo aprendiz saírem de lá. E queria me mandar para longe também. Mas eu disse que, se ele e Calcifer iam ficar, então eu também ficaria, e perguntei se ele não podia me pôr um feitiço que simplesmente fizesse o djim não perceber que eu estava lá. E nós discutimos sobre isso...

Lettie deu uma risadinha.

— Por que será que isso não me surpreende? — disse ela.

O rosto de Sophie tornou-se um pouco rosado e ela ergueu a cabeça, desafiadora.

— Bem, Howl ficou dizendo que eu estaria mais segura fora do caminho, em Gales, com a irmã dele, e ele sabe que eu não me dou bem com ela, e eu fiquei dizendo que eu seria mais útil se pudesse ficar no castelo sem que o ladrão me notasse. Seja como for... — ela pôs o rosto nas mãos — ... acho que ainda estávamos discutindo quando o djim chegou. Houve um estrondo e ficou tudo escuro e confuso. Lembro-me de Howl gritar as palavras do feitiço do gato... ele teve de balbuciá-las depressa... e então gritar para Calcifer...

— Calcifer é o demônio do fogo deles — explicou Lettie educadamente para Abdullah.

— ... gritar para Calcifer sair e se salvar, pois o djim era forte demais para qualquer um dos dois — prosseguiu Sophie. — Então o castelo ergueu-se de cima de mim como a tampa de uma queijeira. A próxima coisa de que me lembro é que eu era uma gata nas montanhas ao norte de Kingsbury.

Lettie e o Mago Real trocaram olhares perplexos acima da cabeça abaixada de Sophie.

— Por que essas montanhas? — perguntou-se o Mago Suliman. — O castelo não estava perto delas.

— Não, ele estava em quatro lugares ao mesmo tempo — afirmou Sophie. — Acho que fui jogada em algum ponto entre os quatro. Poderia ter sido pior. Tinha ratos e pássaros suficientes para comer.

O lindo rosto de Lettie contorceu-se de nojo.

— *Sophie!* — exclamou ela. — Ratos!

— Por que não? É o que os gatos comem — disse Sophie, erguendo novamente a cabeça em desafio. — Ratos são deliciosos. Mas não gostei tanto assim dos pássaros. As penas fazem você se engasgar. Mas... — Ela engoliu em seco e pôs a cabeça nas mãos outra vez. — Mas isso aconteceu numa época ruim para mim. Morgan nasceu cerca de uma semana depois e, naturalmente, nasceu como um gatinho...

Essas palavras causaram a Lettie, se isso era possível, ainda mais consternação do que a ideia de a irmã comer ratos. Ela explodiu em lágrimas e jogou os braços em torno de Sophie.

— Ó Sophie! O que você fez?

— O que os gatos sempre fazem — respondeu ela. — Amamentei-o e o limpei. Não se preocupe, Lettie. Deixei-o com o amigo de Abdullah, o soldado. Aquele homem mataria qualquer um que fizesse mal ao seu gatinho. Mas — disse ela ao Mago Suliman — acho que é melhor eu ir buscar Morgan agora para que você possa transformá-lo também.

O Mago Suliman parecia quase tão perturbado quanto Lettie.

— Se eu soubesse antes! — exclamou ele. — Se nasceu gato como parte do mesmo feitiço, já deve ter se transformado também. É melhor descobrirmos. — Ele andou até um dos espelhos redondos e fez gestos circulares com ambas as mãos.

Os espelhos — todos eles — imediatamente pareceram refletir o quarto na hospedaria, cada um de um ponto de vista, como se estivessem pendurados nas paredes de lá. Abdullah olhou de um para o outro e ficou quase tão alarmado pelo que viu quanto os outros três. O tapete mágico havia, por algum motivo, sido desenrolado no chão. Em cima dele havia um bebê gorducho e rosado nu. Ainda que fosse bem novinho, Abdullah podia ver que o bebê tinha uma personalidade tão forte quanto a de Sophie. E estava afirmando essa personalidade. Seus braços e suas pernas socavam o ar, seu rosto estava contorcido de fúria e sua boca era um buraco quadrado e furioso. Embora as imagens nos espelhos fossem silenciosas, via-se que Morgan estava fazendo muito barulho.

— Quem é aquele homem? — perguntou o Mago Suliman. — Eu já o vi antes.

— Um soldado de Estrângia, operador de maravilhas — disse Abdullah, impotente.

— Então ele deve me lembrar alguém que conheço — disse o mago.

O soldado estava de pé ao lado do bebê aos berros, parecendo horrorizado e impotente. Talvez esperasse que o gênio fizesse alguma coisa. Por garantia, tinha a lâmpada do gênio numa das mãos. Mas o gênio saía do frasco em vários esguichos perturbados de fumaça azul, cada esguicho um rosto com as mãos sobre os ouvidos, tão impotente quanto o soldado.

— Ó pobre bebezinho querido! — exclamou Lettie.

— O pobre e santo soldado, você quer dizer — corrigiu Sophie. — Morgan está furioso. Ele nunca foi nada além de um gatinho, e os gatinhos podem fazer muito mais do que os bebês. Está zangado porque não pode andar. Ben, você acha que pode...?

O restante da pergunta de Sophie foi abafado por um barulho semelhante ao de um pedaço gigante de seda sendo rasgado. A sala estremeceu. O Mago Suliman exclamou algo e correu para a porta — e então teve de esquivar-se depressa. Uma infinidade de *coisas* gritando e gemendo precipitou-se pela parede ao lado da porta, atravessou de roldão a sala e desapareceu pela parede oposta. Elas se moviam rápido demais para que fossem vistas com nitidez, mas nenhuma parecia humana. Abdullah teve um vislumbre embaçado de múltiplas pernas com garras, de algo se movendo sem absolutamente nenhuma perna, de seres com um só olho desvairado e de outros com uma profusão de olhos em cachos. Viu cabeças com presas de serpente, línguas se movendo, caudas flamejando. Uma delas, a mais rápida de todas, era uma bola de lama rolando.

Então elas se foram. A porta foi aberta bruscamente por um agitado aprendiz.

— Senhor, senhor! A guarda caiu! Não pudemos resistir...

O Mago Suliman agarrou o braço do jovem e correu com ele para a sala contígua, gritando sobre o ombro:

— Voltarei quando puder! A princesa está em perigo!

Abdullah olhou para ver o que estava acontecendo ao soldado e ao bebê, mas os espelhos redondos agora nada mostravam além de seu rosto repleto de ansiedade, e os de Sophie e de Lettie, fitando-os.

— Droga! — exclamou Sophie. — Lettie, você sabe manejá-los?

— Não. Eles são exclusivos de Ben — disse Lettie.

Abdullah pensou no tapete desenrolado e na lâmpada do gênio na mão do soldado.

— Então, nesse caso, ó par de pérolas gêmeas — disse ele —, adoráveis damas, com sua permissão, vou voltar correndo para a hospedaria antes que haja muitas queixas por causa do barulho.

Sophie e Lettie replicaram em coro que iriam também.

Abdullah não podia culpá-las, mas chegou muito perto disso nos minutos seguintes. Lettie, ao que parecia, não estava em condições de correr pelas ruas em seu estado interessante. Enquanto os três atravessavam apressados a confusão e o caos de feitiços quebrados na sala ao lado, o Mago Suliman deteve-se um segundo na frenética tarefa de construir novas coisas nas ruínas para ordenar a Manfred que preparasse a carruagem. Enquanto Manfred corria para atender, Lettie levou Sophie ao andar de cima para lhe dar roupas apropriadas.

Abdullah foi deixado andando de um lado para o outro no vestíbulo. Para crédito de todos, ele esperou lá menos de cinco minutos, mas durante esse tempo tentou abrir a porta da frente pelo menos dez vezes, só para descobrir que um feitiço a mantinha fechada. Ele achou que fosse enlouquecer. Parecia-lhe que um século havia transcorrido quando Sophie e Lettie desceram, ambas trajando elegantes roupas de sair, e Manfred abriu a porta da frente, revelando uma pequena carruagem aberta, puxada por um belo cavalo baio, à espera no calçamento. Abdullah queria saltar naquela carruagem e fustigar o cavalo. Mas, naturalmente, isso não seria educado. Ele teve de esperar Manfred ajudar as senhoras a subir na carruagem e então assumir o lugar do cocheiro. A carruagem partiu destramente pelas pedras do calçamento, enquanto Abdullah ainda se espremia no assento ao lado de Sophie, mas nem aquilo era rápido o suficiente para ele, que mal podia suportar pensar no que o soldado poderia estar fazendo.

— Espero que Ben consiga voltar a pôr a princesa sob proteção logo — disse Lettie ansiosa, quando atravessavam velozmente uma praça aberta.

As palavras mal tinham deixado sua boca quando se ouviu uma rápida saraivada de explosões, como fogos de artifício manejados inabilmente. Um sino começou a tocar em algum local, lúgubre e impaciente — din-don-don.

— O que é isso? — perguntou Sophie e então respondeu à própria pergunta, apontando e gritando: — Ó, maldição! Olhem, olhem, olhem!

Abdullah esticou o pescoço, olhando para trás, para onde ela apontava. Ele ainda teve tempo de ver uma envergadura de asas negras bloqueando as estrelas acima das torres e dos domos mais próximos. Lá embaixo, vistos do topo de várias torres, vinham pequenos lampejos e muitos estrondos enquanto os soldados atiravam naquelas asas. Abdullah poderia ter dito que esse tipo de coisa não tinha nenhuma utilidade contra um djim. As asas deslizaram imperturbavelmente e subiram pelo céu, voando em círculos, e então desapareceram no azul-escuro do céu noturno.

— Seu amigo, o djim — disse Sophie. — Acho que distraímos Ben num momento crucial.

— Era essa a intenção do djim, ó ex-felina — afirmou Abdullah. — Se você se lembrar, ele disse ao partir que esperava que um de nós o ajudasse a roubar a princesa.

Outros sinos pela cidade haviam se juntado e acionavam o alarme agora. As pessoas corriam para as ruas e olhavam para cima. A carruagem retinia em meio a um clamor cada vez maior e foi forçada a reduzir a velocidade mais e mais enquanto muitos se aglomeravam nas ruas. Todos pareciam saber exatamente o que tinha acontecido.

— A princesa se foi! — ouviu Abdullah. — Um demônio roubou a princesa Valeria!

A maioria das pessoas parecia estupefata e assustada, mas uma ou outra dizia:

— Aquele Mago Real devia ser enforcado! Ele é *pago* para quê?

— Ó céus! — exclamou Lettie. — O rei não vai acreditar por um só momento no quanto Ben trabalhou para que isso não acontecesse!

— Não se preocupe — disse Sophie. — Assim que buscarmos Morgan, eu vou falar com o rei. Sou boa em contar coisas ao rei.

Abdullah acreditava nela. Ficou ali sentado, remexendo-se, impaciente.

Depois do que pareceu mais um século, mas que provavelmente não passou de cinco minutos, a carruagem abriu caminho em meio ao pátio lotado da hospedaria. O local estava repleto de pessoas olhando para cima.

— Eu vi as asas dele — Abdullah ouviu um homem dizer. — Era uma ave monstruosa, com a princesa presa em suas garras.

A carruagem parou e Abdullah pôde dar vazão à sua impaciência. Saltou para o solo, gritando:

— Abram caminho, abram caminho, pessoas! Aqui vão duas feiticeiras em missão importante!

Gritando e forçando a passagem, ele conseguiu conduzir Sophie e Lettie até a porta da hospedaria e as empurrou para dentro. Lettie estava muito constrangida.

— Gostaria que você não *dissesse* isso! — afirmou ela. — Ben não gosta que as pessoas saibam que sou feiticeira.

— Ele não vai ter tempo de pensar nisso agora — assegurou-lhe Abdullah e impeliu as duas adiante, passando pelo estalajadeiro de olhos arregalados e seguindo para as escadas. — Aqui estão as bruxas de que falei, mais celestial dos anfitriões — disse ele ao homem. — Elas estão ansiosas pelos seus gatos. — Ele saltou os degraus, alcançando Lettie, depois Sophie, e subiu correndo o lance seguinte. Então abriu bruscamente a porta do quarto.

— Não faça nada temerário... — começou, e então parou quando se deu conta de que ali dentro o silêncio era completo.

O quarto estava vazio.

CAPÍTULO DEZESSETE
No qual Abdullah finalmente alcança o Castelo no Ar

Havia uma almofada dentro de uma cesta entre os restos da ceia sobre a mesa. Havia uma depressão amarrotada numa das camas e uma nuvem de fumaça de tabaco acima dela, como se o soldado tivesse estado ali fumando até bem pouco tempo. A janela estava fechada. Abdullah correu na direção dela, tentando abri-la para olhar — por nenhum motivo real, a não ser por ser essa a única coisa que lhe ocorria —, e se viu tropeçando num pires cheio de creme. O pires virou, derramando um espesso creme branco-amarelado numa longa risca sobre o tapete mágico.

Abdullah ficou ali parado, olhando para aquilo. Pelo menos o tapete ainda estava ali. O que isso significava? Não havia sinal do soldado e certamente nenhum sinal de um bebê barulhento no quarto. Tampouco, ele se deu conta, correndo os olhos rapidamente por todos os lugares em que podia pensar, havia sinal da lâmpada do gênio.

— Ó, *não*! — exclamou Sophie, chegando à porta. — Onde ele está? Não pode ter ido longe se o tapete ainda está aqui.

Abdullah queria poder estar tão certo disso.

— Sem desejar alarmá-la, mãe de um bebê movente — disse ele —, tenho de observar que o gênio aparentemente também não está aqui.

A pele da testa de Sophie franziu-se de leve.

— Que gênio?

Enquanto Abdullah se lembrava de que, como Meia-Noite, Sophie sempre mostrara não perceber a existência do gênio, Lettie também chegou ao quarto, ofegante, com uma das mãos pressionando a lateral do corpo.

— O que aconteceu? — arquejou ela.

— Eles não estão aqui — disse Sophie. — Suponho que o soldado deva ter levado Morgan para a senhoria. Ela deve saber cuidar de bebês.

Com a sensação de estar fazendo algo inútil, Abdullah disse:

— Vou verificar.

Havia a possibilidade de que Sophie estivesse certa, pensou ele, enquanto descia em disparada o primeiro lance de degraus. Era o que a maioria dos homens faria ao se ver subitamente diante de um bebê aos berros — sempre se supondo que esse homem não tivesse nas mãos uma lâmpada com um gênio.

O último lance de escadas estava cheio de gente subindo, homens usando botas de caminhada e uma espécie de uniforme. O estalajadeiro os conduzia degraus acima, dizendo:

— No segundo andar, cavalheiros. Sua descrição se encaixa no homem de Estrângia, se ele tiver cortado o rabo de cavalo, e o rapaz mais jovem é obviamente o cúmplice de que vocês falam.

Abdullah fez meia-volta e subiu correndo na ponta dos pés, dois degraus de cada vez.

— O desastre é geral, mais encantadora dupla de mulheres! — arfou para Sophie e Lettie. — O estalajadeiro, um homem pérfido e venal, está trazendo os guardas para prender a mim e ao soldado. O que vamos fazer agora?

Era hora de uma mulher determinada assumir o comando. Abdullah estava contente por Sophie ser essa mulher. Ela agiu de imediato. Fechou a porta e passou o ferrolho.

— Empreste-me o seu lenço — pediu a Lettie e, quando esta lhe entregou o lenço, Sophie ajoelhou-se e limpou o creme do tapete mágico com ele. — Venha aqui — chamou Abdullah. — Suba neste tapete comigo e diga-lhe que nos leve aonde quer que Morgan esteja. Você fica aqui, Lettie, e segure os guardas. Não creio que o tapete consiga carregá-la.

— Ótimo — disse Lettie. — Eu quero mesmo voltar para Ben antes que o rei comece a culpá-lo. Mas antes vou dizer umas verdades àquele estalajadeiro. Vai ser um bom treino para o rei. — Tão decidida quanto a irmã, ela endireitou os ombros e colocou as mãos na cintura, de um modo que prometia maus momentos para o estalajadeiro e também para os guardas.

Abdullah ficou feliz por Lettie estar ali também. Ele se agachou no tapete e roncou suavemente. O tapete estremeceu. Foi um tremor relutante.

— Ó fabuloso tecido, carbúnculo e crisólita entre os tapetes — disse Abdullah —, este miserável e desajeitado caipira se desculpa profusamente por derramar creme sobre sua inestimável superfície...

Ouviram-se fortes batidas à porta.

— Abram, em nome do rei! — gritou alguém do lado de fora.

Não havia tempo para bajular mais o tapete.

— Tapete, eu lhe imploro — sussurrou Abdullah —, leve-me e a esta senhora ao lugar para o qual o soldado levou o bebê.

O tapete se sacudiu irritado, mas obedeceu. Disparou adiante como de costume, passando pela janela fechada.

Dessa vez Abdullah estava alerta o bastante para ver de fato o vidro e a moldura escura da janela por um instante, como a superfície da água, quando os atravessaram e então planaram acima dos globos prateados que iluminavam a rua. Mas ele duvidava que Sophie tivesse visto. Ela agarrou o braço de Abdullah com ambas as mãos e ele chegou a pensar que os olhos dela estavam fechados.

— Eu odeio altura! — disse ela. — É melhor que não seja longe.

— Este excelente tapete nos levará a toda velocidade possível, reverente feiticeira — disse Abdullah, tentando ganhar a confiança dela e do tapete ao mesmo tempo. Não estava muito certo de ter funcionado com nenhum dos dois. Sophie continuava firmemente agarrada a seu braço, emitindo breves arquejos de pânico, enquanto o tapete, tendo feito um movimento circular rápido e atordoante logo acima das torres e luzes de Kingsbury, oscilou vertiginosamente em torno do que pareciam os domos do palácio, e começou outro circuito da cidade.

— O que ele está *fazendo*? — arquejou Sophie. Evidentemente seus olhos não estavam de todo fechados.

— Paz, seraníssima feiticeira — tranquilizou-a Abdullah. — Ele descreve um círculo para ganhar altura, assim como os pássaros. — Em seu íntimo, ele tinha certeza de que o tapete havia perdido a pista. Mas, quando as luzes e os domos de Kingsbury passaram sob eles pela terceira vez, viu que acidentalmente havia adivinhado. Eles agora estavam a várias centenas de metros de altura. No quarto circuito, mais amplo que o terceiro, embora tão atordoante quanto, Kingsbury era um pequeno feixe de luzes brilhantes muito, muito abaixo deles.

A cabeça de Sophie oscilou quando ela deu uma espiada para baixo. A pressão de suas mãos no braço de Abdullah aumentou, se é que isso era possível.

— Ó céus e inferno! — exclamou ela. — Ainda estamos *subindo*! Acredito que aquele soldado desgraçado tenha levado Morgan atrás do djim!

Estavam tão alto agora que Abdullah temia que ela tivesse razão.

— Ele, sem dúvida, queria resgatar a princesa — disse —, na esperança de ganhar uma boa recompensa.

— Ele não tinha nada de levar o meu bebê também! — afirmou Sophie. — Espere só até eu encontrá-lo! Mas como ele *fez* isso sem o tapete?

— Deve ter ordenado ao gênio que seguisse o djim, ó lua da maternidade — explicou Abdullah.

Ao que Sophie perguntou novamente:

— Que gênio?

— Eu lhe asseguro, mais afiada das mentes feiticeiras, que eu possuía um gênio além deste tapete, embora você nunca tenha parecido notá-lo — disse Abdullah.

— Então eu acredito em você — disse Sophie. — Continue falando. Fale... senão eu vou olhar para baixo e, se olhar, eu *sei* que vou cair!

Como ela ainda estivesse segurando com muita força o braço de Abdullah, ele sabia que, se ela caísse, o mesmo aconteceria com ele. Kingsbury era agora um ponto brilhante e difuso, aparecendo de um lado e em seguida do outro, à medida que o tapete continuava sua espiral ascendente. O restante de Ingary se estendia à volta, como um enorme prato azul-escuro. O pensamento de despencar daquela altura fez Abdullah sentir quase tanto medo quanto Sophie. Ele começou a contar-lhe apressadamente todas as suas aventuras, como havia encontrado Flor da Noite, como o sultão o tinha aprisionado, como o gênio havia sido pescado no lago do oásis pelos homens de Kabul Aqba — que na verdade eram anjos — e como era difícil fazer um pedido que não fosse sabotado pela malícia do gênio.

A essa altura ele podia ver o deserto como um pálido mar ao sul de Ingary, embora a altitude a que se encontravam fosse tão grande que era muito difícil distinguir qualquer coisa lá embaixo.

— Agora eu vejo que o soldado concordou que eu tinha ganhado aquela aposta a fim de me convencer de sua honestidade — disse Abdullah, pesaroso. — Acho que ele sempre teve a intenção de roubar o gênio e provavelmente também o tapete.

Sophie estava interessada. A pressão em seu braço afrouxou ligeiramente, para grande alívio de Abdullah.

— Você não pode culpar aquele gênio por odiar a todos — disse ela. — Pense em como você se sentiu fechado naquela masmorra.

— Mas o soldado... — insistiu Abdullah.

— É outra questão! — objetou Sophie. — Espere só até eu pôr as minhas mãos nele! Eu não *tolero* gente que se preocupa com animais e engana todo ser humano que cruza o seu caminho! Mas, voltando a esse gênio que você diz que tinha... parece que o djim queria que você o tivesse. Acha que era parte do plano dele fazer namorados frustrados ajudá-lo a derrotar o irmão?

— Creio que sim — disse Abdullah.

— Então, quando chegarmos ao castelo de nuvens, se é para lá que estamos indo — disse Sophie —, talvez possamos contar com outros namorados frustrados chegando para ajudar.

— Talvez — disse Abdullah com cuidado. — Mas eu recordo, mais curioso dos gatos, que você fugiu para os arbustos enquanto o djim falava, e o próprio djim só esperava por mim.

No entanto, ele olhou para cima. Estava esfriando agora e as estrelas pareciam incomodamente próximas. Havia uma espécie de tom prateado no azul-escuro do céu, o que sugeria o luar tentando abrir caminho, vindo de algum lugar. Era muito bonito. O coração de Abdullah enfunou-se com o pensamento de que ele poderia estar, afinal, a caminho de resgatar Flor da Noite.

Infelizmente, Sophie também olhou para cima. As mãos dela apertaram ainda mais seu braço.

— Fale — pediu ela. — Estou apavorada.

— Então você deve falar também, corajosa lançadora de feitiços — disse Abdullah. — Feche os olhos e me fale sobre o príncipe do Oquinstão, a quem Flor da Noite estava prometida.

— Não creio que estivesse — disse Sophie, tagarelando. Ela estava aterrorizada de verdade. — O filho do rei é só um bebê. Ainda tem o *irmão* do rei, o príncipe Justin, mas ele supostamente ia se casar com a princesa Beatriz de Estrângia... só que ela se recusou a ouvir falar nisso e fugiu. Você acha que o djim a capturou? Acho que o seu sultão estava apenas atrás das armas que nossos magos estão fazendo aqui... mas que ele não conseguia. Eles não permitem que os mercenários as levem para o sul quando partem para lá. Na verdade, Howl diz que eles não deviam nem mesmo enviar mercenários. Howl... — A voz dela fraquejou. As mãos dela no braço de Abdullah tremeram. — Fale! — grasnou ela.

Estava ficando difícil respirar.

— Eu mal consigo, sultana de mãos fortes — arfou Abdullah. — Acho que o ar é rarefeito aqui. Você pode fazer algum feitiço que nos ajude a respirar?

— Provavelmente não. Você fica me chamando de feiticeira, mas eu sou bem nova no assunto — protestou Sophie. — Você viu. Quando eu era uma gata, tudo que conseguia fazer era ficar maior. — Mas Sophie largou o braço de Abdullah por um momento a fim de fazer gestos pequenos e bruscos acima da cabeça. — Francamente, ar! — exclamou ela. — Isso é vergonhoso! Você vai ter de nos deixar respirar um pouco melhor do que isso ou não vamos durar muito. Reúna-se à nossa volta e deixe-nos respirá-lo! — Ela agarrou Abdullah novamente. — Assim está melhor?

Parecia mesmo haver mais ar agora, embora estivesse mais frio do que nunca. Abdullah estava surpreso, pois o método de Sophie de lançar um feitiço não lhe parecia nada próprio a uma feiticeira — na verdade, não era muito diferente de seu próprio modo de persuadir o tapete a voar —, mas ele tinha de admitir que havia funcionado.

— Sim. Muito obrigado, falante de feitiços.

— *Fale!* — pediu Sophie.

Eles se encontravam tão alto que o mundo lá embaixo estava fora do seu campo de visão. Abdullah não tinha nenhuma dificuldade em entender o terror de Sophie. O tapete navegava em meio ao vazio escuro, subindo cada vez mais, e Abdullah sabia que, se estivesse sozinho, provavelmente estaria gritando.

— Você fala, poderosa senhora das magias — disse ele, trêmulo. — Fale-me desse seu Mago Howl.

Os dentes de Sophie rangeram, mas ela falou com orgulho:

— Ele é o melhor mago em Ingary ou em qualquer outro lugar. Se tivesse tido tempo, teria derrotado aquele djim. E ele é manhoso, egoísta, vaidoso como um pavão e covarde, e não se consegue forçá-lo a nada.

— Mesmo? — perguntou Abdullah. — É estranho que você recite com tanto orgulho tal lista de vícios, mais adorável das senhoras.

— O que você quer dizer com... vícios? — replicou Sophie, zangada. — Eu só estava *descrevendo* Howl. Ele vem de um mundo inteiramente diferente, sabe, chamado Gales, e eu me recuso a acreditar que esteja morto... Aah!

Ela terminou num gemido enquanto o tapete entrava no que parecia um fino nevoeiro. Dentro da nuvem, via-se que o nevoeiro eram flocos de gelo, que os salpicava em estilhaços e pedras, como uma tempestade de granizo. Ambos estavam arquejando quando o tapete saiu bruscamente dela, continuando a subir. Então ambos arquejaram outra vez, de espanto.

Estavam num novo país banhado em luar — luar que tinha o toque dourado da lua cheia no equinócio de outono. Mas, quando Abdullah parou um instante para procurar a lua, não conseguiu vê-la em lugar nenhum. A luz parecia vir do próprio céu azul-prateado, cravejado com grandes estrelas douradas e límpidas. Mas ele só podia furtar aquele rápido olhar. O tapete havia saído ao lado de um mar transparente e nebuloso e avançava com dificuldade ao longo de ondas suaves que quebravam nas pedras encobertas em névoa. A despeito do fato de poderem ver através das ondas, como se fosse seda verde-dourada, a água molhava e ameaçava afundar o tapete. O ar estava tépido. E o tapete, para não falar de suas roupas e cabelos, estava carregado de pilhas de gelo derretendo. Sophie e Abdullah, nos primeiros minutos, se viram inteiramente ocupados em varrer o gelo por cima das bordas do tapete, jogando-o no oceano translúcido, onde ele mergulhava no céu abaixo e desaparecia.

Quando o tapete ficou mais leve e eles tiveram a chance de olhar à sua volta, arquejaram mais uma vez. Pois aqui estavam as ilhas, promontórios e baías de pálido ouro que Abdullah tinha visto no pôr-do-sol, derramando-se do ponto onde eles estavam até a distância prateada, onde se assentavam tranquilos, quietos e encantados, como um panorama do próprio paraíso. As ondas diáfanas quebravam na margem de nuvens com o mais leve dos sussurros, o que parecia aumentar ainda mais o silêncio.

Parecia errado falar num lugar assim. Sophie cutucou Abdullah e apontou. Lá, no mais próximo promontório de nuvem, se erguia um castelo, uma massa de torres orgulhosas e elevadas, com janelas prateadas e sombrias. Ele era feito de nuvem. Enquanto olhavam, várias das torres mais altas se desprenderam obliquamente e esfiaparam-se, desaparecendo, enquanto outras se estreitavam e se ampliavam. Sob os olhos deles, a construção transformou-se, como uma mancha de tinta, numa maciça e carrancuda fortaleza, e então começou a mudar outra vez. Mas ainda estava lá e ainda era um castelo, e parecia ser o local para onde o tapete os levava.

O tapete seguia num ritmo rápido porém suave, mantendo-se próximo ao litoral, como se não estivesse nem um pouco ansioso em ser visto. Além das ondas, viam-se arbustos enevoados, matizados de vermelho e prata, como se o sol estivesse se pondo. O tapete movia-se furtivamente ao abrigo destes, assim como havia feito por trás das árvores na planície de Kingsbury, enquanto circulava a baía até chegar ao promontório.

À medida que prosseguia, surgiam novos panoramas de mares dourados, onde se moviam distantes silhuetas enevoadas que tanto podiam ser navios quanto criaturas sombrias cuidando de seus assuntos. Ainda num silêncio completo e sussurrante, o tapete avançava furtivamente na direção do promontório, onde não havia mais arbustos. Aqui ele se manteve próximo do chão coberto de névoa, da maneira como havia seguido os contornos dos telhados em Kingsbury. Abdullah não o culpava. À frente deles, o castelo novamente se transformava, estendendo-se até se tornar um enorme pavilhão. Quando o tapete entrou na longa avenida que levava a seus portões, domos se erguiam e avolumavam-se, e a construção havia projetado um sombrio minarete dourado, como se observasse sua aproximação.

A avenida era ladeada por formas nebulosas que também pareciam observá-los chegando. As formas erguiam-se do solo recoberto por névoa da maneira como se costuma ver um aglomerado de nuvens subir, desgarrando-se da massa principal. Mas, à diferença do castelo, elas não mudavam o formato. Cada uma delas se elevava, orgulhosa — assemelhando-se de certa forma a um cavalo-marinho ou aos cavalos num tabuleiro de xadrez, a não ser pelo fato de seus rostos serem mais lisos e planos que os dos cavalos —, e cercada por tendões espiralados que não eram nuvem nem cabelos.

Sophie olhou cada uma delas, enquanto passavam, com crescente desaprovação.

— Não acho que ele tenha muito bom gosto em matéria de estátuas — disse ela.

— Ah, silêncio, franqueza em forma de mulher! — sussurrou Abdullah. — Estas não são estátuas, mas os duzentos servos-anjos de que falou o djim!

O som de suas vozes atraiu a atenção da forma nebulosa mais próxima. Ela se remexeu vagamente, abriu um par de imensos olhos semelhantes a pedras da lua e curvou-se para examinar o tapete quando ele passou por ela.

— Não ouse tentar nos deter! — disse Sophie a ela. — Nós só viemos buscar meu bebê.

Os enormes olhos piscaram. Evidentemente o anjo não estava acostumado a que lhe falassem de forma tão ríspida. Asas brancas e nebulosas começaram a abrir-se na lateral de seu corpo.

Rapidamente Abdullah se pôs de pé no tapete e se curvou.

— Saudações, nobilíssimo mensageiro dos céus — disse ele. — O que a senhora disse tão rudemente é a verdade.

Peço que a perdoe. Ela é do norte. Mas, assim como eu, vem em paz. Os djins estão cuidando do seu filho e nós viemos apenas buscá-lo e render-lhes nossos mais humildes e sinceros agradecimentos.

Isso pareceu aplacar o anjo. As asas fundiram-se novamente às laterais do corpo nevoento e, embora sua estranha cabeça tenha se voltado para observá-los à medida que o tapete se afastava, ele não tentou detê-los. Mas agora o anjo do outro lado do caminho tinha os olhos abertos também, e os dois seguintes haviam se voltado para fitá-los. Abdullah não ousou sentar-se de novo. Ele firmou os pés, em busca de equilíbrio, e curvou-se para cada par de anjos à medida que se aproximavam deles. Essa não era uma tarefa fácil. O tapete, assim como Abdullah, sabia o quanto os anjos podiam ser perigosos, e movia-se cada vez mais rápido.

Até Sophie percebeu que um pouco de cortesia ajudaria. E acenava com a cabeça para cada anjo quando passavam velozmente por eles.

— Boa noite — dizia. — Que lindo pôr do sol hoje! Boa noite.

Não teve tempo para mais do que isso, pois o tapete se precipitava pelo último trecho da avenida. Quando alcançou os portões do castelo — que estavam fechados —, mergulhou por eles como um rato por um cano. Abdullah e Sophie foram banhados por uma umidade brumosa e então saíram numa tranquila luz dourada.

Descobriram que se encontravam num jardim. Ali o tapete desceu ao chão, mole como um esfregão, onde ficou. Pequenos tremores percorriam toda sua extensão, como um tapete faria se estivesse tremendo de medo, ou ofegando pelo esforço, ou ambos.

Como o chão no jardim era sólido e não parecia feito de nuvens, Sophie e Abdullah cautelosamente passaram a ele. Tratava-se de terra firme, onde crescia uma grama verde-prateada. A distância, entre cercas vivas convencionais, uma fonte de mármore jorrava. Sophie olhou para ela, e para tudo à sua volta, e começou a franzir o cenho.

Abdullah inclinou-se e atenciosamente enrolou o tapete, acariciando-o e falando-lhe em tom tranquilizador.

— Muito corajoso e mais ousado dos damascos — disse a ele. — Isso, isso. Não tenha medo. Não vou permitir que nenhum djim, por mais poderoso que seja, estrague um só fio que seja de seu precioso tecido ou uma só franja de sua borda.

— Você parece aquele soldado paparicando Morgan quando ele era Atrevido — disse Sophie. — O castelo está ali adiante.

Eles partiram naquela direção — Sophie, alerta a tudo ao seu redor e bufando uma ou duas vezes, Abdullah carregando o tapete ternamente nos ombros. De quando em quando ele lhe dava tapinhas e sentia os tremores irem desaparecendo à medida que prosseguiam. Caminharam durante algum tempo, pois o jardim, embora não fosse feito de nuvem, mudava e aumentava à volta deles. As cercas vivas tornaram-se artísticas pilhas de flores rosa-pálido, e a fonte — que podiam ver a distância todo o tempo — agora parecia ser de cristal ou possivelmente crisólita. Mais alguns passos e as plantas estavam em potes cobertos de joias, frondosas, com trepadeiras subindo por colunas laqueadas. Os bufos de

Sophie tornaram-se mais altos. A fonte, até onde podiam ver, era de prata cravejada com safiras.

— Aquele djim tomou liberdades com um castelo que não é dele — disse Sophie. — A menos que eu esteja inteiramente tresloucada, este costumava ser nosso banheiro.

Abdullah sentiu o rosto rubro. Banheiro de Sophie ou não, esses eram os jardins de suas fantasias. Hasruel estava zombando dele, assim como fizera o tempo todo. Quando a fonte à sua frente se tornou ouro, cintilando vinho-escuro com rubis, Abdullah ficou tão aborrecido quanto Sophie.

— Não é assim que um jardim devia ser, mesmo que desconsideremos as confusas mudanças — disse ele, zangado. — Um jardim deveria ter aparência natural, com seções nativas, incluindo uma ampla área de jacintos.

— Isso mesmo — disse Sophie. — Olhe esta fonte agora! Isso é maneira de tratar um banheiro?

A fonte era de platina, com esmeraldas.

— Ridiculamente ostentoso! — disse Abdullah. — Quando eu criar o *meu* jardim...

Foi interrompido pelos gritos de uma criança. Ambos se puseram a correr.

CAPÍTULO DEZOITO
O qual é bem cheio de princesas

Os gritos da criança cresciam de intensidade. Não havia dúvidas sobre a direção. Enquanto Sophie e Abdullah corriam para lá, ao longo de um claustro cercado por colunas, Sophie ofegou:

— Não é Morgan... É uma criança mais velha!

Abdullah percebeu que ela estava certa. Ele podia ouvir palavras em meio aos gritos, embora não conseguisse identificar quais eram. E com certeza Morgan, mesmo gritando em sua capacidade máxima, não tinha pulmões grandes o suficiente para fazer esse tipo de barulho. Depois de alcançar uma altura quase insuportável, os gritos se transformaram em soluços ásperos. Estes baixaram a um berreiro constante e impertinente, e no momento em que o som se tornou verdadeiramente intolerável, a criança aumentou o volume outra vez em gritos histéricos.

Sophie e Abdullah seguiram o ruído até o fim do claustro e saíram num saguão imenso e enevoado. Ali eles pararam prudentemente atrás de uma coluna e Sophie disse:

— Nossa sala principal. Eles devem tê-la enchido como um balão de gás!

Era um saguão muito grande. A criança aos berros encontrava-se no meio dele. Era uma menina de cerca de quatro anos, com cachos claros, vestindo uma camisola branca. Seu rosto estava vermelho, a boca era um quadrado escuro, e ela alternadamente se atirava no piso de pedra verde e se levantava a fim de se jogar no chão outra vez. Se algum dia houve uma criança que sabia fazer birra, era essa. Os ecos no saguão imenso gritavam com ela.

— É a princesa Valeria — murmurou Sophie para Abdullah. — Foi o que imaginei.

Pairando sobre a princesa uivante estava a enorme forma de Hasruel. Outro djim, muito menor e mais pálido, andava de um lado para o outro atrás dele:

— Faça alguma coisa! — gritou o djim menor. Somente o fato de que ele tinha uma voz de trombetas de prata o fazia audível. — Ela está me levando à loucura!

Hasruel baixou sua cara imensa até o rosto de Valeria.

— Princesinha — arrulhou com a voz retumbante —, pare de chorar. Ninguém vai machucar você.

A resposta da princesa Valeria foi primeiro se levantar e berrar no rosto de Hasruel, e então se jogar no chão e rolar e chutar.

— Bué-bué-bué! — vociferou ela. — Eu quero a minha *casa*! Quero o meu *pai*! Quero a minha *babá*! Quero meu *tio Justin*! Bueeeé!

— Princesinha! — sussurrou Hasruel desesperadamente.

— Não fique aí arrulhando para ela! — trombeteou o outro djim, que obviamente era Dalzel. — Faça alguma mágica! Doces sonhos, um feitiço de silêncio, mil ursinhos, uma tonelada de caramelos! *Qualquer coisa!*

Hasruel voltou-se para o irmão. Suas asas abertas insuflaram fortes ventos que agitaram o cabelo de Valeria e fizeram esvoaçar sua camisola. Sophie e Abdullah tiveram de agarrar-se à coluna ou a força do vento os teria atirado para trás.

Mas não fez a menor diferença para o acesso de fúria da princesa Valeria. Ou fez com que ela gritasse com mais força.

— Eu já tentei tudo isso, meu irmão! — trovejou Hasruel.

A princesa Valeria agora emitia berros seguidos de "MÃE! MÃE! ELES ESTÃO SENDO HORRENDOS COMIGO!". Hasruel teve de levantar a voz a um perfeito trovão.

— Você não sabe — trovejou ele — que praticamente não existe mágica que detenha uma criança com esse tipo de temperamento?

Dalzel tapou com as mãos pálidas as orelhas — orelhas pontudas com aparência de cogumelos.

— Ora, eu não posso suportar isso! — gritou ele, esganiçado. — Ponha-a para dormir por cem anos!

Hasruel assentiu. Ele se voltou para a princesa Valeria enquanto ela gritava e se debatia no chão, e abriu a imensa mão sobre ela.

— Ó, meu Deus! *Faça* alguma coisa! — disse Sophie a Abdullah.

Como Abdullah não tinha a menor ideia do que fazer, e como achava que *qualquer coisa* que interrompesse esse barulho horrível era uma boa ideia, nada fez além de afastar-se vagarosa e hesitantemente da coluna. E, por sorte, antes que a mágica de Hasruel tivesse algum efeito visível sobre a princesa Valeria, um amontoado de outras pessoas chegou. Uma voz alta, um tanto áspera, cortou o alarido.

— *Que barulho todo é esse?*

Ambos os djins deram um passo para trás. Os recém-chegados eram mulheres e todas pareciam extremamente aborrecidas, mas, quando se diz isso, a impressão que se tem é que eram as duas únicas coisas que elas tinham em comum. Elas se posicionavam em fila, umas trinta delas, fitando acusadoramente os dois djins, e eram altas, baixas, robustas, magricelas, jovens e velhas, e de todas as cores que a espécie humana produz. Os olhos de Abdullah percorreram a fila, perplexos. Essas deviam ser as princesas sequestradas. Esse era o terceiro ponto que tinham em comum. Iam de uma minúscula e frágil princesa amarela, a mais próxima dele, a uma princesa idosa e encurvada à meia distância. E usavam todos os tipos possíveis de roupa, de um vestido de baile a trajes simples e rústicos.

A que havia falado era uma princesa de altura mediana e constituição sólida, ligeiramente na frente das outras. Usava roupas de montaria. Seu rosto, além de bronzeado e um pouco marcado pelas atividades ao ar livre, era franco e sensato. Ela olhou para os dois djins com absoluto desprezo.

— Que coisa mais ridícula! — exclamou. — Duas criaturas grandes e poderosas como vocês, e não conseguem fazer uma criança parar de chorar! — Ela foi até Valeria e deu-lhe um súbito tapa no agitado traseiro. — Cale a boca!

Funcionou. Valeria nunca tinha levado um tapa antes. Ela rolou de lado e se sentou, como se tivesse levado um tiro. Olhou para a princesa objetiva com os olhos atônitos e inchados.

— Você me *bateu*!

— E vou bater de novo se você pedir — disse a princesa objetiva.

— Eu vou gritar — disse Valeria. Sua boca tornou a ficar quadrada. Ela sorveu o ar com força.

— Não vai não — disse a princesa objetiva. Ela então pegou Valeria no colo e passou-a energicamente para os braços das duas princesas atrás dela, que, com várias outras, se juntaram em torno de Valeria, emitindo ruídos tranquilizadores. Do meio da turba, Valeria recomeçou a gritar, mas de uma forma não muito convencida. A princesa objetiva pôs as mãos nos quadris e virou-se, desdenhosa, para os djins.

— Veem? — disse ela. — Basta um pouco de firmeza e de carinho... mas não se pode esperar que nenhum de vocês entenda *isso*!

Dalzel deu um passo na direção dela. Agora que não estava tão aflito, Abdullah viu com surpresa que ele era bonito. Afora as orelhas fungoides e os pés com garras, ele poderia ser um homem alto e angelical. Cachos dourados cresciam em sua cabeça, e suas asas, embora pequenas e de aparência atrofiada, também eram douradas. Sua boca muito vermelha abriu-se num doce sorriso. No conjunto, ele tinha uma beleza sobrenatural que combinava com o estranho reino de nuvens em que vivia.

— Por favor, leve a menina daqui — disse ele — e a conforte, ó princesa Beatriz, a mais excelente entre as minhas esposas.

A direta princesa Beatriz gesticulava para que as outras levassem Valeria dali, mas virou-se bruscamente com estas palavras.

— Eu já lhe disse, meu rapaz — afirmou ela —, que nenhuma de nós é sua esposa. Você pode nos chamar assim até cansar, mas não vai fazer a menor diferença. Nós não somos suas esposas e nunca seremos!

— Exatamente! — disse a maioria das outras princesas, num coro firme porém imperfeito. Todas, com exceção de uma, fizeram meia-volta e se afastaram, levando uma soluçante princesa Valeria com elas.

O rosto de Sophie iluminou-se com um sorriso encantado. Ela sussurrou:

— Parece que as princesas estão se saindo bem!

Abdullah não pôde lhe dar atenção. A princesa que ficara era Flor da Noite. Ela estava, como sempre, duas vezes mais bonita do que ele se lembrava, parecendo muito doce e séria, com os grandes olhos escuros fixados com gravidade em Dalzel. Ela se curvou educadamente. Os sentidos de Abdullah exultaram à visão dela. As colunas enevoadas em torno dele pareceram oscilar, sumindo e reaparecendo. Seu coração palpitava de alegria. Ela estava salva! Ela estava aqui! Estava falando com Dalzel.

— Perdoe-me, grande djim, se fico para lhe fazer uma pergunta — disse ela, e sua voz, ainda mais do que Abdullah a recordava, era melodiosa e alegre como uma fonte de água fresca.

Para ultraje de Abdullah, Dalzel reagiu com o que parecia horror.

— Ah, *você* de novo, não! — trombeteou ele, ao que Hasruel, parado feito uma sombria coluna no fundo, cruzou os braços e sorriu maliciosamente.

— Sim, sou eu, implacável ladrão das filhas dos sultões — disse Flor da Noite, com a cabeça educadamente abaixada. — Eu estou aqui apenas para perguntar o que fez a criança começar a chorar.

— E como *eu* poderia saber? — perguntou Dalzel. — Você está sempre me fazendo perguntas a que não sei responder! Por que está perguntando isso?

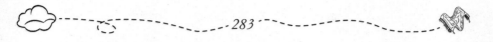

— Porque — respondeu Flor da Noite —, ó ladrão das descendentes dos soberanos, a forma mais fácil de acalmar a criança é lidar com a causa de seu mau gênio. Isso eu sei pela minha própria infância, pois eu mesma era muito dada a birras.

Certamente que não!, pensou Abdullah. Ela está mentindo por algum motivo. Alguém com a natureza tão doce quanto a dela jamais poderia ter gritado por coisa nenhuma! No entanto, como ele estava perplexo ao ver, Dalzel não tinha a menor dificuldade em acreditar nela.

— Eu *aposto* que sim! — disse Dalzel.

— Então, qual foi a causa, usurpador dos bravos? — insistiu Flor da Noite. — Será porque ela quis voltar para seu próprio palácio, ou sua boneca preferida, ou simplesmente estava assustada com a sua cara, ou...?

— Eu não vou mandá-la de volta, se é isso que você está pretendendo — interrompeu-a Dalzel. — Ela agora é uma das minhas esposas.

— Então eu lhe suplico que descubra o que a fez começar a gritar, captor dos justos — disse Flor da Noite com cortesia —, pois, sem esse conhecimento, nem trinta princesas serão capazes de silenciá-la. — De fato, a voz da princesa Valeria elevava-se novamente à distância... bué, bué, BUÉ... enquanto Flor da Noite falava. — Eu falo pela experiência — observou ela. — Certa vez gritei noite e dia, durante uma semana inteira, até perder a voz, porque meus sapatos favoritos não me serviam mais.

Abdullah pôde ver que Flor da Noite estava falando a verdade absoluta. Ele tentou acreditar, mas, por mais que se esforçasse, simplesmente não conseguia imaginar sua adorável Flor da Noite deitada no chão, esperneando e gritando.

Mais uma vez, Dalzel não teve a menor dificuldade. Ele estremeceu e voltou-se, zangado, para Hasruel.

— Pense, não consegue? Foi você que a trouxe. Deve ter percebido o que a fez começar.

A enorme cara marrom de Hasruel enrugou-se, impotente.

— Meu irmão, eu a trouxe pela cozinha, pois ela estava quieta e pálida de medo e eu pensei que talvez uma guloseima a alegrasse. No entanto, ela jogou as guloseimas para o cachorro do cozinheiro e se manteve calada. Seu choro só começou, como você sabe, depois que a juntei às outras princesas, e os gritos, quando você mandou trazê-la...

Flor da Noite ergueu um dedo.

— Ah! — exclamou.

Ambos os djins se voltaram para ela.

— Já entendi — disse ela. — Deve ser o cachorro do cozinheiro. Com as crianças, quase sempre tem um animal envolvido. Ela está acostumada a ter tudo que quer, e ela quer o cachorro. Instrua o cozinheiro, rei dos sequestradores, a trazer o animal para nossos aposentos e o barulho irá cessar, isso eu lhe garanto.

— Muito bem — disse Dalzel. — *Faça* isso! — trovejou ele para Hasruel.

Flor da Noite fez uma mesura.

— Obrigada — disse ela, virou-se e se afastou graciosamente.

Sophie sacudiu o braço de Abdullah.

— Vamos segui-la.

Abdullah não se moveu nem respondeu. Ele ficou olhando Flor da Noite ir embora, mal acreditando que a estava de fato vendo, e igualmente incapaz de acreditar que Dalzel não tivesse caído aos pés dela para adorá-la. Ele teve de admitir que isso era um alívio, mas ainda assim...!

— Ela é a sua, não é? — disse Sophie depois de dar uma olhada no rosto dele. Abdullah assentiu, embevecido. — Então você tem bom gosto — disse Sophie. — Agora vamos, antes que eles nos vejam!

Eles se afastaram por trás das colunas na direção que Flor da Noite tomara, mantendo um olhar de cautela no enorme saguão à medida que seguiam. À distância, Dalzel, rabugento, se acomodava no imenso trono no topo de um lance de degraus. Quando Hasruel retornou de onde quer que ficasse a cozinha, Dalzel fez sinal para que se ajoelhasse diante do trono. Nenhum dos dois olhou para eles. Sophie e Abdullah andaram pé ante pé até um arco onde uma cortina ainda balançava depois que Flor da Noite a tinha erguido para passar. Eles puxaram a cortina de lado e seguiram.

Havia uma grande e bem iluminada sala adiante, desordenadamente cheia de princesas. No meio delas, a princesa Valeria soluçava:

— Eu quero ir para casa agora!

— Psiu, querida. Logo logo você vai — respondeu alguém.

A voz da princesa Beatriz disse:

— Você chorou lindamente, Valeria. Estamos todas orgulhosas de você. Mas agora pare de chorar, como uma boa menina.

— Não posso! — soluçou Valeria. — Eu me acostumei.

Sophie corria o olhar pela sala, sua indignação cada vez maior.

— Este é o nosso armário de *vassouras*! — disse ela. — Francamente!

Abdullah não podia lhe dar atenção porque Flor da Noite estava bem perto, chamando baixinho:

— Beatriz!

A princesa Beatriz ouviu e destacou-se do grupo.

— Não me diga — disse ela. — Você conseguiu. Ótimo. Aqueles djins não sabem o que os atinge quando você quer alguma coisa deles, Flor. Então está tudo correndo perfeitamente. Se aquele homem concordar...

Nesse momento ela avistou Sophie e Abdullah.

— De onde vocês dois surgiram? — perguntou ela.

Flor da Noite girou o corpo. Por um momento, quando viu Abdullah, em seu rosto transpareceu tudo que ele poderia querer: reconhecimento, regozijo, amor e orgulho. *Eu sabia que você viria me resgatar!*, diziam seus grandes olhos escuros. Então, para mágoa e perplexidade dele, tudo desapareceu. Seu rosto tornou-se afável e cortês. E ela se curvou educadamente.

— Este é o príncipe Abdullah de Zanzib — disse ela —, mas não conheço a senhora.

O comportamento de Flor da Noite tirou Abdullah de seu atordoamento. Ela deve estar com ciúme de Sophie, pensou ele, também fazendo uma mesura e apressando-se a explicar.

— Esta senhora, ó pérolas no diadema de muitos reis, é a esposa do Mago Real Howl e veio aqui à procura do filho.

A princesa Beatriz voltou para Sophie seu rosto vivo.

— Ah, ele é o seu bebê! — exclamou ela. — Howl está com você, por acaso?

— Não — disse Sophie, infeliz. — Eu esperava que ele estivesse aqui.

— Nem o menor sinal dele, receio — disse a princesa Beatriz. — Uma pena. Ele seria útil, mesmo tendo ajudado a conquistar meu país. Mas nós estamos com o seu bebê. Venha por aqui.

A princesa Beatriz guiou-a até o fundo da sala, passando pelo grupo de princesas que tentavam consolar Valeria. Como Flor da Noite foi com ela, Abdullah as seguiu. Para sua crescente aflição, Flor da Noite agora mal o olhava, apenas inclinava a cabeça educadamente a cada princesa por que passavam.

— A princesa de Alberia — disse, formalmente. — A princesa de Farqtan. A herdeira de Thayack. Esta é a princesa do Peiquistão e, ao lado dela, a princesa de Inhico. Além dela, você vê a donzela de Dorimynde.

Então, se não era ciúme, *o que era?*, perguntava-se Abdullah, infeliz.

No fundo da sala havia um banco largo com almofadas sobre ele.

— Minha prateleira de miscelâneas! — grunhiu Sophie.

Havia três princesas sentadas no banco: a princesa idosa que Abdullah avistara antes, uma princesa pesadona embrulhada num casaco e a diminuta princesa asiática empoleirada entre ambas. Os braços da diminuta princesa, que mais pareciam ramos, estavam enroscados em torno do corpinho rosado e gorducho de Morgan.

— Ela é a suma princesa de Tsapfan — disse Flor da Noite formalmente. — À direita dela está a princesa da Alta Norlanda. À esquerda, a *jharine* de Jham.

A diminuta suma princesa de Tsapfan parecia uma criança com uma boneca grande demais para ela, mas, com perícia e experiência, dava de mamar a Morgan numa grande mamadeira.

— Ele está bem — disse a princesa Beatriz. — E foi ótimo para ela, cujo desânimo passou. Ela diz que já teve catorze bebês.

A diminuta princesa olhou para cima com um sorriso tímido.

— Meninos, todos — disse ela, numa voz pequenina, ceceando.

Os dedinhos dos pés e as mãos de Morgan se abriam e fechavam. Ele era o retrato de um bebê satisfeito. Sophie os olhou fixamente por um momento.

— Onde ela conseguiu essa mamadeira? — perguntou, como se temesse que estivesse envenenada.

A diminuta princesa tornou a olhar para cima. Ela sorriu e apontou um dedo minúsculo.

— Não fala nossa língua muito bem — explicou a princesa Beatriz. — Mas aquele gênio pareceu entendê-la.

O dedinho da princesa apontava o chão perto do banco, onde, debaixo de seus pés pendentes, estava uma familiar lâmpada malva-azulada. Abdullah correu para ela. A pesada *jharine* de Jham mergulhou naquela direção ao mesmo tempo, com a mão inesperadamente grande e forte.

— Parem! — gemeu o gênio do interior enquanto os

dois lutavam por ele. — Eu *não* vou sair! Aqueles djins vão me matar dessa vez, com toda a certeza!

Abdullah segurou a garrafa com ambas as mãos e puxou. O movimento brusco fez o casaco que a envolvia cair longe da *jharine*. Abdullah viu-se fitando grandes olhos azuis num rosto marcado por linhas sob uma cabeleira grisalha. O rosto enrugou-se inocentemente quando o velho soldado lhe ofereceu um sorriso tímido e soltou a lâmpada do gênio.

— Você! — exclamou Abdullah, com desgosto.

— Um leal súdito meu — explicou a princesa Beatriz. — Veio me resgatar. Uma situação bastante canhestra, de fato. Tivemos de disfarçá-lo.

Sophie empurrou Abdullah e a princesa Beatriz de lado.

— Deixem-me falar com ele — disse ela.

CAPÍTULO DEZENOVE
No qual um soldado, um cozinheiro e um mercador de tapetes, todos dão seu preço

Houve alguns momentos de tanto barulho que os gritos da princesa Valeria foram completamente abafados. A maior parte vindo de Sophie, que começou com palavras suaves como "ladrão" e "mentiroso" e num crescendo chegou aos berros a acusações de crimes dos quais Abdullah nunca ouvira falar, e talvez nem mesmo o soldado jamais pensara em cometer. Ao ouvir, ocorreu a Abdullah que o ruído de polia no metal que Sophie costumava fazer como Meia-Noite era na verdade mais agradável do que o barulho que ela estava fazendo agora. Mas parte do ruído era proveniente do soldado, que, com um joelho erguido e ambas as mãos diante do rosto, berrava cada vez mais alto:

— Meia-Noite... quer dizer, senhora! Deixe-me *explicar*, Meia-Noite... hã... senhora!

A isso, a princesa Beatriz ficava dizendo em tom áspero:

— Não, deixe que *eu* explico!

E várias princesas se juntaram ao alarido, gritando:

— Por favor, fiquem quietos ou os djins vão ouvir!

Abdullah tentou deter Sophie, sacudindo, suplicante, o braço dela. Mas provavelmente nada a teria detido se Morgan não tivesse tirado a boca da mamadeira, olhado ao redor, perturbado, e começado a chorar. Sophie calou a boca de súbito e tornou a abri-la para dizer:

— Então, está bem. Explique-se.

No relativo silêncio, a diminuta princesa acalmou Morgan e ele voltou à mamadeira.

— Eu não tinha a intenção de trazer o bebê — disse o soldado.

— *O quê?* — perguntou Sophie. — Você ia abandonar o meu...

— Não, não — disse o soldado. — Eu disse ao gênio que o pusesse num lugar onde alguém cuidasse dele e me levasse até onde estava a princesa de Ingary. Não vou negar que estava atrás da recompensa. — Ele apelou para Abdullah. — Mas você sabe como esse gênio é, não sabe? A próxima coisa de que tive consciência foi que estávamos ambos aqui.

Abdullah ergueu a lâmpada do gênio e olhou para ela.

— Ele obteve o que pediu — disse o gênio, rabugento, lá de dentro.

— E o bebê estava berrando sem parar — contou a princesa Beatriz. — Dalzel enviou Hasruel para descobrir que barulho era aquele, e tudo que me ocorreu dizer foi que a princesa Valeria estava fazendo birra. Então, naturalmente, tivemos de fazer Valeria gritar. Foi aí que Flor começou a fazer planos.

Ela se virou para Flor da Noite, que, perebia-se, estava pensando em outra coisa — que nada tinha a ver com Abdullah, observou ele, desolado. Ela olhava para o outro lado da sala.

— Beatriz, acho que o cozinheiro está aqui com o cachorro — disse ela.

— Ah, ótimo! — disse a princesa Beatriz. — Venham, todos vocês. — Ela se dirigiu com passos largos para o centro da sala.

Um homem com um chapéu alto de *chef* encontrava-se ali de pé. Era um sujeito enrugado e grisalho, com um único olho. Seu cão encostava-se às suas pernas, rosnando para qualquer princesa que se aproximasse. Essa atitude provavelmente também expressava a forma como o cozinheiro se sentia. Ele parecia desconfiado de tudo.

— Jamal! — gritou Abdullah. Depois disso, ele ergueu a lâmpada do gênio e voltou a olhar para ela.

— Bem, esse era mesmo o palácio mais perto além do de Zanzib — protestou o gênio.

Abdullah estava tão contente em ver o velho amigo em segurança que não discutiu com o gênio. Passou apressadamente por dez princesas, esquecido de todo das boas maneiras, e agarrou Jamal pela mão.

— Meu amigo!

O único olho de Jamal arregalou-se. Uma lágrima jorrou quando ele apertou com força a mão de Abdullah em resposta.

— Você está a salvo! — disse o cozinheiro. O cão de Jamal equilibrou-se nas patas traseiras e plantou as dianteiras na barriga de Abdullah, ofegando afetuosamente. Um familiar hálito de lula encheu o ar.

E Valeria imediatamente recomeçou a gritar.

— Eu não quero esse cachorro! Ele FEDE!

— Psiu! — disseram pelo menos seis princesas. — Finja, querida. Precisamos da ajuda do homem.

— EU... NÃO... QUERO...! — gritou a princesa Valeria.

Sophie afastou-se de onde estava inclinada sobre a diminuta princesa e marchou em direção a Valeria.

— Pare com isso, Valeria — disse ela. — Você se lembra de mim, não é?

Estava óbvio que Valeria se lembrava. Ela correu para Sophie e envolveu com seus braços as pernas dela, explodindo em lágrimas dessa vez mais genuínas.

— Sophie, Sophie, Sophie! Me leve para *casa*!

Sophie sentou-se no chão e a abraçou.

— Pronto, pronto. Sim, nós a levaremos para casa. Só precisamos preparar tudo antes. É muito estranho — observou ela para as princesas que a rodeavam. — Eu me sinto bastante experiente com Valeria, mas morro de medo de deixar Morgan cair.

— Você vai aprender — disse a princesa idosa da Alta Norlanda, sentando-se rigidamente no chão ao lado dela. — Dizem que todas aprendem.

Flor da Noite adiantou-se até o centro da sala.

— Minhas amigas e os três gentis cavalheiros — disse ela —, precisamos agora unir nossas cabeças para discutir a difícil situação na qual nos encontramos e traçar planos para nossa breve libertação. Primeiro, porém, seria prudente lançar um feitiço de silêncio naquela entrada. Assim nossos sequestradores não poderão nos ouvir. — Seus olhos, de maneira muito séria e neutra, dirigiram-se à lâmpada do gênio na mão de Abdullah.

— Não! — disse o gênio. — Tentem me obrigar a fazer qualquer coisa e vocês todos virarão sapos!

— Deixem comigo — disse Sophie. Ela se levantou, com Valeria ainda agarrada às suas saias, e seguiu até a porta, onde segurou a cortina que ali havia. — Bem, você não é do tipo de tecido que deixa o som passar, não é? — perguntou ela à cortina. — Sugiro que tenha uma conversinha com as paredes e deixe isso bem explicado. Diga-lhes que ninguém vai conseguir ouvir uma só palavra do que dizemos dentro desta sala.

Um murmúrio de alívio e aprovação veio da maior parte das princesas. Flor da Noite, porém, pronunciou-se:

— Peço perdão por ser crítica, hábil feiticeira, mas acho que os djins deveriam ouvir *alguma coisa*; caso contrário ficarão desconfiados.

A diminuta princesa de Tsapfan aproximou-se com Morgan parecendo imenso em seus braços. Com cuidado, ela passou o bebê para Sophie. Esta pareceu aterrorizada e segurou Morgan como se ele fosse uma bomba prestes a explodir. Isso pareceu desagradá-lo e ele agitou os braços. Enquanto a diminuta princesa punha ambas as mãos na cortina, várias expressões de total aversão se seguiram no rosto dele.

— BURP! — ele deixou escapar.

Sophie deu um salto sem deixar Morgan cair.

— Céus! — exclamou ela. — Eu não tinha a menor ideia de que eles faziam isso!

Valeria riu com vontade.

— Meu irmão faz... o tempo todo.

A diminuta princesa fez gestos para mostrar que havia cuidado da observação de Flor da Noite. Todos ouviram com atenção. À distância, em algum lugar, podiam ouvir o agradável zumbido de princesas tagarelando. Havia até um ou outro grito que parecia vir de Valeria.

— Perfeito — disse Flor da Noite. Ela sorriu calorosamente para a diminuta princesa e Abdullah desejou que ela sorrisse assim para ele. — Agora, se todos se sentarem, poderemos traçar alguns planos de fuga.

Todos obedeceram à sua própria maneira. Jamal agachou-se com o cão nos braços, parecendo desconfiado. Sophie sentou-se no chão segurando Morgan desajeitadamente e tendo Valeria recostada nela. Valeria agora estava bem feliz.

Abdullah sentou-se de pernas cruzadas ao lado de Jamal. O soldado veio e sentou-se a cerca de dois lugares dele, e então Abdullah segurou com mais força a lâmpada do gênio e apertou o tapete sobre o ombro com a outra mão.

— Essa garota, Flor da Noite, é uma verdadeira maravilha — observou a princesa Beatriz sentando-se entre Abdullah e o soldado. — Ela chegou aqui sem saber nada, só o que tinha lido nos livros. E aprende o tempo todo. Levou dois dias para compreender a natureza de Dalzel... o infeliz djim morre de medo dela agora. Antes de ela chegar, tudo que eu havia conseguido fora deixar óbvio para a criatura que nós não íamos ser suas esposas. Mas Flor da Noite pensa grande. Decidiu fugir desde o início. Vem tramando o tempo todo para trazer o cozinheiro para o nosso lado. Agora conseguiu. Olhe para ela! Parece pronta para governar um império, não é?

Abdullah assentiu tristemente e observou Flor da Noite de pé, esperando que todos se acomodassem. Ela ainda estava vestida com as roupas diáfanas que usava quando Hasruel a sequestrou no jardim noturno. E ainda estava elegante, graciosa e linda, apesar de as roupas agora estarem amassadas e um pouco esfarrapadas. Abdullah não tinha a menor dúvida de que cada vinco, cada rasgão e cada fio puxado significavam algo novo que Flor da Noite havia aprendido. Pronta para governar um império de fato!, pensou ele. Comparando Flor da Noite com Sophie, que o havia desagradado por ser tão determinada, sabia que Flor da Noite tinha duas vezes a determinação de Sophie. E, até onde dizia respeito a Abdullah, isso só a tornava mais extraordinária. O que o deixava infeliz era a maneira como ela cuidadosa e educadamente o evitava. E ele queria saber *por quê*.

— O problema que enfrentamos — ia dizendo Flor da Noite, quando Abdullah começou a prestar atenção — é estarmos num lugar onde de nada adianta simplesmente sair. Se pudéssemos deixar furtivamente o castelo sem que os djins percebessem, ou sem que os anjos de Hasruel nos impedissem, iríamos apenas despencar entre as nuvens e estatelar no chão, que fica a uma distância muito grande daqui. Mesmo que possamos superar essas dificuldades de alguma forma... — Nesse ponto os olhos dela se voltaram para a lâmpada nas mãos de Abdullah e, pensativamente, para o tapete sobre o ombro dele, mas não, infelizmente, para o próprio Abdullah. — ... parece que não há nada que impeça Dalzel de enviar o irmão para nos trazer todas de volta. Portanto, a essência de qualquer plano que tracemos tem de ser a derrota de Dalzel. Sabemos que seu maior poder vem do fato de ele ter roubado a vida do irmão, Hasruel, de modo que este tem de obedecer ou morrer. Então, para escapar, precisamos encontrar a vida de Hasruel e devolvê-la a ele. Nobres senhoras, extraordinários cavalheiros e estimado cão, convido-os a apresentar suas ideias nessa questão.

Excelente exposição, ó flor do meu desejo!, pensou Abdullah com tristeza, enquanto Flor da Noite, graciosa, se sentava.

— Mas ainda não sabemos onde pode estar a vida de Hasruel! — gritou a princesa de Farqtan.

— Exatamente — disse a princesa Beatriz. — Só Dalzel sabe isso.

— Mas a criatura abominável está sempre dando pistas — acrescentou a loura princesa vinda de Thayack.

— Para nos deixar ver o quanto ele é esperto! — disse, amarga, a negra princesa de Alberia.

Sophie ergueu a cabeça.

— Que pistas? — perguntou.

Houve um confuso clamor quando pelo menos vinte princesas tentaram responder a Sophie ao mesmo tempo. Abdullah apurava os ouvidos para captar pelo menos uma das pistas, e Flor da Noite começava a se levantar para restaurar a ordem, quando o soldado disse em voz alta:

— Calem a boca, todas vocês!

Isso provocou um completo silêncio. Os olhos de cada uma daquelas princesas se voltaram para ele numa afronta real e paralisante.

O soldado achou isso muito divertido.

— Arrogantes! — disse ele. — Olhem para mim como quiserem, senhoras. Mas, ao fazê-lo, perguntem-se se, em algum momento, concordei em ajudá-las a escapar. Não. Por que deveria? Dalzel nunca me fez nenhum mal.

— Isso — disse a idosa princesa da Alta Norlanda — é porque ele ainda não o descobriu, meu bom homem. Quer esperar e ver o que acontece quando ele descobrir?

— Vou arriscar — disse o soldado. — Por outro lado, eu *posso* ajudar... e avalio que vocês não vão muito longe se eu não o fizer... contanto que uma de vocês possa fazer valer a pena.

Flor da Noite, equilibrada nos joelhos e pronta para se erguer, disse com linda altivez:

— Valer a pena em que sentido, servil mercenário? Todas nós temos pais muito ricos. Vão chover recompensas para você assim que eles nos tiverem de volta. Você quer a garantia de certa quantia de cada uma? Isso pode ser providenciado.

— E eu não diria não — replicou o soldado. — Mas não é a isso que me refiro, minha beldade. Quando comecei essa empreitada, prometeram-me que eu sairia com uma princesa para mim. É isso que eu quero... uma princesa para me casar. Uma de vocês tem de me aceitar. E, se não quiserem, então podem me excluir e eu irei fazer as pazes com Dalzel. Ele pode me empregar para vigiá-las.

Essas palavras provocaram um silêncio mais gelado, afrontado e real do que antes, se é que isso era possível, até que Flor da Noite se recompôs e ficou de pé novamente.

— Minhas amigas — começou ela —, precisamos da ajuda deste homem... ao menos por sua astúcia cruel e vil. O que não queremos é ter uma fera como esta nos vigiando. Portanto, voto que lhe seja permitido escolher uma esposa entre nós. Alguém discorda?

Era evidente que todas as outras princesas discordavam veementemente. Outros olhares gélidos foram lançados ao soldado, que sorriu e disse:

— Se eu for até Dalzel e me oferecer para vigiar vocês, fiquem certas de que *nunca* escaparão. Eu sou capaz de todos os truques. Não é verdade? — perguntou ele a Abdullah.

— É verdade, ardiloso cabo — respondeu Abdullah.

Ouviu-se um leve murmúrio vindo da diminuta princesa.

— Ela diz que já é casada... aqueles catorze filhos, você sabe — disse a princesa idosa, que pareceu compreender o murmúrio.

— Então, que todas que ainda não são casadas, por favor, levantem as mãos — disse Flor da Noite e, com grande determinação, levantou a própria mão.

Hesitante e relutantemente, dois terços das outras princesas também ergueram as mãos. A cabeça do soldado voltou-se lentamente à medida que as olhava, e a expressão no rosto dele fez lembrar a Abdullah a de Sophie quando, como Meia-Noite, estava prestes a se banquetear com o salmão e o creme. O coração de Abdullah quase parou à medida que os olhos azuis do homem passeavam de princesa em princesa. Era óbvio que ele escolheria Flor da Noite. A beleza dela sobressaía como um lírio à luz da lua.

— Você — disse o soldado afinal, e apontou. Para perplexidade e alívio de Abdullah, ele apontava para a princesa Beatriz.

Ela estava igualmente perplexa.

— *Eu?* — perguntou.

— Sim, você — disse o soldado. — Sempre sonhei com uma bela princesa mandona e objetiva como você. O fato de você ser de Estrângia também a torna ideal.

O rosto da princesa Beatriz havia adquirido o tom de uma beterraba. E isso não ajudava em nada sua aparência.

— Mas... mas... — disse ela, e então se recompôs. — Meu bom soldado, informo-lhe que esperam que eu me case com o príncipe Justin de Ingary.

— Então vai ter de dizer a ele que está comprometida — disse o soldado. — Política, não é isso? Parece-me que você vai ficar contente em se livrar dessa situação.

— Bem, eu... — começou a princesa Beatriz. Para surpresa de Abdullah, havia lágrimas nos olhos dela e ela teve de recomeçar. — Você não está falando *sério*! — disse ela. — Eu não sou bonita nem nada dessas coisas.

— Isso me serve perfeitamente — replicou o soldado. — O que eu faria com uma princesinha linda e frágil? Posso ver que você me apoiaria em qualquer esquema que eu tramasse... e aposto que pode cerzir meias também.

— Acredite ou não, eu sei cerzir — disse a princesa Beatriz. — E remendar botas também. Você está falando sério *mesmo*?

— Sim — disse o soldado.

Os dois haviam girado o corpo para ficarem de frente um para o outro e estava evidente que ambos falavam totalmente a sério. E as outras princesas de alguma forma haviam esquecido de ser frias e majestosas. Todas se inclinavam para a frente, observando com um sorriso terno e aprovador. O mesmo sorriso estampava o rosto de Flor da Noite quando ela disse:

— Agora podemos continuar nossa discussão, se ninguém tiver objeções...

— Eu... — disse Jamal. — Eu faço uma objeção.

Todas as princesas gemeram. O rosto de Jamal estava quase tão vermelho quanto o da princesa Beatriz e seu único olho estava revirado... mas o exemplo do soldado lhe dera coragem.

— Adoráveis senhoras — disse ele —, estamos assustados, eu e meu cachorro. Até sermos sequestrados e trazidos para cá a fim de cozinhar para vocês, estávamos em fuga no deserto com os camelos do sultão nos nossos calcanhares. Não queremos ser mandados de volta àquilo. Mas se todas vocês, princesas perfeitas, fugirem daqui, o que faremos? Djins não comem o tipo de comida que sei fazer. Sem desmerecer ninguém, se eu ajudar vocês a fugir, meu cachorro e eu estaremos desempregados. É simples assim.

— Oh, não — disse Flor da Noite, e parecia não saber o que mais dizer.

— Que vergonha. Ele é um ótimo cozinheiro — observou uma princesa rechonchuda num vestido vermelho solto, que provavelmente era a princesa de Inhico.

— Certamente que sim! — disse a idosa princesa da Alta Norlanda. — Estremeço só de lembrar da comida que aqueles djins roubavam para nós até ele chegar. — Ela se voltou para Jamal. — Meu avô teve um cozinheiro de Rashpuht — disse ela — e, até você vir para cá, eu nunca havia provado nada como a lula frita daquele homem! E a sua é ainda melhor. Você nos ajuda a fugir, meu homem, e eu o emprego de imediato, com cachorro e tudo. Mas — acrescentou enquanto um sorriso iluminava o rosto coriáceo de Jamal —, por favor, lembre-se de que meu velho pai reina sobre um principado muito pequeno. Você vai ter casa e comida, mas não posso oferecer um grande salário.

O largo sorriso permaneceu fixo no rosto de Jamal.

— Minha excelente senhora — disse ele —, não é salário o que eu quero, apenas segurança. Por isso vou preparar para a senhora comida de anjos.

— Hum — disse a idosa princesa. — Não sei muito bem o que aqueles anjos comem... mas está decidido então. Vocês dois querem alguma coisa antes de ajudar?

Todos olharam para Sophie.

— Na verdade, não — disse Sophie, um tanto triste. — Já tenho Morgan, e como Howl não parece estar aqui, não há mais nada de que eu precise. Vou ajudá-las de qualquer forma.

Todos olharam então para Abdullah.

Ele ficou de pé e fez uma mesura.

— Ó, luas dos olhos de tantos monarcas — disse ele —, longe de alguém tão indigno quanto eu impor qualquer tipo de condição para a minha ajuda a alguém como vocês. A ajuda oferecida gratuitamente é a melhor, como nos dizem os livros. — Ele tinha chegado a esse ponto de seu discurso magnífico e generoso quando percebeu que aquilo era tudo bobagem. *Havia* algo que queria... na verdade, queria muito. Então rapidamente mudou sua linha de ação. — E gratuitamente será dada minha ajuda — disse ele —, assim como o vento sopra ou a chuva molha as flores. Eu me esforçarei até a morte por suas nobres vidas e imploro em retorno apenas um pequeno obséquio, muito simplesmente concedido...

— Ande logo com isso, rapaz! — disse a princesa da Alta Norlanda. — O que você quer?

— Uma conversa de cinco minutos em particular com Flor da Noite — admitiu Abdullah.

Todos olharam para Flor da Noite. Sua cabeça levantou-se, um tanto perigosamente.

— Vamos, Flor! — disse a princesa Beatriz. — Cinco minutos não vão matá-la!

Flor da Noite parecia convencida de que poderia matá-la, sim. E disse, como uma princesa a caminho da execução:

— Muito bem — e, com um olhar mais gelado do que antes na direção de Abdullah, perguntou: — Agora?

— Quanto antes melhor, pomba do meu desejo — disse ele, curvando-se com firmeza.

Flor da Noite assentiu gelidamente e marchou para a lateral da sala, parecendo de fato uma mártir.

— Aqui — disse ela, enquanto Abdullah a seguia.

Ele tornou a curvar-se, ainda com mais firmeza.

— Eu disse em particular, ó motivo estrelado dos meus suspiros — observou ele.

Irritada, Flor da Noite puxou de lado uma das cortinas que pendia ao lado dela.

— É provável que elas ainda possam ouvir — disse com frieza, acenando para que ele a seguisse.

— Mas não podem ver, princesa da minha paixão — afirmou Abdullah, passando por trás da cortina.

Ele se viu numa minúscula alcova. A voz de Sophie lhe chegava com nitidez.

— Esse é o tijolo solto onde eu costumava esconder dinheiro. Espero que eles tenham *espaço*.

O que quer que o lugar tenha sido antes, agora parecia ser o armário das princesas. Havia um casaco de montaria pendurado atrás de Flor da Noite, que de braços cruzados encarava Abdullah. Capas, jaquetas e um manto que evidentemente era usado debaixo do traje vermelho solto usado pela princesa de Inhico balançavam à volta de Abdullah, que fitava Flor da Noite. Ainda assim, refletiu Abdullah, aqui não era muito menor ou mais entulhado do que sua tenda em Zanzib, que, no entanto, costumava oferecer privacidade suficiente.

— O que você queria dizer? — perguntou com frieza Flor da Noite.

— Perguntar a razão dessa sua frieza! — respondeu, inflamado, Abdullah. — O que foi que eu fiz para que você mal me olhe e mal fale comigo? Não vim aqui expressamente para resgatá-la? Entre todos os namorados frustrados, não fui eu que desafiei todos os perigos a fim de chegar a este castelo? Não passei pelas mais árduas aventuras, permitindo que seu pai me ameaçasse, o soldado me enganasse e o gênio zombasse de mim, só com o intuito de lhe trazer o meu auxílio? O que mais eu tenho de fazer? Ou devo concluir que você se apaixonou por Dalzel?

— *Dalzel!* — exclamou Flor da Noite. — Agora você está me insultando! Você junta insulto à mágoa! Agora vejo que Beatriz estava certa e que você de fato não me ama!

— *Beatriz!* — trovejou Abdullah. — O que *ela* tem a dizer sobre o que eu sinto?

Flor da Noite deixou a cabeça pender um pouco, embora parecesse mais amuada que envergonhada. Fez-se um silêncio absoluto. Na verdade, o silêncio era tão completo que Abdullah percebeu que os sessenta ouvidos das outras trinta princesas... não, 68 ouvidos, caso se contassem Sophie, o soldado, Jamal e o cão, e se presumisse que Morgan estivesse dormindo — seja como for, que todos esses ouvidos estavam naquele momento voltados inteiramente para o que ele e Flor da Noite diziam.

— Conversem entre si! — gritou ele.

O silêncio tornou-se constrangedor. E foi quebrado pela idosa princesa, que disse:

— A coisa mais angustiante de estar aqui acima das nuvens é que não existe o *tempo* para conversarmos sobre ele.

Abdullah esperou até esse comentário ser seguido por um relutante zumbido de outras vozes e voltou-se para Flor da Noite.

— E então? O que foi que a princesa Beatriz disse?

Flor da Noite ergueu a cabeça com altivez.

— Ela disse que retratos de outros homens e belos discursos estavam muito bem, mas que ela não podia deixar de notar que você não fez a menor tentativa de me beijar.

— Mulher impertinente! — exclamou Abdullah. — Quando vi você pela primeira vez, achei que fosse um sonho. Achei que você se dissolveria.

— Mas — disse Flor da Noite —, da segunda vez que me viu, parecia bastante seguro de que eu era real.

— Decerto — replicou Abdullah —, mas então teria sido injusto, porque, caso se lembre, até então você não tinha visto nenhum outro homem vivo, a não ser seu pai e eu.

— Beatriz diz que homens que não fazem nada além de belos discursos dão péssimos maridos.

— *Com os diabos* à princesa Beatriz! — disse Abdullah. — O que *você* acha?

— Eu acho — respondeu Flor da Noite —, *eu* acho que queria saber por que você me achou tão sem atrativos que não valia a pena me beijar.

— *EU NÃO* achei você sem atrativos! — vociferou Abdullah. Então ele se lembrou dos 68 ouvidos além da cortina e acrescentou num sussurro feroz: — Se quer saber, eu... eu nunca tinha beijado uma jovem na minha vida, e você é linda demais para que eu quisesse fazer errado!

Um breve sorriso, anunciado por uma covinha funda, passou pelos lábios de Flor da Noite.

— E quantas jovens já beijou desde então?

— Nenhuma! — grunhiu Abdullah. — Ainda sou um completo amador!

— Eu também — admitiu Flor da Noite. — Mas pelo menos agora sei o bastante para não confundi-lo com uma mulher. Aquilo foi muito estúpido!

Ela deu uma risada gorgolejante. Abdullah deu outra. Logo logo ambos estavam rindo com vontade, até que Abdullah arfou:

— Acho que devemos praticar!

Depois disso, fez-se silêncio por trás da cortina. Esse silêncio se prolongou tanto que todas as princesas esgotaram seu estoque de conversa fiada, exceto a princesa Beatriz, que parecia ter muito para falar ao soldado. Por fim, Sophie gritou:

— Vocês dois já acabaram?

— Certamente — responderam Flor da Noite e Abdullah. — Sim!

— Então vamos traçar alguns planos — disse Sophie.

Planos não eram problema para Abdullah no estado de espírito em que se encontrava. Ele surgiu de trás da cortina segurando a mão de Flor da Noite e, se o castelo tivesse desaparecido naquele momento, ele sabia que poderia ter caminhado nas nuvens, ou no caso de estas não estarem lá, no ar. Assim, ele atravessou o que parecia um piso de mármore muito indigno e simplesmente assumiu o comando.

CAPÍTULO VINTE
No qual a vida de um djim é encontrada e depois desaparece

Dez minutos depois, Abdullah dizia:
— Pronto, pessoas muito eminentes e inteligentes, nossos planos estão traçados. Só falta o gênio...

A fumaça púrpura fluiu da lâmpada e avançou em ondas agitadas pelo piso de mármore.

— Vocês não me usem! — gritou o gênio. — Eu disse sapos e são sapos *mesmo*! Hasruel me colocou nesta lâmpada, vocês não compreendem? Se eu fizer algo contra ele, vai me colocar num lugar ainda pior!

Sophie ergueu a cabeça e franziu a testa ao ver a fumaça.
— Existe mesmo um gênio!

— Mas eu só peço seus poderes de adivinhação para me dizer onde a vida de Hasruel está escondida — explicou Abdullah. — Não estou pedindo que atenda um desejo.

— *Não!* — gemeu a fumaça malva.

Flor da Noite apanhou a lâmpada e a equilibrou em seu joelho. A fumaça descia em lufadas e parecia tentar infiltrar-se nas rachaduras do piso de mármore.

— Parece coerente — disse Flor da Noite — que, como todos os homens a quem pedimos ajuda deram seu preço, então o gênio também tenha o dele. Essa deve ser uma característica masculina. Gênio, se concordar em ajudar Abdullah nessa questão, eu lhe prometo o que a lógica me garante ser a recompensa correta.

De má vontade, a fumaça malva começou a recuar de volta à garrafa.

— Ah, está bem — disse o gênio.

Dois minutos depois, a cortina enfeitiçada na porta do quarto das princesas foi puxada para um lado e todos passaram para o grande saguão, fazendo um alarido para chamar a atenção de Dalzel e arrastando Abdullah entre eles, como um indefeso prisioneiro.

— Dalzel! Dalzel! — clamavam as trinta princesas. — É *assim* que nos protege? Devia ter vergonha de si mesmo!

Dalzel ergueu a cabeça. Estava inclinado sobre a lateral de seu imenso trono jogando xadrez com Hasruel. Ele recuou um pouco diante do que viu e fez sinal ao irmão para que levasse o tabuleiro de xadrez. Felizmente, o grupo de princesas era compacto demais para que ele percebesse Sophie e a *jharine* de Jham em meio a elas, embora seus olhos adoráveis tenham recaído sobre Jamal e se estreitado com o espanto.

— O que foi *agora*? — perguntou ele.

— Um *homem* em nosso quarto! — gritaram as princesas. — Um *homem* medonho, terrível!

— Que homem? — trombeteou Dalzel. — Que homem ousaria?

— *Este aqui!* — gritaram, estridentes, as princesas.

Abdullah foi arrastado para a frente, entre a princesa Beatriz e a princesa de Alberia, muito vergonhosamente vestido em nada mais do que o manto que estivera pendurado atrás da cortina. Este manto era parte essencial do plano. Duas das coisas que estavam ocultas sob ele eram a lâmpada do gênio e o tapete mágico. Abdullah ficou feliz de ter tomado essas precauções quando Dalzel o fuzilou com o olhar. Ele não sabia antes que os olhos de um djim podiam de fato chamejar. Os olhos de Dalzel eram como duas fornalhas azuladas.

O comportamento de Hasruel deixou Abdullah ainda mais constrangido. Um sorriso vil espalhou-se pelas enormes feições de Hasruel e ele disse:

— Ah! Você de novo! — Então cruzou os imensos braços e lançou-lhe um olhar sarcástico.

— Como este sujeito entrou aqui? — indagou Dalzel em sua voz de trombeta.

Antes que qualquer um pudesse responder, Flor da Noite desempenhou seu papel no plano irrompendo dentre as outras princesas e atirando-se graciosamente nos degraus do trono.

— Tenha misericórdia, grande djim! — gritou ela. — Ele só veio me salvar!

Dalzel riu desdenhosamente.

— Então o sujeito é um tolo. Vou jogá-lo direto de volta à Terra.

— Faça isso, grande djim, e eu nunca mais vou deixá-lo em paz! — declarou Flor da Noite.

Ela não estava representando. Falava sério. Dalzel sabia disso. Um calafrio percorreu seu corpo magro e pálido e seus dedos com garras douradas agarraram os braços do trono. Seus olhos, porém, ainda chamejavam de fúria.

— Eu faço o que eu quero! — trombeteou ele.

— Então deseje ser misericordioso! — gritou Flor da Noite. — Dê-lhe pelo menos uma chance!

— Fique quieta, mulher! — berrou Dalzel. — Eu ainda não me decidi. Primeiro quero saber como ele conseguiu entrar aqui.

— Disfarçado como o cachorro do cozinheiro, é óbvio — disse a princesa Beatriz.

— E inteiramente nu quando se transformou em homem! — exclamou a princesa de Alberia.

— Um escândalo! — disse a princesa Beatriz. — Tivemos de cobri-lo com o manto da princesa de Inhico.

— Tragam-no para mais perto — ordenou Dalzel.

A princesa Beatriz e sua assistente puxaram Abdullah na direção dos degraus do trono, ele caminhando com passos miúdos que ele torcia para que os djins atribuíssem ao manto. A razão, de fato, era que a terceira coisa debaixo do manto era o cão de Jamal. Ele estava preso com firmeza entre os joelhos de Abdullah, para o caso de tentar escapar. Essa parte do plano tornava necessário que não houvesse cachorro, e nenhuma das princesas confiava que Dalzel não fosse mandar Hasruel à procura dele e provar que todos estavam mentindo.

Dalzel olhou feroz para Abdullah, e este torceu muito para que Dalzel de fato quase não tivesse poderes próprios. Hasruel havia chamado o irmão de fraco. Mas ocorreu a Abdullah que mesmo um djim fraco era várias vezes mais forte do que um homem.

— Você veio aqui na forma de um cachorro? — trombeteou Dalzel. — Como?

— Por magia, grande djim — disse Abdullah. Ele tinha tencionado dar uma detalhada explicação nesse ponto, mas, debaixo do manto, uma luta oculta se desenrolava. O cão de Jamal veio a odiar djins mais do que odiava a maior parte da raça humana. Ele queria pegar Dalzel. — Eu me disfarcei como o cachorro do seu cozinheiro — começou Abdullah a explicar. Nesse ponto, o cão de Jamal estava tão ávido de ir atrás de Dalzel que Abdullah temia que ele se soltasse. Então foi forçado a apertar os joelhos com mais força. A resposta do cachorro foi um imenso rosnado. — Desculpe-me! — ofegou Abdullah. O suor porejava em sua testa. — Ainda tenho tanto de cachorro em mim que não posso evitar rosnar de vez em quando.

Flor da Noite percebeu que Abdullah estava em apuros e irrompeu em lamentações.

— Ó, mais nobre dos príncipes! Suportar a forma de um cão por minha causa! Poupe-o, nobre djim! Poupe-o!

— Fique quieta, mulher — disse Dalzel. — Onde está aquele cozinheiro? Traga-o aqui para a frente.

Jamal foi arrastado adiante pela princesa de Farqtan e a herdeira de Thayack, torcendo as mãos e encolhendo-se.

— Honrado djim, eu não tive nada a ver com isso, juro! — gemeu Jamal. — Não me machuque! Eu não sabia que ele não era um cachorro de verdade! — Abdullah podia jurar que Jamal estava num estado de verdadeiro terror. Talvez estivesse mesmo, mas ainda assim teve a presença de espírito de afagar a cabeça de Abdullah. — Um bom cão — disse ele. — Bom companheiro. — Depois disso ele se jogou no chão e rastejou pelos degraus do trono à maneira de Zanzib. — Eu sou inocente, grandioso! — choramingou. — Inocente! Não me machuque!

O cão se acalmou com a voz do dono. Seus rosnados cessaram. Abdullah pôde relaxar um pouco os joelhos.

— Também sou inocente, ó colecionador de donzelas reais — disse Abdullah. — Só vim resgatar aquela que eu amo. Você certamente se sentirá indulgente em relação à minha devoção, posto que ama tantas princesas!

Dalzel esfregou o queixo com perplexidade.

— Amar? — perguntou ele. — Não, não posso dizer que amo. Não consigo entender como *uma coisa* pode fazer alguém se colocar em sua posição, mortal.

Hasruel, enorme e escuro acocorado ao lado do trono, sorriu com mais vilania do que nunca.

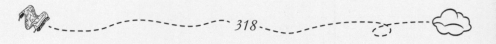

— O que você quer que eu faça com a criatura, irmão? — ribombou ele. — Assá-lo? Extrair-lhe a alma e torná-la parte do piso? Despedaçá-lo...?

— Não, não! Seja misericordioso, grande Dalzel! — gritou Flor da Noite prontamente. — Dê-lhe pelo menos uma chance! Se concordar, nunca mais vou lhe fazer perguntas, me queixar ou fazer um sermão. Serei dócil e educada!

Dalzel agarrou o queixo de novo e pareceu inseguro. Abdullah sentia-se aliviado. Dalzel era de fato um djim fraco — de caráter pelo menos.

— Se eu fosse lhe dar uma chance... — começou ele.

— Se quiser meu conselho, irmão — interveio Hasruel —, não faça isso. É muito astuto, esse daí.

Com isso, Flor da Noite emitiu outro grande gemido e começou a bater no peito. Abdullah gritou em meio ao barulho:

— Deixe-me tentar adivinhar onde escondeu a vida do seu irmão, grande Dalzel. Se eu não conseguir, você me mata, se eu acertar, você me deixa ir em paz.

Isso divertiu Dalzel. Sua boca se abriu, revelando dentes prateados pontiagudos, e sua risada ressoou pelo saguão enevoado como uma fanfarra de trombetas.

— Mas você nunca vai adivinhar, pequeno mortal! — riu ele. E, como as princesas haviam repetidamente assegurado a Abdullah, Dalzel era incapaz de resistir à tentação de dar pistas. — Eu escondi essa vida tão habilmente — disse ele, alegre — que você pode olhar para ela e não a ver. Hasruel não pode vê-la, e ele é um djim. Então, que esperança você tem? Mas acho que, pela diversão, vou lhe dar três chances antes de matá-lo. Comece, pois. Onde foi que escondi a vida do meu irmão?

Abdullah lançou um rápido olhar para Hasruel, perguntando-se se o djim resolveria interferir. Mas Hasruel manteve-se ali abaixado, inescrutável. Até aqui, o plano corria bem. Era do interesse de Hasruel não interferir. Abdullah contava com isso. Ele firmou os joelhos no cão e puxou o manto, enquanto fingia pensar. O que ele estava fazendo de fato era sacudir a lâmpada do gênio.

— Minha primeira tentativa, grande djim... — disse ele e fitou o piso, como se a pedra verde pudesse inspirá-lo. Será que o gênio voltaria atrás em sua palavra? Por um momento assustador e angustiante, Abdullah pensou que o gênio o havia decepcionado, como de hábito, e que ele teria de arriscar adivinhar por conta própria. Então, para seu grande alívio, viu um minúsculo filete de fumaça púrpura rastejar de sob o manto, onde ficou, imóvel e alerta, ao lado do pé descalço de Abdullah. — Minha primeira tentativa é de que você escondeu a vida de Hasruel na Lua — disse Abdullah.

Dalzel riu, encantado.

— Errado! Ele a teria encontrado lá! Não, é muito mais óbvio do que isso, e muito *menos* óbvio. Pense no jogo do anel, mortal!

Isso indicou a Abdullah que a vida de Hasruel estava aqui no castelo, como a maioria das princesas acreditava. Ele fingiu que se esforçava para pensar.

— Minha segunda tentativa é que você a deu a um dos servos-anjos para guardar — disse ele.

— Errado outra vez! — disse Dalzel, divertindo-se mais do que nunca. — Os anjos a teriam devolvido imediatamente. É *muito* mais esperto do que isso, pequeno mortal. Você nunca vai adivinhar. É impressionante como ninguém consegue ver o que está embaixo de seu nariz!

Com isso, num arroubo de inspiração, Abdullah teve certeza de que sabia onde a vida de Hasruel estava de fato. Flor da Noite o amava. Ele ainda estava andando nas nuvens. Sua mente estava inspirada e ele sabia. Mas sentia um medo mortal de errar. Quando dali a pouco chegasse a hora de tomar nas suas mãos a vida de Hasruel, ele sabia que teria de ir direto a ela, pois Dalzel não lhe daria uma segunda chance. Era por isso que precisava que o gênio confirmasse seu palpite. O filete de fumaça ainda estava lá, quase invisível, e, se Abdullah tinha adivinhado, o gênio certamente saberia também.

— Hã... — murmurou Abdullah. — Hum...

O filete de fumaça insinuou-se silenciosamente de volta ao manto e enfunou-se lá embaixo, onde deve ter feito cócegas no nariz do cão de Jamal. O animal espirrou.

— Atchim! — gritou Abdullah, e quase abafou o fio de voz do gênio sussurrando:

— *É no anel no nariz de Hasruel!*

— Atchim! — repetiu Abdullah e fingiu errar seu palpite. Era nesse ponto que seu plano se mostrava nitidamente arriscado. — A vida do seu irmão está num dos seus dentes, grande Dalzel.

— *Errado!* — trombeteou Dalzel. — Hasruel, asse-o!

— Poupe-o! — gemeu Flor da Noite quando Hasruel, todo desgosto e decepção, começou a se levantar.

As princesas estavam prontas para esse momento. Dez mãos reais instantaneamente ergueram a princesa Valeria, passando-a do aglomerado para os degraus do trono.

— *Eu quero o meu cachorrinho!* — anunciou Valeria.

Esse era seu grande momento. Como Sophie havia salientado para a menina, ela havia encontrado trinta novas tias e três novos tios, e todos lhe pediam que gritasse o mais que pudesse. Ninguém antes tinha *desejado* que ela gritasse. Além disso, todas as novas tias lhe prometeram uma caixa de guloseimas se fizesse uma boa pirraça. Trinta caixas. Valia o melhor que ela pudesse fazer. Sua boca formou um quadrado. Ela expandiu o peito. E deu tudo de si.

— *EU QUERO MEU CACHORRINHO! EU NÃO QUERO ABDULLAH! EU QUERO MEU CACHORRO DE VOLTA!* — Ela se jogou nos degraus do trono, caiu sobre Jamal, pôs-se de pé novamente e lançou-se em direção ao trono. Dalzel sem demora ficou de pé no assento do trono a fim de sair do seu caminho. — *ME DÁ MEU CACHORRINHO!* — gritava Valeria.

Naquele exato momento, a diminuta princesa asiática de Tsapfan deu um beliscão em Morgan, no lugar certo. Ele, que dormia em seus braços minúsculos, sonhando que era um gatinho outra vez, acordou com um susto e descobriu que ainda era um bebê indefeso. Sua fúria não conhecia limites. Ele abriu a boca e rugiu. Seus pés pedalavam com raiva. Suas mãos socavam o ar. E seus rugidos eram tão fortes que, fosse aquela uma competição entre ele e Valeria, Morgan provavelmente teria ganhado. Assim, o barulho era indescritível. Os ecos no saguão o captavam, dobravam os gritos e os lançavam de volta ao trono.

— Ecoem para aqueles djins — ia dizendo Sophie em sua maneira mágica e falada. — Não dobrem apenas. *Tripliquem.*

O saguão era um hospício. Ambos os djins cobriam os ouvidos pontudos com as mãos. Dalzel gritava:

— Parem! Parem todos! De onde veio este bebê?

A que Hasruel berrou:

— As mulheres têm bebês, tolo djim! O que você esperava?

— *EU QUERO MEU CACHORRINHO DE VOLTA!* — insistia Valeria, batendo no assento do trono com os punhos.

A voz de trombeta de Dalzel lutava para se fazer ouvir.

— *Dê* a ela um cachorrinho, Hasruel, senão eu mato você!

Nesse estágio dos planos de Abdullah ele havia, confiante, esperado — se não tivesse sido morto até então — que o transformassem num cão. Era para isso que estava preparando o caminho. Isso, ele havia calculado, também libertaria o cachorro de Jamal. Ele tinha contado com a visão não de um cão, mas de dois, saindo em disparada de baixo do manto, para aumentar a confusão. Hasruel, no entanto, estava tão perturbado pelos gritos, e os ecos triplos dos gritos, quanto o irmão. Ele se virou para um lado e para o outro, segurando os ouvidos e gritando de dor, o retrato de um djim que não sabia o que fazer. Por fim, cruzou as grandes asas e transformou-se ele mesmo num cachorro.

Era um cachorro enorme, algo entre um burro e um buldogue, com manchas marrons e cinza, e um anel dourado no focinho. Esse cão imenso pôs as gigantescas patas dianteiras no braço do trono e esticou a língua enorme e babona na direção do rosto de Valeria. Hasruel tentava parecer amistoso. Mas à visão de algo tão grande e tão feio, Valeria, naturalmente, gritou com mais força do que antes. O barulho assustou Morgan, que gritou mais alto também.

Por um momento Abdullah ficou bastante inseguro sobre o que fazer, e então teve certeza de que ninguém o ouviria gritar.

— *Soldado!* — chamou ele. — Segure Hasruel! Alguém segure Dalzel!

Felizmente o soldado estava alerta. E era bom nisso. A *jharine* de Jham desapareceu num farfalhar de roupas velhas e o soldado subiu aos saltos os degraus do trono. Sophie o seguiu correndo, acenando para as princesas. Ela atirou os braços em torno dos joelhos esguios e brancos de Dalzel enquanto o soldado envolvia com os braços vigorosos o pescoço do cachorro. As princesas subiram precipitadamente os degraus atrás deles, onde a maioria se atirou sobre Dalzel também, com o ar de princesas com sede de vingança — todas, exceto a princesa Beatriz, que arrastou Valeria, tirando-a do meio do alvoroço, e deu início à difícil tarefa de fazê-la calar-se. A diminuta princesa de Tsapfan, enquanto isso, sentava-se calmamente no piso de pedra, embalando Morgan de volta ao sono.

Abdullah tentou correr na direção de Hasruel. Mas, assim que ele se moveu, o cão de Jamal aproveitou a oportunidade e fugiu. Ele saiu de sob o manto da princesa e encontrou uma luta em andamento. Ele adorava lutas. E também viu outro cachorro. Se isso fosse possível, ele odiava cães mais ainda do que djins ou a raça humana. Não importava o tamanho do cão. Ele disparou rosnando para o ataque. Enquanto Abdullah ainda tentava se livrar do manto, o cachorro de Jamal saltou para a garganta de Hasruel.

Isso foi demais para o djim, já assediado pelo soldado. Então ele voltou a ser um djim. E fez um gesto enfurecido. O cachorro foi lançado voando e aterrissou de cabeça, com um ganido, no outro lado do saguão. Depois disso, Hasruel tentou se levantar, mas o soldado a essa altura estava em suas costas, impedindo-o de abrir as asas coriáceas. Hasruel tentava se levantar e desvencilhar-se dele.

— Mantenha a cabeça baixa, Hasruel, eu o conjuro! — gritou Abdullah, livrando-se por fim do manto. Ele subiu aos saltos os degraus, usando nada mais do que uma tanga, e agarrou a grande orelha esquerda de Hasruel. Nesse momento, Flor da Noite compreendeu onde estava a vida de Hasruel e, para júbilo de Abdullah, ela saltou e pendurou-se na orelha direita do djim. E ali eles ficaram, sendo erguidos no ar uma vez ou outra, quando Hasruel levava vantagem sobre o soldado, e atirados contra o chão quando o soldado levava vantagem sobre Hasruel, tendo os braços retesados do soldado envolvendo o pescoço do djim ao lado deles e a imensa e horrenda cara de Hasruel entre eles.

Os gritos de trombeta de Dalzel pareceram inspirar Hasruel, que começou a levar a melhor sobre o soldado. Abdullah tentou soltar uma das mãos de modo que pudesse alcançar a argola dourada sob o nariz adunco de Hasruel. Abdullah soltou a mão esquerda. Mas a direita estava suando e escorregando da orelha do djim. Ele tentou se agarrar — desesperadamente — antes de cair.

Ele havia planejado tudo sem o cachorro de Jamal. Depois de ficar caído, tonto, por quase um minuto, o cão se levantou, mais furioso do que nunca e cheio de ódio por djins.

Ele viu Hasruel e reconheceu o inimigo. Atravessou o saguão em disparada, rosnando, os pêlos da nuca eriçados, passando pela diminuta princesa e por Morgan, passando pela princesa Beatriz e por Valeria, em meio às princesas remoinhando em torno do trono, passando pela figura agachada de seu dono, e saltou para a parte do djim mais fácil de alcançar. Abdullah recolheu a mão na hora H.

NHAC!, fizeram os dentes do cão. *Gulp*, fez a garganta do cão. Depois disso, um olhar confuso cruzou a cara do cachorro, que desabou no chão, soluçando nervosamente. Hasruel uivou de dor e pôs-se de pé num salto, com ambas as mãos segurando o nariz. O soldado foi arremessado ao chão. Abdullah e Flor da Noite foram lançados um para cada lado. Abdullah mergulhou na direção do cão que soluçava, mas Jamal chegou a ele primeiro e o ergueu ternamente.

— Pobre cachorrinho, meu pobre cachorrinho! Fique bom logo! — murmurou ele, descendo cuidadosamente os degraus com ele.

Abdullah arrastou com ele o soldado atordoado e os dois se puseram diante de Jamal.

— Parem, todos! — gritou ele. — Dalzel, eu o conjuro a parar! Nós temos a vida de seu irmão!

A luta no trono cessou. Dalzel deteve-se com as asas abertas e os olhos novamente como fornalhas.

— Eu não acredito em você — disse ele. — Onde está?

— Dentro do cachorro — respondeu Abdullah.

— Mas só até amanhã — disse Jamal em tom tranquilizador, pensando apenas em seu cão soluçante. — Ele tem um estômago irritável por comer lula demais. Sinta-se grato...

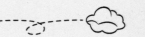

Abdullah lhe deu um chute para fazê-lo calar-se.

— O cachorro comeu o anel no nariz de Hasruel — disse ele.

A consternação no rosto de Dalzel indicou-lhe que o gênio tinha razão. Ele havia acertado.

— Oh! — exclamaram as princesas. Todos os olhos se voltaram para Hasruel, imenso e encurvado, com lágrimas nos olhos abrasadores e as duas mãos no nariz. Sangue de djim, que era transparente e esverdeado, pingava entre os enormes dedos semelhantes a chifres.

— Eu *debia* saber — disse Hasruel, desolado. — *Estaba bem debaixo do beu dariz*.

A idosa princesa da Alta Norlanda desprendeu-se da multidão em torno do trono, procurou na manga e estendeu a mão com um lencinho rendado para Hasruel.

— Tome — disse ela. — Nada de rancor.

Hasruel apanhou o lenço com um reconhecido "Obrigado" e pressionou-o contra a ponta rasgada do seu nariz. O cão não comera muito além da argola. Tendo secado o local com cuidado, Hasruel ajoelhou-se pesadamente e acenou para que Abdullah subisse os degraus até o trono.

— O que você quer que eu faça agora que sou bom outra vez? — perguntou ele, pesaroso.

CAPÍTULO VINTE E UM
No qual o castelo volta a terra

Abdullah não precisou pensar muito na pergunta de Hasruel.

— Você deve exilar seu irmão, poderoso djim, para um lugar do qual ele não mais retorne — disse ele.

Dalzel imediatamente se desfez em lágrimas azuis.

— Não é justo! — lamentou-se ele, batendo o pé no trono. — Todo mundo está sempre contra mim! Você não me ama, Hasruel! Você me enganou! Você nem fez força para se livrar daquelas três pessoas penduradas em você!

Abdullah sabia que Dalzel tinha razão nesse ponto. Conhecendo o poder de um djim, Abdullah tinha certeza de que Hasruel poderia ter arremessado o soldado, sem mencionar ele mesmo e Flor da Noite, para os confins da Terra, se assim desejasse.

— Eu não estava fazendo mal nenhum! — gritou Dalzel. — Tenho o direito de me casar, não tenho?

Enquanto ele gritava e batia os pés, Hasruel murmurou para Abdullah:

— Existe uma ilha errante no oceano ao sul, que só é encontrada uma vez a cada cem anos. Lá tem um palácio e muitas árvores frutíferas. Devo mandar meu irmão para lá?

— E agora você vai me mandar embora! — gritou Dalzel. — Nenhum de vocês se importa que eu vá ficar muito solitário!

— Por falar nisso — murmurou Hasruel para Abdullah —, os parentes da primeira esposa de seu pai fizeram um pacto com os mercenários, que lhes permitiu fugir de Zanzib para escapar da ira do sultão, mas deixaram as duas sobrinhas para trás. O sultão aprisionou as duas infelizes garotas, pois elas eram seus parentes mais próximos que ele pôde encontrar.

— Terrível — disse Abdullah, vendo aonde Hasruel queria chegar. — Quem sabe, poderoso djim, você não possa celebrar seu retorno à bondade mandando trazer as duas donzelas para cá?

A cara hedionda de Hasruel iluminou-se. Ele ergueu a grande mão com garras. Ouviu-se um estrondo de trovão seguido por uns gritinhos de mulher, e as duas sobrinhas gordas surgiram diante do trono. Foi simples assim. Abdullah viu que Hasruel estivera de fato contendo sua força antes. Fitando os grandes olhos oblíquos do djim — que ainda tinha lágrimas nos cantos por causa do ataque do cachorro —, viu que Hasruel sabia que ele sabia.

— *Mais* princesas, não! — disse a princesa Beatriz, ajoelhada ao lado de Valeria, parecendo bastante atormentada.

— Não é o que parece, eu lhe asseguro — disse Abdullah.

As duas sobrinhas não podiam ter a aparência mais distante de princesas. Estavam vestidas com roupas velhas, rosa comum e amarelo dia a dia, rasgadas e manchadas, e o cabelo de ambas tinha perdido o frisado. Elas lançaram um olhar para Dalzel, que sapateava e chorava acima delas no trono, outro olhar para a imensa figura de Hasruel, e então um terceiro para Abdullah, vestido com nada mais que uma tanga, e as duas gritaram. Em seguida, ambas tentaram esconder o rosto no ombro gorducho da outra.

— Pobres garotas — disse a princesa da Alta Norlanda. — Dificilmente esse comportamento seria real.

— Dalzel! — gritou Abdullah para o djim que soluçava. — Belo Dalzel, caçador de princesas, fique quieto por um momento e olhe para o presente que eu lhe dou para levar com você para o exílio.

Dalzel parou no meio de um soluço.

— Presente?

Abdullah apontou.

— Contemple duas noivas, jovens e deleitáveis, urgentemente necessitadas de um noivo.

Dalzel enxugou lágrimas luminosas em seu rosto e examinou as sobrinhas de maneira muito semelhante à que os clientes mais cautelosos de Abdullah costumavam inspecionar seus tapetes.

— Um par à altura! — exclamou ele. — E deliciosamente gordas! Onde está a pegadinha? Por acaso você não tem direito sobre elas?

— Não tem nenhuma pegadinha, resplandecente djim — disse Abdullah. Parecia-lhe que, agora que os outros parentes das garotas as haviam abandonado, ele certamente podia determinar o seu destino. Mas, para estar a salvo de riscos, acrescentou: — Nada impede que você as roube, poderoso Dalzel. — Ele foi até as sobrinhas e deu tapinhas nos braços largos de ambas. — Senhoritas — começou ele —, luas cheias de Zanzib, que me perdoem aquele infeliz voto que me impede para sempre de desfrutar sua amplidão. Levantem a cabeça, porém, e olhem para o marido que lhes consegui em meu lugar.

As cabeças das sobrinhas se ergueram assim que ouviram a palavra *marido*. Elas olharam para Dalzel.

— Ele é tão bonito — disse a de rosa.

— Gosto deles com asas — disse a de amarelo. — É diferente.

— As presas são muito *sexy* — refletiu a de rosa. — E também as garras, desde que ele tenha cuidado com elas nos tapetes.

O sorriso radiante de Dalzel se alargava a cada comentário.

— Vou roubá-las imediatamente — disse ele. — Gosto mais delas que de princesas. Por que não colecionei damas gorduchas em vez de princesas, Hasruel?

Um sorriso afetuoso revelou as presas de Hasruel.

— Foi sua decisão, irmão. — O sorriso desapareceu. — Se estiver pronto, é meu dever mandá-lo para o exílio agora.

— Não me importo tanto agora — disse Dalzel, ainda com os olhos nas duas sobrinhas.

Hasruel tornou a estender a mão, lenta e pesarosamente, e devagar, em três longos ribombos de trovão, Dalzel e as duas sobrinhas desapareceram de vista. Sentiu-se um leve cheiro de mar e ouviu-se um leve barulho de gaivotas. Tanto Morgan quanto Valeria recomeçaram a chorar. Todos suspiraram – o suspiro de Hasruel o mais profundo. Abdullah percebeu com alguma surpresa que ele amava verdadeiramente o irmão. Embora fosse difícil compreender como alguém poderia amar Dalzel, Abdullah não podia culpá-lo. Quem sou eu para criticar?, pensou quando Flor da Noite subiu e passou o braço pelo dele.

Hasruel soltou um suspiro ainda mais profundo e sentou-se no trono — que se ajustava ao seu tamanho muito mais que ao de Dalzel — com as grandes asas pendendo tristemente para os lados.

— Há outra questão — disse ele, tocando com cautela o nariz, que parecia já estar sarando.

— Sim, certamente *há*! — disse Sophie. Ela estivera parada nos degraus do trono, à espera de sua chance de falar. — Quando você roubou nosso castelo animado, fez desaparecer meu marido, Howl. Onde ele está? Eu o quero de volta.

Hasruel ergueu a cabeça com tristeza, mas, antes que pudesse replicar, ouviram-se ruídos de alarme vindos das princesas. Todos que estavam ao pé da escada recuaram, afastando-se do manto da princesa de Inhico, que se abaulava e se avolumava como uma concertina.

— Socorro! — gritou o gênio lá dentro. — Deixe-me sair! Você prometeu!

Flor da Noite cobriu a boca com a mão.

— Oh! Eu me esqueci totalmente! — disse ela e afastou-se de Abdullah em disparada, descendo os degraus. Ela atirou o manto para um lado, em meio a um rolo de fumaça púrpura. — Eu desejo — gritou ela — que você seja libertado de sua lâmpada, gênio, e fique livre para sempre!

Como de hábito, o gênio não perdeu tempo com agradecimentos. A lâmpada explodiu com um ressonante estalo. Em meio aos rolos de fumaça, uma figura decididamente mais sólida se pôs de pé.

Sophie deu um grito diante da visão.

— Ah, abençoada garota! Obrigada, obrigada! — Ela chegou tão rapidamente à fumaça que se dissipava que quase derrubou o homem sólido que estava ali. Ele não pareceu se importar e ergueu Sophie do chão, rodopiando com ela repetidamente. — Ah, por que eu não *me dei conta*? Por que não *percebi*? — Sophie ofegava, cambaleando sobre o vidro quebrado.

— Porque esse era o encantamento — disse Hasruel, abatido. — Se soubessem que ele era o Mago Howl, alguém o teria libertado. Você não poderia saber quem ele era, tampouco ele poderia contar a ninguém.

O Mago Real Howl era mais jovem do que o Mago Suliman, e muito mais elegante. Estava ricamente vestido num traje de cetim malva, contra o qual seu cabelo exibia uma tonalidade um tanto improvável de amarelo. Abdullah fitou os olhos claros no rosto ossudo do mago. Ele tinha visto aqueles olhos numa manhã bem cedo. Devia ter adivinhado. Sentiu-se numa posição totalmente constrangedora. Ele havia usado o gênio e sentia que o conhecia muito bem. Isso significava que também conhecia o mago? Ou não?

Por essa razão, Abdullah não se juntou quando todos, inclusive o soldado, se reuniram em torno do Mago Howl, com exclamações e congratulações. Ele observou a diminuta princesa de Tsapfan andar em silêncio entre a multidão barulhenta e, com gravidade, colocar Morgan nos braços de Howl.

— Obrigado — disse Howl. — Achei que era melhor trazê-lo para cá, onde eu poderia ficar de olho nele — explicou para Sophie. — Desculpe-me se a assustei. — Howl parecia mais acostumado a segurar bebês do que Sophie. Ele embalou Morgan, acalmando-o e olhando para ele. Morgan o fitou de volta, um tanto maligno. — Nossa, como ele é feio! — exclamou Howl. — Tal pai, tal filho.

— *Howl!* — censurou-o Sophie, mas não parecia zangada.

— Um momento — pediu o mago. Ele avançou até os degraus do trono e olhou para Hasruel. — Olhe aqui, djim — disse —, eu tenho uma questão para resolver com você. O que pretendia ao roubar meu castelo e me trancar numa garrafa?

Os olhos de Hasruel se acenderam, ganhando um tom alaranjado de fúria.

— Mago, você imagina que seu poder é igual ao meu?

— Não — disse Howl. — Só quero uma explicação. — Abdullah pegou-se sentindo admiração pelo homem. Sabendo o quanto o gênio fora covarde, ele não tinha dúvidas de que Howl era uma geleia por dentro. Mas não dava o menor sinal disso. Ele ergueu Morgan sobre o ombro de seda malva e encarou Hasruel.

— Muito bem — disse Hasruel. — Meu irmão me ordenou que roubasse o castelo. Eu não tive alternativa. Mas Dalzel não deu nenhuma ordem a seu respeito, a não ser que eu me assegurasse de que você não pudesse roubar o castelo de volta. Fosse você um homem irrepreensível, eu simplesmente o teria transportado para a ilha onde meu irmão se encontra agora. Mas eu sabia que você estivera usando sua magia para conquistar um país vizinho...

— Isso não é justo! — exclamou Howl. — O rei me *ordenou*...! — Por um momento ele pareceu ser exatamente como Dalzel, e deve ter percebido isso. E se interrompeu. Refletiu e então disse, pesaroso: — Suponho que eu pudesse ter redirecionado a mente de Sua Majestade, se isso tivesse me ocorrido. Você está certo. Mas nunca me deixe pegá-lo numa situação em que eu possa colocar *você* numa garrafa, só isso.

— Talvez eu mereça — concordou Hasruel. — E mereço ainda mais por ter me esmerado para que todos os envolvidos tivessem o destino mais conveniente que eu pudesse planejar. — Ele olhou de esguelha para Abdullah. — Não foi?

— De forma muito penosa, grande djim — concordou Abdullah. — TODOS os meus sonhos se realizaram, não só os agradáveis.

Hasruel assentiu.

— E agora — disse ele — preciso deixá-los, assim que tiver executado mais um pequeno ato necessário. — Suas asas se ergueram e as mãos gesticularam. Instantaneamente ele estava em meio a um enxame de formas estranhas e aladas. Elas pairavam acima de sua cabeça e em volta do trono como cavalos-marinhos transparentes, completamente em silêncio, a não ser pelo leve sussurro das asas batendo.

— Os anjos dele — explicou a princesa Beatriz à princesa Valeria.

Hasruel sussurrou para as formas aladas e elas partiram tão rapidamente quanto haviam aparecido só para reaparecer no mesmo enxame, sussurrando em torno da cabeça de Jamal. Este recuou, horrorizado, mas isso de nada serviu. O enxame o seguiu. Uma após outra, as formas aladas foram se empoleirar em diferentes partes do cão de Jamal. À medida que pousava, cada uma delas encolhia e desaparecia entre os pêlos do cachorro, até só restarem duas.

De repente Abdullah deparou com essas duas formas pairando no mesmo nível de seus olhos. Esquivou-se, mas as formas o seguiram. Duas vozes fracas e frias falaram, de uma forma que parecia destinar-se apenas a seus ouvidos.

— Depois de muito pensar — disseram —, chegamos à conclusão de que preferimos esta forma à de sapos. Pensamos na luz da eternidade e portanto lhe agradecemos. — Assim dizendo, as duas formas foram em disparada empoleirar-se no cão de Jamal, onde também se encolheram e desapareceram no pêlo emaranhado de suas orelhas.

Jamal fitava o cão em seus braços.

— Por que estou segurando um cachorro cheio de anjos? — indagou a Hasruel.

— Eles não vão prejudicar você ou sua fera — afirmou Hasruel. — Só vão esperar que a argola dourada reapareça. Amanhã, não foi o que você disse? Você deve estar vendo que estou naturalmente ansioso em não perder de vista a minha vida. Quando meus anjos a encontrarem, vão levá-la para mim, onde quer que eu esteja. — Ele suspirou, fundo o bastante para revolver o cabelo de todos ali. — E eu não sei onde estarei. Terei de encontrar algum lugar para me exilar nas longínquas profundezas. Eu fui perverso. Não posso mais me juntar às fileiras dos Djins do Bem.

— Ora, por favor, grande djim! — disse Flor da Noite. — Ensinaram-me que a bondade é o perdão. Certamente os bons Djins do Bem vão acolhê-lo de volta...

Hasruel sacudiu a imensa cabeça.

— Princesa inteligente, você não entende.

Abdullah percebeu que entendia Hasruel muito bem. Talvez sua compreensão tivesse algo a ver com a maneira como tinha sido pouco cortês com os parentes da primeira esposa de seu pai.

— Silêncio, amor — disse ele. — Hasruel quer dizer que ele gostou de sua perversidade e não se arrepende dela.

— É verdade — concordou Hasruel. — Eu me diverti mais nestes últimos meses do que em muitas centenas de anos antes disso. Dalzel me ensinou isso. Agora preciso partir com receio de que comece a me divertir da mesma forma entre os Djins do Bem. Se ao menos eu soubesse para onde ir...

Uma ideia pareceu ocorrer a Howl. Ele tossiu.

— Por que não ir para outro mundo? — sugeriu ele. — Existem muitas centenas de outros mundos, você sabe.

As asas de Hasruel se levantaram e bateram com entusiasmo, agitando o cabelo e o vestido de todas as princesas no saguão.

— Existem? Onde? Mostre-me como posso chegar a outro mundo.

Howl pôs Morgan nos braços desajeitados de Sophie e subiu aos pulos os degraus do trono. O que ele mostrou a Hasruel foram alguns gestos estranhos e um ou outro movimento de cabeça. Hasruel pareceu entender perfeitamente. E assentiu de volta. Então ergueu-se do trono e simplesmente se afastou andando e, sem mais palavra, atravessou o saguão e a parede como se fossem apenas névoa. O imenso saguão de repente pareceu vazio.

— Bons ventos o levem! — disse Howl.

— Você o mandou para o *seu* mundo? — perguntou Sophie.

— De jeito nenhum! — respondeu Howl. — Eles já têm muito com que se preocupar por lá. Eu o mandei na direção oposta. Assumi o risco de que o castelo não desapareceria sem mais nem menos. — Ele se virou devagar, examinando as extensões nebulosas do saguão. — Está tudo aqui ainda. Isso significa que Calcifer deve estar aqui em algum lugar. É ele que o mantém. — Howl então deu um grito ressonante: — *Calcifer! Onde você está?*

Mais uma vez o manto da princesa pareceu adquirir vida própria. Dessa vez, deslizando de lado para permitir que o tapete mágico flutuasse, livre dele. Este se sacudiu, de forma semelhante à que o cão de Jamal agora fazia. Então, para surpresa de todos, ele se deixou cair pesadamente no chão e começou a desfazer-se. Abdullah quase chorou com o desperdício. O longo fio que turbilhonava solto era azul e curiosamente brilhante, como se o tapete não fosse feito de lã comum. O fio livre, disparando de um lado ao outro do tapete, erguia-se cada vez mais alto à medida que se tornava mais longo, até que se viu esticado entre o teto alto e nevoento e a lona quase nua na qual fora tecido.

Por fim, com uma impaciente sacudidela, a outra extremidade se soltou da lona e encolheu para o alto, juntando-se ao restante, onde se expandiu de uma forma bruxuleante, encolheu outra vez, e finalmente tornou a se expandir, assumindo uma nova forma, como uma lágrima de cabeça para baixo, ou talvez uma chama. Essa forma desceu deslizando, contínua e decididamente. Quando já estava próximo, Abdullah pôde ver um rosto na parte da frente, composto de pequenas chamas púrpura ou verdes ou alaranjadas. Abdullah deu de ombros, num gesto fatalista. Parecia ter se desfeito de todas aquelas moedas de ouro para comprar um demônio do fogo e não um tapete mágico, afinal.

O demônio do fogo falou, com a boca púrpura bruxuleante:

— Graças a Deus! Por que alguém não chamou meu nome antes? Eu estou todo *dolorido*.

— Ah, pobre Calcifer! — exclamou Sophie. — Eu não *sabia*!

— Não estou falando com você — retorquiu o estranho ser em forma de chama. — Você enfiou as garras em mim. Tampouco com você — disse ao passar por Howl. — Foi você que me envolveu nisso. Não fui eu que quis ajudar o exército do rei. Estou falando só com *ele* — disse, surgindo inesperadamente ao lado do ombro de Abdullah, que ouviu seu cabelo crepitar de leve. A chama era quente. — Ele é a única pessoa que já tentou me agradar.

— Desde quando — perguntou Howl, azedo — você precisa de agrados?

— Desde que descobri como é agradável ouvir alguém dizer que sou agradável — afirmou Calcifer.

— Mas eu não acho que você seja agradável — replicou Howl. — *Seja* assim então! — E virou as costas para Calcifer com um rápido movimento de mangas de cetim cor de malva.

— Quer virar um sapo? — perguntou Calcifer. — Você não é o *único* que pode fazer sapos, você sabe!

Howl bateu um pé com uma bota malva no chão, zangado.

— Talvez, então — disse ele —, seu novo amigo possa lhe pedir que leve este castelo para terra, lugar ao qual ele pertence.

Abdullah sentiu-se um pouco triste. Howl parecia estar deixando óbvio que ele e Abdullah não se conheciam. Mas pegou a deixa e fez uma mesura.

— Ó safira entre os seres mágicos — disse ele —, chama de festividade e vela entre os tapetes, mais de duzentas vezes magnífico em sua verdadeira forma do que como valiosa tapeçaria...

— Ande logo com isso! — murmurou Howl.

— ... você gentilmente consentiria em devolver este castelo a terra? — finalizou Abdullah.

— Com prazer — respondeu Calcifer.

Todos sentiram o castelo descendo. A princípio a velocidade era tão grande que Sophie agarrou o braço de Howl e várias princesas gritaram. Pois, como Valeria expressou em voz alta, o estômago da pessoa ficava no céu, deixado para trás. Era possível que Calcifer estivesse fora de prática depois de tanto tempo com a forma errada. Qualquer que fosse o motivo, a descida desacelerou depois de um minuto e tornou-se tão suave que mal se percebia o movimento. Isso era bom, pois, enquanto descia, o castelo tornava-se perceptivelmente menor. Todos se acotovelavam e tinham de lutar por espaço no qual se equilibrar.

As paredes deslizaram para dentro, transformando-se, na descida, de pedra leitosa em simples gesso. O teto baixou e sua abóboda tornou-se grandes vigas escuras, e uma janela apareceu atrás do lugar onde o trono estivera. A princípio o lugar era sombrio. Abdullah voltou-se em sua direção, ávido, esperando vislumbrar mais uma vez o mar transparente com suas ilhas de pôr-do-sol, mas lá fora havia apenas o céu, inundando a sala do tamanho de um chalé com a pálida luz da aurora. A essa altura, princesa se apertava contra princesa, Sophie estava esmagada num canto agarrando Howl com um dos braços e Morgan com o outro, e Abdullah se viu espremido entre Flor da Noite e o soldado.

Este, percebeu Abdullah, não falava havia muito tempo. Na verdade, seu comportamento era sem dúvida estra-

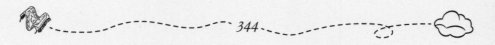

nho. Ele tinha puxado os véus emprestados sobre a cabeça e estava sentado curvo num banquinho que havia aparecido ao lado da lareira enquanto o castelo encolhia.

— Você está bem? — perguntou-lhe Abdullah.

— Perfeitamente — respondeu o soldado. Até sua voz parecia estranha.

A princesa Beatriz abriu caminho até ele.

— Ah, aqui está você! — exclamou ela. — Qual é o problema? Está com medo de que eu volte atrás em minha promessa agora que retornamos ao normal? É isso?

— Não — disse o soldado. — Ou melhor... sim. Vai ser um problema para você.

— Não vai ser problema para mim! — retrucou a princesa Beatriz. — Quando eu faço uma promessa, eu a cumpro. O príncipe Justin pode esquecer.

— Mas eu *sou* o príncipe Justin — disse o soldado.

— *O quê?* — espantou-se a princesa Beatriz.

Muito lenta e acanhadamente o soldado pôs de lado os véus e ergueu a cabeça. Ainda era o mesmo rosto, com os mesmos olhos azuis que ora eram inocentes ao máximo ora profundamente desonestos, ou ambos, mas era um rosto mais afável e culto. Uma espécie diferente de rigidez transparecia nele.

— Aquele maldito djim me encantou também — disse ele. — Agora eu me lembro. Eu esperava num bosque que as equipes de busca se reapresentassem. — Ele parecia se desculpar. — Estávamos à procura da princesa Beatriz... hã... você, sabe, sem muito sucesso, e de repente minha tenda foi levada numa ventania e lá estava o djim, espremendo-se entre as árvores. "Estou levando a princesa", disse ele. "E como você derrotou o país dela pelo uso desleal da magia, pode ser um dos soldados derrotados e ver o que acha disso." E no momento seguinte eu caminhava pelo campo de batalha pensando que era um soldado de Estrângia.

— E você detestou? — perguntou a princesa Beatriz.

— Bem — disse o príncipe —, foi difícil. Mas acho que consegui, e recolhi tudo de útil que pude e fiz alguns planos. Vejo que tenho de fazer alguma coisa por todos aqueles soldados derrotados. Mas... — um sorriso que era puramente aquele do antigo soldado se abriu em seu rosto — ... para dizer a verdade, eu me diverti bastante perambulando por Ingary. Tive prazer em ser perverso. Sou igual àquele djim, de verdade. É voltar a governar que está me deprimindo.

— Bem, nisso eu posso ajudá-lo — disse a princesa Beatriz. — Eu estou por dentro do assunto, afinal.

— Verdade? — perguntou o príncipe, e olhou para ela da mesma forma que, como soldado, tinha olhado para o gatinho no chapéu.

Flor da Noite cutucou Abdullah, encantada.

— O príncipe do Oquinstão! — sussurrou ela. — Não é preciso temê-lo!

Logo depois, o castelo aterrissou tão suavemente quanto uma pena. Calcifer, flutuando de encontro às vigas baixas do teto, anunciou que o havia assentado nos campos fora de Kingsbury.

— E mandei uma mensagem para um dos espelhos de Suliman — disse, presunçoso.

Isso pareceu exasperar Howl.

— Eu fiz o mesmo — disse ele, zangado. — Está se encarregando de muita coisa, não acha?

— Então ele recebeu duas mensagens — disse Sophie. — O que tem isso?

— Que estupidez! — disse Howl e começou a rir. Com isso Calcifer riu também, crepitando, e eles pareciam ter voltado a ser amigos. Pensando nisso, Abdullah podia entender como Howl se sentia. Tinha estado explodindo de raiva o tempo todo como gênio, e ainda estava com raiva agora, sem ninguém, exceto Calcifer, em quem descontar. Provavelmente Calcifer sentia o mesmo. Ambos tinham poderes mágicos fortes demais para correrem o risco de voltar sua fúria para pessoas comuns.

Certamente ambas as mensagens haviam chegado. Alguém ao lado da janela gritou: "Olhem!" e todos se aglomeraram diante dela para ver os portões de Kingsbury se abrindo para deixar a carruagem do rei passar apressada atrás de um pelotão de soldados. Na verdade, tratava-se de um séquito. As carruagens de vários embaixadores seguiam a do rei, ornadas com o brasão da maior parte dos países em que Hasruel havia coletado princesas.

Howl virou-se para Abdullah.

— Sinto que passei a conhecer você muito bem — disse ele. Os dois se entreolharam, constrangidos. — Você me conhece? — perguntou Howl.

Abdullah curvou-se.

— Pelo menos tão bem quanto você me conhece.

— Era o que eu temia — disse Howl em tom lastimoso. — Muito bem, então, sei que posso confiar em você para fazer um bom e rápido discurso, se necessário. Quando todas aquelas carruagens chegarem aqui, talvez seja necessário.

Foi o que aconteceu. Foi um momento de grande confusão, durante o qual Abdullah ficou bastante rouco. Porém o mais confuso, no que dizia respeito a Abdullah, foi que cada uma das princesas, sem falar em Sophie, Howl e no príncipe Justin, todos insistiam em contar ao rei o quanto Abdullah havia sido bravo e inteligente. Abdullah ficou tentando corrigi-los. Ele não fora bravo — só estava andando nas nuvens porque Flor da Noite o amava.

O príncipe Justin puxou Abdullah de lado, para uma das muitas antecâmaras do palácio.

— Aceite — disse ele. — Ninguém nunca é elogiado pelas razões certas. Olhe para mim. O pessoal de Estrângia aqui está me aplaudindo porque vou dar dinheiro a seus velhos soldados, e meu irmão real está contentíssimo porque parei de criar obstáculos para me casar com a princesa Beatriz. Todos pensam que sou um príncipe-modelo.

— Você se opõe a se casar com ela? — perguntou Abdullah.

— Ah, sim — respondeu o príncipe. — Eu ainda não a conhecia. O rei e eu tivemos uma de nossas brigas sobre isso e eu ameacei atirá-lo de cima do telhado do palácio. Quando desapareci, ele pensou que eu só partira, zangado, por um tempo. Ele nem sabia os motivos que teria para se preocupar.

O rei estava tão satisfeito com o irmão, e com Abdullah por ter trazido Valeria e seu outro Mago Real de volta, que mandou preparar um magnífico casamento duplo para o dia seguinte. Isso acrescentou uma boa dose de urgência à confusão. Howl apressadamente fez um estranho simulacro — construído na maior parte de pergaminho — de um

Mensageiro do Rei, que foi enviado por mágica para o sultão de Zanzib, a fim de lhe oferecer transporte para o casamento da filha. Este simulacro voltou meia hora depois, parecendo decididamente esfarrapado, com a notícia de que o sultão tinha uma estaca de dez metros pronta para Abdullah se retornasse a Zanzib.

Assim, Sophie e Howl foram ter uma conversa com o rei. Este criou dois novos cargos denominados embaixadores extraordinários para o reino de Ingary e ofereceu-os a Abdullah e Flor da Noite naquela mesma noite.

Os casamentos do príncipe e do embaixador entraram para a história, pois a princesa Beatriz e Flor da Noite tinham cada uma 14 princesas como damas de honra, e o rei em pessoa conduziu as noivas e as entregou aos noivos. Jamal foi o padrinho de Abdullah. Quando ele entregou a Abdullah a aliança, relatou num sussurro que os anjos haviam partido cedo naquela manhã, levando com eles a vida de Hasruel.

— E mais uma coisa boa! — exclamou Jamal. — Agora meu pobre cachorro vai parar de se coçar.

Praticamente as duas únicas pessoas eminentes que não compareceram ao casamento foram o Mago Suliman e sua esposa. Isso estava apenas indiretamente ligado à raiva do rei. Pelo jeito, Lettie havia falado de forma tão decidida com o rei, quando este quis prender o Mago Suliman, que havia entrado em trabalho de parto mais cedo do que esperava. O Mago Suliman temia sair do lado dela. Mas, no dia do casamento, Lettie deu à luz uma menina sem nenhum problema.

— Que ótimo! — disse Sophie. — Sempre soube que nasci para ser tia.

A primeira tarefa dos dois novos embaixadores era conduzir as princesas sequestradas a seus reinos. Algumas delas — como a diminuta princesa de Tsapfan — viviam tão distante que mal se tinha ouvido falar de seus países. Os embaixadores estavam instruídos a fazer alianças comerciais e também observar todos os outros lugares desconhecidos no caminho, pensando em explorá-los mais tarde. Howl havia falado com o rei. Agora — por algum motivo — toda a Ingary falava em mapear o globo. Equipes de exploração estavam sendo escolhidas e treinadas.

Por causa das jornadas, e mimos às princesas, e da argumentação com reis estrangeiros, Abdullah de alguma forma estava sempre ocupado demais para fazer sua confissão a Flor da Noite. Sempre parecia que haveria um momento mais propício no dia seguinte. Mas, finalmente, quando estavam prestes a chegar à distante Tsapfan, ele percebeu que não poderia mais adiar.

Respirou fundo. Sentia que a cor havia deixado seu rosto.

— Eu não sou um príncipe de verdade — anunciou abruptamente. Pronto. Disse.

Flor da Noite ergueu os olhos do mapa que estava desenhando. A lâmpada suave na tenda tornava seu rosto quase mais do belo que de hábito.

— Ah, eu sei disso — disse ela.

— O quê? — sussurrou Abdullah.

— Bem, naturalmente, enquanto eu estava no castelo no ar, tive tempo suficiente para pensar em você — disse ela. — E logo percebi que você estava romanceando, pois era tudo tão semelhante às *minhas* fantasias, só que ao contrário.

Eu costumava sonhar que era apenas uma garota comum, sabe?, e que meu pai era um mercador de tapetes no Bazar. Também imaginava que dirigia o negócio para ele.

— Você é maravilhosa! — exclamou Abdullah.

— Você também — disse ela, voltando ao mapa.

Eles retornaram a Ingary em seu devido tempo com um cavalo extra carregado com as caixas de guloseimas que as princesas haviam prometido a Valeria. Havia chocolates e laranjas cristalizadas e gelado de coco e nozes carameladas; mas os mais maravilhosos de todos foram os doces enviados pela pequenina princesa — camada após camada de doces muito finos que a pequenina princesa chamava Folhas de Verão. Estas vieram numa caixa tão linda que Valeria a usou como porta-joias quando cresceu. Por mais estranho que parecesse, ela havia desistido de gritar. O rei não conseguia entender, mas, como Valeria explicou para Sophie, quando trinta pessoas lhe dizem que você tem de gritar, isso faz você desistir da ideia.

Sophie e Howl estavam morando — um tanto briguentos, é preciso confessar, embora se dissesse que assim eles viviam mais felizes — novamente no castelo animado. Um de seus aspectos era uma linda mansão em Chipping Valley. Quando Abdullah e Flor da Noite retornaram, o rei lhes deu terra em Chipping Valley também, e permissão para ali construir um palácio. A casa que eles construíram era bastante modesta: o telhado era até de sapê. Mas seus jardins logo se tornaram uma das maravilhas da terra. Dizia-se que Abdullah havia recebido ajuda no projeto pelo menos de um dos Magos Reais — pois de que outra forma poderia, mesmo um embaixador, ter um bosque de jacintos em que as flores azuis vicejavam o ano todo?